KB008574

내일은 없다

내일은 없다

1판 1쇄 발행　2024년 7월 1일

지은이　　이용해
발행인　　이선우
펴낸곳　　도서출판 선우미디어
　　　　　등록 ｜ 1997. 8. 7 제305-2014-000020
　　　　　02643 서울시 동대문구 장한로12길 40, 101동 203호
　　　　　☎ 2272-3351, 3352 팩스: 2272-5540
　　　　　sunwoome@hanmail.net
　　　　　Printed in Korea ⓒ 2024. 이용해

값 15,000원

※ 잘못된 책은 바꿔 드립니다.
※ 저자와 협의하여 인지 생략합니다.

ISBN 978-89-5658-764-6 03810

재미 성형외과 전문의
이용해의 열여덟 번째 수필집

내일은 없다

선우미디어 sunwoomedia

| 차례 |

chapter **3. 방관자**

chapter-1

살 빼기

체중 조절은 식욕과의 전쟁입니다. 안 먹고 살이 찌는 일은 절대 없습니다. 한 친구는 회식할 때나 나와 같이 식사할 때는 나보다 적게 먹습니다. 그런데 나와 식사를 하고 집에 가서 2차를 다시 먹는다고 합니다.

　지금 내 서재에서 창밖을 보면 사람들이 걷기도 하고 뛰기도 하며 운동을 하고 있습니다. 어떤 이는 걸으면서 음악을 듣기도 하고 뉴스를 듣기도 합니다. 어떤 이는 자전거를 열심히 타고 있습니다. 그런데 저 앞에 뛰어가는 중년의 사나이는 고통스러운 듯 일그러진 모습을 하며 뛰고 있습니다. 얼굴의 땀을 수건으로 닦아가면서….

결혼

아담과 이브는 결혼식을 올린 일이 없습니다. 지금 법대로 하면 결혼이 아닌 동거 생활을 했다고 할 수 있습니다. 결혼 신고도 안 했고 주례가 결혼 선언을 하여 세상에 결혼을 공포한 일도 없습니다. 그래도 요새처럼 이혼하지 않고 백년해로를 한 모양입니다. 나는 지금의 결혼제도가 언제 생겨났는지 모릅니다. 그러나 분명한 것은 결혼이란 것은 이제 이 여자는 내 것이다, 이 남자는 내 거다, 그러니 넘보지 마라. 만일 건드리면 간통죄로 고소할 거라고 공포하는 것이 아닌지 모르겠습니다.

옛날에는 여자가 이혼하고 집을 나간다는 것은 거의 불가능했습니다. 입센의 소설에 나오는 노라는 나는 아버지나 남편의 인형이 되기 싫다고 집을 뛰쳐나오고 그 후 많은 여성이 그 뒤를 따랐다고 하지만 우리보다 전 시대에는 이혼한 여성은 설 땅이 넓지 않았습니다. 그래서 여자가 시집을 갈 때는 그 집에서 죽어 묻힐 때까지 어떤 서러움과 고난도 참으면서 견디어야 했습니다.

결혼은 우리 인생에 아주 중요한 일 중 하나입니다. 결혼하면 부모님이 사는 집을 나와 독립을 하는 것이 정상이고 결혼 전의 자유가 없고 속박이 됩니다.

오래전에 지인의 결혼식에 갔는데 짓궂은 친구들이 신랑더러 "야, 너 이제 다 놀았다."라고 소리 지르는 것을 보고 웃었지만, 사실이기도 합니다. 결혼하면 옛날 사귀던 여자 친구들 남자 친구들과 결별해야 합니다. 길에서 만나서도 모른척해야 합니다. 만일, 결혼하고 옛 남자 친구와 수다를 떨다가는 가정에 폭풍우가 불지도 모릅니다. 결혼은 참 힘든 일이기도 합니다. 나이가 듬직한 총각과 처녀들이 맞는 짝을 찾지 못해 고민하며 늙어가는 것을 보기도 합니다.

옛날 지성들의 결혼관을 살펴봅니다. '결혼해도 결혼을 안 해도 결국은 후회할 것이다.'라고 악처 크산티페와 결혼한 소크라테스는 말했습니다. 루소는 '오늘 사랑한다고 내일도 사랑한다고 장담 못 한다.'고 하여 사랑 지상주의 남녀들에게 경종을 울렸습니다. 존슨은 '돈을 바라고 결혼하는 것은 나쁜 것이다. 그러나 사랑만을 바라고 결혼하는 것은 가장 바보스러운 짓이다.'라고 이야기했습니다. '홈 스위트 홈이라는 말은 필연 독신자가 한 말일 것이다.'라고 결혼을 꿈꾸는 젊은이들에게 위협을 준 것은 버틀러이고 '결혼이란 나침판도 알려주지 않은 험한 항해이다.'라고 하이네는 말했습니다. 그는 또 '나는 결혼 행진곡을 들으면 전쟁터로 나가는 군인들의 행진곡처럼 들린다.'고도 했습니다. '바다에 항해할 때는 한번 기도하고, 전쟁에 나갈 때는 두 번 기도하고, 결혼할 때는 세 번 기도하라.'는 속담도 있습니다. 된장 쉰 것은 일 년 원수이고 나쁜 아내는 백 년 원수라는 속담도 있습니다.

시인 푸시킨은 아름다운 여자를 구하다가 상트페테르부르크에서 가장 아름다운 여자와 결혼했고 결국 아내의 아름다움 때문에 단테스와 결투하고 38세의 젊은 나이에 죽었습니다. 결혼을 생각하는 젊은 사람들에게 경고와 부정적인 말을 해주어서 그런지 요새는 결혼을 안 하려고 합니다. 물론 결혼 적령기의 사람들을 말하는 것은 아니지만 지금 한국의 아파트나 집의 32%가 독신들이 살고 있다고 신문에 기사가 납니다.

내가 근무하던 대학병원에는 나이 많은 총각들 처녀들이 많이 있습니다. 커리어 우먼 중에 미혼이 많다는 것입니다. 많은 간호사, 사무실의 직원들, 여의사 교수들이 결혼하지 않고 혼자 사는 사람이 많습니다. 만나서 이야기하다 농담으로 "왜 결혼 안 하세요?" 하고 물으면 "글쎄요, 맞는 사람이 없어서요."라고 대답합니다. 하기는 요새 그런 질문을 잘못했다가는 큰 봉변을 당하니 그런 질문은 아주 조심해야 합니다. 남자들도 40이 넘게 혼자 사는 교수들이 있어 물으면 대답은 똑같습니다. "맞는 사람이 없어서요."라는 대답입니다. 그러나 그것은 핑계이고 결혼할 생각이 없다는 말일 것입니다.

나도 오하이오에서 은퇴하자마자 한국에 나가 13년을 살다가 왔습니다. 물론 혼자 나가서 살았지요. 그런데 혼자 살다 보면 그렇게 편할 수가 없습니다. 방은 한번 깨끗이 치워 놓으면 일주일은 그대로 있습니다. 먹을 것은 식당에 가 혼식을 할 수도 있습니다. 혼식하면 동반자가 무엇을 먹을까 혹은 음식에 만족할까 하고 신경 쓸 필요도 없습니다. 요새는 그로서리에 가면 그냥 데워만 먹을 수 있게 음식을 만들어 팔아서 집에 와서 포장을 벗겨 마이크로 오븐에 넣기만 하면 먹을 수 있습니다.

시간이 있으면 내가 TV에서 보거나 유튜브에서 배운 요리 솜씨를 실행에 옮겨서 음식을 만들고 만든 음식을 먹는 것이 훨씬 좋습니다. 가끔 친구를 청하거나 전공의들을 불러 같이 먹으면서 유튜브를 흉내 낼 수도 있습니다. 밖에 나갔다 늦게 와도 기다리거나 잔소리하는 사람이 없고 책을 보거나 논문 작성을 위해서 연구실에 늦게 있다가 가도 미안해야 할 사람이 없습니다.

'아하, 젊은 사람들이 결혼을 안 하려는 이유가 여기 있구나.'라고 생각해 보기도 했습니다. 나도 젊은이들에게 권할 말이 없습니다. '결혼은 해도 괴롭고 안 해도 괴롭지.'라고 할 수밖에 없을 것 같습니다.

Chat GPT

AI Chat GPT(Generatvie Pretrained Transformer)가 요즘 뜨고 있습니다. 인공지능으로 우리의 비서 같은 웹을 만들어서 어려운 문제들을 해결하는 것입니다. 그동안 지식 보고였던 구글보다 발전된 것으로 컴퓨터에 소개된 지 한 달 만에 가입자가 100만이 넘는 등 화제의 중심에 서 있습니다. 구글에서는 우리가 문제를 찾아봐야 하고 기능이 한정되어 있지만, AI GPT는 마치 유능한 비서처럼 질문에 15초면 대답하여 문제를 해결해준다고 합니다.

학생들의 논문과 리포트도 대신해 주고, 예상 시험 문제를 물으면 대답이 나오는데 그 답안만 보고 가면 점수도 높게 나온다고 합니다. 일테면 이번 의사 시험이나 사법고시에 나올 만한 문제를 달라고 하면 해주는데 그 정확도가 50% 정도 이상이라고 합니다.

AI GPT를 이용하면 못할 것이 없다고 합니다. 대학생이나 대학원생의 논문도 이런 제목으로 어떻게 써달라고 하면 10분 이내에 논문이 완성되는데 이 논문을 냈더니 B$^+$ 학점이 나왔다고 합니다. 그러니 학생들도 공부할 필요 없이 주말에 맥주나 마시면서 이성 친구와 놀다

AI GPT만 열면 논문이 그대로 작성될 것입니다. 대학에서는 아직 이렇게 작성이 된 논문을 잡아낼 방법이 없지만, AI GPT에서 써 주는 논문도 그 흐름이 있으니까 발견하게 되면 0점을 주겠다고 경고했습니다. 그런데 아직 이런 논문을 잡아낼 방법이 없다는 거지요. 심지어 이 사람이 이런저런 죄를 지었는데 형법 몇 조에 해당하며 얼마의 징역을 내려줘야 하느냐는 질문에 어느 판사보다도 정확하게 판결문을 작성해 주더라는 말입니다. 또 다음 주의 주식 시장의 주가가 어떻게 되고 어디에 투자해야 할까 물었더니 웬만한 브로커보다 더 정확한 답을 주었다고 합니다.

그뿐만이 아닙니다. 어떤 제목으로 그림을 그리라고 하면 그림을 그려 주는데 이 부분은 다른 색깔로 바꾸어 달라고 하면 다시 그림을 그려 줍니다. 또 어느 부분을 강조해 달라면 마치 화가에게 주문한 것처럼 고쳐준다고 합니다.

AI GPT는 소설은 물론 수필과 시도 써줍니다. 수필이나 소설을 써서 번역시키면 10분이면 아주 근사하게 영어로 번역이 되어 나온다고 합니다.

제가 아는 어느 사람은 수필을 써서 AI GPT로 번역을 시켜서 마치 자기가 번역한 양 발표하는 사람도 있습니다. 한국에서는 아직 프로그램이 나오지 않았지만, 머리 좋은 사람들이 가만히 있겠습니까? 몇 개월 후면 나온다고 하니 이제 우리 인간의 지능이 필요 없이 컴퓨터만 두드릴 줄만 알면 의사, 판사, 교수, 작가도 되는 시대가 되었습니다. 이 AI GPT는 국제적이어서 우리가 영어로 묻고 한글로 대답하라고 하면 한글로 대답해 줍니다. 얼마 전 한글과 영문을 번역해 주는 AI가

나와서 한국 작품들이 영어로 번역되어 나왔습니다. 몇몇 사람은 자기가 쓴 작품을 AI에게 번역시키고는 마치 자기가 영어로 쓴 것처럼 발표하기도 했습니다. 목사님은 설교 원고를 AI로 영역하고 마치 자기가 영어로 설교문 쓴 듯한 표정을 짓기도 했습니다. Chat GPT는 요구하면 동영상도 만들어 주고 짧은 영화도 만들어 준다고 합니다.

몇 년 전 인공지능 기사가 한국에서 가장 바둑을 잘 둔다는 이세돌 기사를 이겼다고 하더니 이제 소설과 수필, 시도 인공지능이 만들어 주는 시대가 되었습니다. 작가가 소재와 주제를 주고 부탁하면 시나 소설, 수필을 AI가 창작해 준다는 이야기입니다.

이것을 소개해 주는 강사는 옛날에는 선생이 설명해 주는 것이나 교과서의 것을 잘 암기하는 학생이 공부를 잘하는 학생이었는데 이제는 게임을 잘하듯이 컴퓨터의 키를 잘 두드리는 사람이 공부 잘하는 사람이 될 것이라고 이야기하였습니다.

Chat GPT의 출현을 보면서 기뻐하는 사람도 있지만, 걱정이 태산 같은 사람들도 있습니다. 어제 한 유튜브 강사가 이 Chat GPT는 경제 사범들의 이용 도구가 되기 쉽다는 말을 했습니다. 나의 정보를 하나만 알면 나의 모든 것을 조사할 수 있고 은행의 정보도 알 수 있으니 소위 해킹하기가 아주 쉬워졌다는 말입니다. 작년에 북한이 해킹하여 도적질해 간 돈이 2조나 된다는 신문 기사가 나왔습니다. 사이버 도적질이 훨씬 많아지고 그런 불법 집단을 막을 길이 아직은 나오지 않았다는 이야기입니다. 그래서 한 친구는 신용카드를 모두 잠가 두고 현금 거래로 돌아갔다고 합니다.

요새 TV에 나오는 공상 과학 영화 중에는 인간이 만든 로봇이나 AI

에 의해서 인간이 지배당하고 몰락하여 살아남은 사람들이 그것들과 전쟁하는 이야기가 많습니다. 물론 공상이지 이런 세상이 오기야 하려고, 웃었는데 점점 현실로 다가오는 게 아닌지 위협을 느끼게 합니다.

대학에서 학생들과 토론하다 보면 우리가 가지고 있는 지식이 얼마나 무력한가를 느끼게 됩니다. 무슨 말을 하면 곧 네이버나 구글로 들어가 답을 찾아내는데 교수가 말 한마디 잘못하면 학생들 앞에서 창피당할 것입니다. 고등학교 다닐 때 우리 반에 이런 학생이 하나 있었습니다. 선생님이 강의하면 뒤에 앉아서 '이 책에 다 있어'라고 하며 책을 들어 보이는 친구였습니다. 그런데 그 친구는 자기가 그 지식을 책에 가지고 있지, 머리에 가지고 있지 않아 좋은 성적을 내지 못했습니다.

지금은 시대가 변했고 우리가 사용하는 기구도 변했습니다. 책은 부피가 크고, 그런 문제가 있는 곳을 찾아야 하고, 같은 문제가 책에 있지 않지만, AI GPT는 우선 스마트폰으로 열 수 있고 무척 간단해서 찾기 쉽고 또 똑같은 문제를 입력하여 풀어 달라고 하면 10초 안에 풀어줄 것입니다. 장치도 아주 작아져서 좀 더 발전하면 안경에 걸 수 있고 보청기 속에 넣을 수도 있을 것입니다.

이제 이런 AI GPT를 인간 로봇 속에 장치하면 회사나 은행이나 대학에서 사람을 둘 필요가 없고 AI GPT만 가지고 회사를 운영할 수도 있고 집안을 꾸려나갈 수도 있을 것입니다. 결국 우리의 편리를 위하여 기른 맹수에 주인이 잡혀먹는 꼴이 되지 않을까요?

발톱 깎기

미국에는 podiatrist(족병의)라는 직업이 있습니다. 오하이오에 살 때 우리가 사는 옆집에 족병의 한 분이 살았는데 집도 크고 자동차도 좋은 외제 차를 타고 다녔습니다. 어느 정도 가까워져서 이야기하다 보니 자기의 하는 일이 요양원에 있는 노인들 발톱을 깎아 주는 일인 데 요양원 3개를 맡고 있어서 몹시 바쁘다고 했습니다.

병원에서 의사들끼리 이야기하다가 족병의의 이야기가 나와서 들은 일이 있습니다. 지금부터 30년 전의 일이지만 발톱을 깎아 주는데 한 사람당 150불 정도를 의료 보험회사에서 준다고 했습니다. 또 발톱을 깎고 발의 각질도 좀 벗겨주게 되면 치료비가 더 많이 올라간다고도 했습니다. 하루에 오전에 3명 오후에 3~4명을 해주고 어떨 때는 더 많은 환자를 진료한다고 하니 웬만한 의사보다도 수입이 훨씬 많다고 했습니다.

한 친구가 하는 말이 자기 아들이 장래 족병의가 되겠다고 한다면서 자기 반에 족병의의 아들이 있는데 돈이 정형외과 의사인 아버지보다 훨씬 많다고 하더라고 했습니다. 나는 속으로 '아니 발톱이나 깎아 주는데 무슨 돈을 받으며 그것을 전문의로 하는 의사가 있담.' 하고 속으로 투덜거렸습니다. 우리가 어렸을 때는 어머님이 잘 들지도 않는 가위를 가지고도 아프지도 않게 발톱을 깎아 주셨고 우리도 그저 손톱깎이 하나면 10분도 못 되어 발톱을 깎곤 했는데 발톱을 깎는 의사(?)가 있고 몇백 불씩 내야 한다니 참 이상한 나라도 있다고 생각했습니다. 그리고 이웃인 족병의 의사를 이상한 사람처럼 보았습니다.

아마 요새 한국의 젊은 의과 대학생들이 이 이야기를 듣는다면 족병의 인기가 많아질 것 같습니다. 흉부외과 의사들처럼 수술이 힘들지 않고 오랜 시간 동안 수술실에 잡혀있지 않습니다. 수술 후 처치가 많지 않으며 자기가 하고 싶을 때 시술해도 되고 밤이나 주말에 당직이 없고 환자가 떨어질 염려가 없는 직업입니다. 그리고 수입은 웬만한 외과 의사보다 많으니 이렇듯 좋은 직업은 없는 것 같습니다.

젊었을 그때 나는 족병의 이야기를 그저 웃음의 말로 들었고 그리 심각하게 생각해 본 일이 없었습니다. 그런데 나이가 점점 들어가며 그전에는 전혀 문제가 되지 않았던 일들이 어려운 문제로 부닥치게 되었습니다.

5년 전만 해도 그냥 신문지 한 장 깔아 놓고 손톱깎이로 발톱을 깎았는데 점점 더 앉아서 발톱을 깎기가 힘이 듭니다. 앉아서 발톱을 내게로 돌리려면 허리가 안 돌아가서 발톱이 잘 보이지 않고 그동안 발톱에 무좀이 들어 발톱의 모양이 마치 요르단의 산길처럼 울퉁불퉁해지고 두텁고 딱딱해져서 마음대로 작업이 안 됩니다. 점점 작은 손톱깎이로는 발톱 깎기가 힘이 들었습니다. 작은 손톱깎이로는 발톱이 들어가지도 않습니다. 그래서 발톱을 깎는 큰 발톱깎이를 샀는데 이것으로도 작업하기가 힘이 듭니다. 할 수 없이 Home Depot에 가서 작은 철사 자르는 철사 재단기를 하나 사 왔습니다. 그런데 이걸 발톱 안으로 들이밀어 깎으면 잘 깎이지만 잘못하면 발톱 밑의 살까지 다치게 되어 피도 나오고 아프기도 합니다. 더욱이 발톱이 마치 돌산처럼 솟아올라 쉽게 재단기가 잘 들어가지도 않고 허리가 굳어서 그런지 발톱이 잘 보이지도 않습니다.

며칠 전 발톱을 깎는다고 철사 절단기를 발톱에 갖다 대었는데 발톱이 잘 들어간 것 같아서 재단기를 꼭 조였습니다. 발가락이 아팠지만 이렇게 잘 들어가기도 힘이 들고 또 내가 좀 미련한 구석이 있는지라 이를 악물고 재단기를 조였습니다. 결국 발톱이 잘려져 나왔는데 발톱 밑의 살점까지 떨어져 나와 피가 조금 나오는 게 아니라 거짓말 조금 보태서 콸콸 나왔습니다. 얼른 휴지로 싸맸는데도 피가 배어 나왔습니다. 한참을 누르고 있다가 거즈를 덮고 붕대를 감았습니다. 다행히 아내가 없었길래 망정이지 아내가 보았으면 "어유! 이렇게 미련한 사람과 같이 살다니….″라는 소리를 들을 뻔했습니다. 며칠 있다가 붕대를 떼었는데 발톱 밑의 조직이 없어져 발톱이 나올지 안 나올지 모르겠습니다. 그러니 양말을 신는데도 쓰라리고 아침에 운동화를 신고 걸으러 나가니 발가락이 아팠습니다.

얼마 전 아내에게 "당신 발톱 깎는데 힘들지 않아?" 하고 물었더니 발톱 깎는 게 "뭐가 힘들어?"하고 마치 나의 젊었을 때처럼 말합니다. 그러니 아내에게 말할 수 없고 혼자서 끙끙 앓게 되었습니다. 혼자서 연구하는데 TV에 개 발톱을 깎는 기계 광고가 나왔습니다. 발톱을 자르는 가위나 마찬가지여서 별 시선을 끌지 못하는데 발톱을 가는 연삭기가 눈에 띄었습니다. 이것은 연삭기를 잡고 발톱을 갈아내면 별 어려움이 없이 발톱이 갈려 나오고 알맞게 되었을 때 발톱깎이로 발톱을 잘라내면 됩니다. 그러다 보니 내가 개의 위치로 전락이 되었구나 하는 자괴감이 생깁니다. 내가 개의 처지로 추락한 모습으로 꾸부리고 앉아서 발톱을 자르든가 아니면 내가 옛날에 웃던 족병의에게 가서 몇 백 불을 지불하느냐를 결정하게 되어, 이렇게 전락한 나를 보며 탄식하게 되었습니다.

그러나 족병의에게 가려면 전화하고 예약해야 한다고 하는 이야기를 들었습니다. 에라 모르겠다 옛날 초기 이민은 그로서리에 가서 개밥을 사다 먹었다는데 개의 발톱깎이쯤 사용한다고 그렇게까지 자존심 상한다고 탄식까지 할 필요가 있으랴, 아무에게도 보여주지 않으면 그만이지. 개처럼 살지만 않으면 되지 하고 개 발톱깎이를 하나 오더했습니다.

살 빼기

요새는 동네마다 아파트마다 Fitness Center나 운동시설이 없는 곳이 거의 없습니다. 잘 먹으면서도 몸매를 유지하고 싶은 욕망 때문입니다. 단 1,000미터를 가더라도 자동차를 타고 가고 동네마다 널려 있는 먹자골목에서 좋은 것만 골라 먹다 보니 나도 모르게 배가 나오고 옷이 맞지 않아 새 옷을 사 입어야 하는 형편입니다. 살을 빼려고 노력하지 않을 수 없습니다.

Fitness Center에 가면 남자들보다 여자들이 더 많이 운동하고 있습니다. 사실 체중이 는다는 건 아주 간단한 이치입니다. 내가 소비하는 것보다 더 많은 칼로리를 섭취하면 체중이 늘고 내가 소비하는 것보다 적게 먹으면 체중이 줍니다. '그렇게 쉬운 말 누구는 못 해.'라고 하지만 정말 사실입니다.

결국 먹고 싶은 식욕과의 전쟁이며 운동과 게으름의 전쟁입니다. 가만히 있어도 소비되는 칼로리를 계산하여 그보다 더 먹었으면 운동으로 배출하면 체중이 늘지 않을 것입니다. 학생 때는 정말 먹을 것이 없어 체중이 더 이상 줄어들 수 없을 정도였습니다. 대학을 졸업하고 의식주가 해결된 전공의 때에도 먹는 것보다 일하는 칼로리가 더 많았던가 봅니다. 전공의 마치고 군의학교 입교 신체검사하는데 체중이 45kg로 체중미달이었습니다. 그래서 특별 입학으로 군의학교에서 2주일을 지내보고 견디기 힘이 들면 집으로 보내준다는 조건이었습니다.

군의학교 훈련이 편했던지 군의학교 졸업할 때는 48kg으로 늘었고 군 복무를 끝내고 미국에 올 때는 50kg이 되었습니다. 미국에서 다시 전공의를 하는데, 힘이 들었던지 병원의 체중계는 나를 다시 105파운드로 내려놓았습니다. 110파운드가 50kg이니 48kg이 조금 안 되는 무게입니다.

전공의가 끝나고 성형외과 전문의가 되어서 동창들을 만나면 "야, 너는 아무리 작은 종자라지만 미국에 왔으면 좀 자라야지, 염치도 없이 아직도 한국에서 가지고 있던 그 몸집 그대로 가지고 있냐?"라고 나를 웃겼습니다. 나는 "작은 고추가 맵다고 몸집 그대로 가지고 있어야 맵지, 커지면 아삭이 고추처럼 매운맛이 없어지거든." 하고 말하지만 속으로는 좀 섭섭하기도 했습니다.

친구들이 종종 그런 나에게 "저 친구는 얄미워 죽겠어, 먹기는 나보다 더 먹는데 살은 한 젓가락도 찌지 않거든." 하고 흉을 보았습니다. 하긴 그때도 밤을 낮으로 알고 일을 했습니다. 우리 사무실은 외래를 7시부터 보기 시작했고 병원의 수술도 7시에 시작했습니다. 그러니 6시 반에는 병원에 나가서 수술 전 환자를 보고 안심시키고 설명을 해주어야 했습니다.

은퇴하고 한국의 대학병원으로 갔습니다. 대학병원도 한가하지는 않지만, 오하이오의 생활보다는 편했습니다. 그리고 근무가 끝나면 친구들과 식당에 가고 또 여러 모임에서 회식도 많고… 그러다 보니 체중이 늘기 시작했습니다. 120파운드가 되더니 130파운드가 되고 많이 나갈 때는 135파운드가 지날 때도 있었습니다. 휴가로 집에 오면 아내가 바지의 품을 늘리느라고 고생했습니다.

하아, 나도 체중을 조절해야겠다고 생각할 때쯤 역류성 식도염 때문에 목에 육아종이 생겼습니다. 그런데 이놈은 수술해도 또 재발하고 또 재발하는 겁니다. 3, 4회 수술을 받고는 의사가 비록 암은 아니지만 자꾸 재발하면 암으로 전환될 수 있으니 방사선 치료를 하라고 했습니다. 그래서 방사선 치료를 28회나 받았습니다.

치료가 반이 지나니 목이 아프고 음식을 넘기기가 힘이 들었습니다. 치료를 끝내고 나니 목의 피부가 헐고 물도 삼키기가 힘이 들고 음식 맛도 없고 식욕도 없어졌습니다. 억지로 좀 먹기는 하지만 체중이 줄기 시작했습니다. 다시 체중이 줄어 125파운드가 되고 일주일이 지나니 120파운드가 되었습니다. 다시 일주일이 지나니 115파운드 되고 110파운드가 되었습니다. 그리고 110파운드 밑으로 떨어졌습니다. 나는 놀라기도 하고 할 수 없이 뉴저지에서 플로리다로 내려왔습니다.

아내의 전쟁이 시작되었습니다. 아내는 종일 부엌에서 무엇을 만들어서 식탁에 올려놓는데. 식욕도 없고 먹으려고 해도 입맛이 없습니다. 체중은 110파운드 밑으로 내려가다가 아내의 정성 때문인지 요새는 112파운드에서 115파운드 사이를 오가고 있습니다. 그리고 깨달은 것이 있습니다.

체중이 많이 나가는 친구들은 '나는 물만 마셔도 그게 모두 살로 가거든.'이라고 말합니다. 나는 그 전부터 '그런 게 어디 있어?'라면서 그의 어깨를 두드려 주곤 했습니다. 체중 조절은 식욕과의 전쟁입니다. 안 먹고 살이 찌는 일은 절대 없습니다. 한 친구는 회식할 때나 나와 같이 식사할 때는 나보다 적게 먹습니다. 그런데 나와 식사를 하고 집에 가서 2차를 다시 먹는다고 합니다.

지금 내 서재에서 창밖을 보면 사람들이 걷기도 하고 뛰기도 하며 운동을 하고 있습니다. 어떤 이는 걸으면서 음악을 듣기도 하고 뉴스를 듣기도 합니다. 어떤 이는 자전거를 열심히 타고 있습니다. 그런데 저 앞에 뛰어가는 중년의 사나이는 고통스러운 듯 일그러진 모습을 하며 뛰고 있습니다. 얼굴의 땀을 수건으로 닦아가면서…. 그런데 그의 배는 임신 9개월만큼 불러 있습니다. 도넛을 한 개 먹으면 3킬로 이상을 걸어야 하는 칼로리입니다. 아무리 운동해도 접시에 산처럼 쌓아 놓고 먹어대는 칼로리를 당할 수는 없습니다.

카사노바

돈 주앙이나 돈 환은 스페인의 극작가 몰리나가 그의 극에서 만들어 낸 인물이지만 카사노바는 이탈리아의 실존 인물로 1725년에 출생하여 73세까지 살다가 1798년에 요도염으로 죽은 사람이라고 합니다. 그는 120명의 여자와 관계했다고 알려져 있으나 그의 자서전에는 122명의 여자와 관계했다고 고백했습니다.

카사노바는 퇴락한 귀족의 집에서 태어났으나 아버지가 그를 키울 수 없어 버리고 도망을 가서 외할머니의 손에 키워졌습니다. 그는 어릴 때 자주 코피를 흘리고 넘어지고 말도 제대로 하지 못하였으나 5살 때 외할머니가 주술가에게 데리고 갔습니다. 주술사가 큰 상자에 그를 집어넣고 주술을 폈는데, 환상 속에서 어떤 여인이 그에게 다가와 키스했다고 합니다. 그 후 그의 병이 사라지고 말도 잘하고 영민한 사람으로 변했다고 합니다.

그는 사제가 되려고 12살 때 바로바 대학에서 라틴어, 문학, 철학, 화학 등을 공부하여 조예가 깊었고, 17세 때 로마법, 교회법으로 박사 학위를 취득하였습니다. 180센티 적당한 키에 체격이 아주 좋았다고 합니다. 17살 때 나네트와 마르통이라는 두 여자에게 유혹을 받아 처음 여성을 알고 난 후부터 여자에게 탐닉하다가 결국 수도원에서 추방당했습니다. 그는 사기를 치거나 도박, 마술사로 돌아다니며 겨우 생계를 이어가고 있었습니다.

그런 그에게 행운이 왔습니다. 함께 탄 곤돌라 안에서 베네치아의 상원의원이며 귀족인 마태오 조반나 브리가딘이 뇌졸중으로 쓰러졌는데 그가 마술로 브리가딘을 소생시켰습니다. 브리가딘은 카사노바를 자기의 양아들로 삼고 그의 후견인이 되었습니다. 카사노바는 이때부터 베네치아에서 여성들을 유혹하며 방탕한 생활을 이어갔습니다.

그런 카사노바에게 위기가 닥쳤습니다. 사기 마술을 폈다는 것과 성문란죄로 체포되어 5년형을 언도 받고 베네치아의 피곤비 감옥에 갇혔습니다. 자유분방한 그에게 감옥생활을 감당할 수가 없는 거죠. 카사노바는 애인이었던 백작 부인의 도움으로 탈옥합니다. 탈옥도 정문으로 나와 건너편에 있는 플로리안 카페에서 커피 한 잔을 마시고 유유히 떠났다고 합니다. 그리고는 그가 유럽의 여러 도시를 여행하면서 여인들을 유혹하여 방탕한 생활을 이어갔는데 여자가 싫어 그를 떠난 일은 없고 그가 여자들을 떠났다고 합니다. 그는 여자와 같이 있는 동안 여자를 만족하게 해주고 현란한 언변으로 그녀들을 만족시켜 주었다고 합니다.

그러나 카사노바도 나이가 드는 것은 어찌할 수 없었습니다. 여자들에게 매력이 없어지면 아무리 카사노바라고 하더라도 더는 여자를 유혹할 수 없었을 겁니다. 그는 말년에 발드스타인이라는 귀족의 도서관에서 사서직을 얻어 일했습니다. 도서관의 사서라 일이 바쁘지 않으니, 그는 자기의 과거를 회상하면서 글을 썼습니다. 그는 하루에 13시간씩 저작에 힘을 쏟으며 42권의 책을 저술하였습니다. 그의 주위에는 여자도 없었습니다. 늙은 몸으로 혼자 생활하면서 아무도 상대해 주지 않는 도서관 사서의 삶은 누구도 부러워할 삶이 아니었습니다. 그가 그때 쓴 글은 대부분 여행 이야기나 자서전적인 이야기였다고 합니다. 그러다가 73세 때 요도염이 심해져서 생을 마쳤다고 합니다.

1,003명의 여자와 관계했다는 돈 환은 사랑 없는 사랑을 했는데 비해 카사노바는 122명의 여자와 관계하면서 사랑할 때는 진정으로 사랑했다고 합니다. 사람들은 그를 뇌색남이라고 하며 그를 비난하지만 많은 남성이 그를 부러워하는 것도 사실입니다.

오래전 일입니다. 그 후배는 역시 후리후리한 키에 용모도 잘생겼습니다. 그때는 새로 크게 병원을 지어 공간이 여유로워 우리 전공의들에게 방이 배당되었습니다. 그런데 내 방의 건너편에 그 후배가 있었는데 꽤 많은 여자가 드나들었습니다. 가만히 보니 한 사람은 아니고 여러 사람인데 참 멋진 여자들이었습니다. 친구들이 수군수군하면서 '저 친구 카사노바'라고 하는데 그는 남의 시선도 아랑곳하지 않은 채 많은 여자와 사귀고 있었습니다. 그런데 일 년이 지나면 방이 바뀌고 사람들이 바뀌니까 그 친구가 어찌 되었는지는 모릅니다.

또 학생 때부터 여성 편력이 만만치 않은 한 친구가 있었습니다. 소문도 그렇지만 가끔 길에서 만나도 그때마다 여자가 바뀌어 있었는데 모두 멋쟁이 여자들이었습니다. 그러다가 그 친구가 결혼했습니다. 불행하게도 나는 그의 결혼식에 참석 못 했습니다. 그러나 한 10여 년 후에 미국으로 와서 예기치 않게 친구의 집에서 그를 만났습니다. 그런데 그의 부인은 내가 생각했던 것보다 미인도 아니고 그저 그런 여자였습니다. 그리고 다시 한 20년 후에 만났습니다. 그때 이 친구는 병이 들어 몸을 마음대로 움직이지 못하는 상태였고 부인이 휠체어를 밀고 다닐 형편이었습니다. 당대 서울의 둘째가라면 서러울 정도의 사교가라고 할까, 카사노바라고 할까 하던 친구도 역시 나이 드니 별수 없구나, 라고 생각했습니다. 카사노바도 노년에 도서관의 사서로 남들이 돌아보지 않은 처지가 된 것같이 이 친구도 별수 없구나 싶었습니다.

지금 그의 생각은 어떨까요? 지금 휠체어를 밀고 있는 부인의 생각은 어떨까요?

오래전 내가 아는 가정은 남편이 바람을 피웠다고 평생 남편을 노예처럼 취급하는 가정을 지켜보면서 '참으로 남자와 여자의 관계는 내가 알 수 없구나.'라고 생각합니다.

코스모스밭 언덕길에

　오래전 대학교 3학년의 일입니다. 내가 K를 만난 것은, 흉부내과 실습은 거의 결핵환자를 치료하는 클리닉에 나갈 때였습니다.

　보광동 달동네에서 피난 학교에 다니던 내가 세브란스 의과대학에 합격하자 나는 동네의 희망이었습니다. 그 덕에 교회에서 대학생회장 직을 몇 년이나 연임했습니다. 그때 교회에 예배를 드리러 나왔지만, 누구에게도 눈길을 주지 않는 도도한 여학생 하나가 있었습니다. 그때 여자로는 최고인 E 대 약학과에 다닌다고 했습니다. 그녀는 교회의 대학생회는커녕 교회 청년들과도 인사하지 않았습니다.

　그즈음 나는 가정교사 월급으로는 우리 집의 생활비를 댈 수 없어 잡지 대여를 하고 있었습니다. 사상계, 현대문학, 아리랑. 삼천리, 여성계 등등 여러 월간 잡지를 할인 가격에 사서는 회원을 모집하여 한 주일씩 돌려가는 일입니다. 월말에는 한 잡지의 정가를 회비로 받습니다. 그러면 나는 할인 가격에 샀으니까 차액이 내 수입이 되는데 잡지가 열 권 정도밖에 안 되니 수입은 아주 보잘것없었습니다.

　그런데 월간 잡지 회람에 K가 가입을 한 것입니다. 나는 일주일에 한 번 토요일 오후면 회원의 요구에 따라서 잡지를 교환해 주는 일을 하였습니다. 새 잡지를 가져가면 본 잡지를 돌려받아야 하니까 책을 주고받으면서 가볍게 인사나 나눌 정도였습니다. 그런데 그 도도한 K가 세브란스병원 흉과 내과에 온 것입니다. 나는 그녀의 자존심이 상할까 봐 지극히 사무적인 말만 하고 교수님이 주시는 처방을 받아 그녀에게 전달했습니다. 아마 오후 거의 끝날 시간이었나 봅니다.

실습을 끝내고 집으로 가려고 가방을 들고나오니 K가 교문 저쪽에 서 있었습니다. 그리고는 "지금 집에 가세요?"라고 말을 걸었습니다. 나는 "네, 지금 끝이 났습니다."라고 답을 했습니다. 그녀는 "나도 집으로 갑니다. 같은 방향이니 좀 걸으실래요?"라고 했습니다.

우리는 서울 역전 세브란스병원을 나와 큰길을 따라서 갈월동 방향으로 가다가 동자동 길로 접어들었습니다. 그리고 용산고등학교 쪽으로 걸어갔습니다. 그러면서 K는 학교의 건강 검진 때 결핵으로 판정이 되어 휴학했다고 했습니다. 그녀의 아버지는 대학교수지만 일류학교 교수가 아니고 자그마한 사립대학교의 국문과 교수여서 월급도 신통치 않아 생활이 어렵다고 했습니다. 휴학하고 우울증에 빠진 그녀를 부모님이 위로하느라고 월간 잡지 회람도 시켜 주었다고 했습니다.

그녀가 나에게 "교회에서 가끔 나를 보지만 참 열심히 사는구나 하고 감탄했습니다. 나도 이 선생처럼 살아야 하는데 나는 그런 정열이 부족하여 집에만 있습니다. 결핵환자가 어디에 나서서 무엇을 할 수 있겠어요?"라고 했습니다. 그녀는 원래 소극적이어서 학교에 친구들이 있지만 그렇게 몰려다닐 정도는 아니고 집이 경제적으로 어려워서 학교에서 오면 소설책이나 읽고 밖에 나가지 않는다고도 했습니다. 앙

드레 지드의 『좁은 문』을 읽고 감명을 받았는데 제롬과 아라사의 사랑 이야기를 읽으면서 정말 아름답지만, 너무도 슬프더라는 이야기이며 아마 자기도 아라사의 사랑처럼 소극적이고 플라톤적인 사랑만 하지 않을까 생각한다면서 가냘픈 웃음을 웃었습니다.

우리는 이런 대화를 이어가면서 용산고등학교 뒤의 해방촌 고개를 넘어 이태원을 지나 북 한남동 소방서 옆의 길을 따라 집으로 갔습니다. 참 인상에 남는 이야기를 하면서 나는 주로 듣는 쪽이며 가끔 위로나 용기의 말을 준 거밖에는 기억에 남지 않았습니다. 그 후 주일에는 교회에서 만나면 인사도 나누고 얼마 후에는 그녀도 대학생회에 참석하기도 했습니다.

어느 날, 예배 후에 K의 어머니가 나를 찾아왔습니다 "토요일 오후에 우리 집에 잠깐 들러 주겠냐?"고 했습니다. 나는 "네." 하고 다음 토요일 학교가 끝나고 집으로 가는 길에 그녀 집에 들렀습니다. 이른 저녁때이기는 했지만, 그녀 어머니가 떡국을 내오셔서 K와 같이 저녁을 먹었습니다. 그녀 어머니가 'K가 많이 우울증에 빠졌고 친구가 없으니 가끔 들러서 말동무나 해주라.'고 당부했습니다.

또 얼마 지났습니다. 예배가 끝나고 K가 내게로 와서 "내일 국경일 휴일인데 영화 구경 갈까요?" 하고 청했습니다. 우리는 다음날 시네마 코리아에서 『폭풍의 언덕(Wuthering Height)』이라는 영화를 보았습니다. 영화가 끝나고 우리는 그 자리에서 다시 한번 더 보았습니다. 그때는 연속 상영이라 한 번에 여러 번 볼 수 있었습니다. 영화를 보고 우리는 중국집에서 군만두 하나씩 먹고는 소공동을 나와 신세계백화점 뒤로 하여 남산을 걸어 후암동 이태원을 걸었습니다. 보광동 언덕길에는 코스모스가 마치 코스모스밭처럼 많이 피어 있었습니다. 우리는 K의 집에 왔는데 K는 좀 더 걷자고 하여 우리는 한남동 고개를 지나 서빙고 쪽으로 갔다가 다시 돌아서 코스모스밭을 지나 K의 집으로 왔습니다. 헤어질 때 K는 내게 악수를 청하면서 "이 선생님 행복하세요."라고 인사를 하고는 집으로 들어가 버렸습니다. 그리고 날짜가 흘렀습니다. K가 신학교 졸업생이고 목사 후보자와 결혼한다는 소식이 들려왔습니다. 마음이 선뜻했지만, 워낙 고고하던 여자라 그냥 잊었습니다.

나는 의과대학을 졸업하고 원주기독병원에 인턴과 외과 레지던트를 했습니다. 외과 전공의를 하던 어느 토요일 기차에서 K의 오빠 되는 사람을 만났습니다. 우리는 교회에서 몇 번 만난 일이 있어 반갑게 인사를 하고 그가 K 이야기를 해주었습니다. K는 약혼하고 결혼을 얼마 앞두고 갑자기 파혼을 선언했다고 합니다. 사랑하지 않는 사람과 결혼할 수 없다고. 그리고는, 집을 나갔다고 합니다. 어느 친척 집으로 갔는데 연락을 안 한다고 합니다. 그래서 소식을 모른다고….

나는 그날 청량리역에서 전차를 타고 삼각지에서 내려 보광동까지 걸었습니다. 가을이라 그랬는지 코스모스가 언덕에 만발했습니다. 나는 K를 생각했습니다. 그러나 우리는 사랑한다는 이야기도, 좋아한다는 말도 한 일이 없습니다. 그런데도 마음이 아린 것은 무엇 때문일까요.

기호품이 된 마리화나

마리화나가 누구나 살 수 있는 상품이 되었습니다. 면허를 신청하여 받은 상점에서는 누구에게나 사고팔 수 있습니다. 뉴욕에서는 담배 판매의 허가를 받는 것처럼 이제 기호품이 된 마리화나 판매 허가를 받으려고 난리가 났다고 합니다. 마치 담배처럼….

그저 국민의 표를 얻어 정권을 잡으려는 정치인들이 어디까지 인간을 타락시키려는지 염려가 됩니다. 마리화나는 환각제이고 일종의 마약입니다. 제가 미국에 온 1970년에는 마리화나가 마약으로 규정이 되어 마리화나를 피운 사람들을 체포하여 구속했습니다.

선배의 아들은 아주 똑똑하여 의과대학에 합격하였다는데 한 친구가 휴가를 가면서 화분을 돌봐 달라고 맡겼습니다. 그래서 몇 주일 맡아 주었는데 마약 감시관이 갑자기 조사를 나와 마약사범으로 체포됐습니다. 아무리 아니라고 해도 집에 마리화나 풀이 화분에 있는데 증거가 뚜렷하다면서 감옥으로 끌려갔습니다. 물론 의과대학에서는 쫓겨나고 아버지는 병석에 눕게 되어 집안이 망했습니다. 지금 같으면 그렇게는 되지 않았을 텐데….

마리화나는 인도의 삼 종류 cannabis라는 식물에서 나온 것이며 동남아에서 파티할 때 젊은이들이 담배처럼 피웠다고 합니다.

미국에 언제 수입이 되었는지는 모르겠으나 월남전 이후에 많이 퍼졌다고 생각합니다. 이 약은 마치 도파민과 비슷한 작용을 일으켜 기분이 좋아지고 약간의 환각 작용을 일으킨다고 합니다. 그러나 자주 사용하면 인체에서 나오는 도파민이 줄어들고 마리화나에 의존할 확률이 높아지며 소위 Dependent effect를 일으키며 약에 의존하게 된다고 합니다. 인체에는 마리화나를 한 번 흡입할 때는 그리 심한 독성은 없어서 마치 담배를 피우는 것 같은 효과만 있다고 합니다. 그런데 자주 사용하면 중독증상과 의존 현상이 생겨 몸에 해롭다고 합니다.

물론 이외에도 많은 환각제가 있습니다. Metamphetamine, 병원에서 많이 쓰는 Ephedrine들이 중국에서 많이 퍼져나가고 있고 디자이너 드럭, 크럽 드럭, 코카인, GHB Rohypnol THC 등의 약품들이 지하 사회나 범죄에 많이 사용된다고 합니다.

세상이 변합니다. 범죄에 대한 의식이 점점 퇴색되어 상점에서 도적질을 한 사람은 뉴욕에서는 체포하지도 구속하지도 않습니다. 그래서 청소년들이 떼를 지어 상점으로 들어가 강탈하면서 마치 장난을 치는 것같이 시시덕거립니다. 그런 아이들을 경찰이 완력으로 제압하면 과잉진압이라면서 언론들이 떠들어대고 진보적인 변호사들이 하이에나처럼 달려들어 경찰과 정부를 물어뜯습니다. 미국뿐 아니라 유럽의 여러 나라에서도 범죄에 대한 제재가 완화되고 있습니다.

몇 년 전 이태원에서 술들을 마시고 퇴폐적인 사람들의 무리가 서로 밀어 밀어 하다가 난 사고를 마치 정부에서 잘못한 것처럼 야당에서는 다시 조사해라 하고, 심지어는 대통령에게까지 책임을 지으려고 합니다. 국회에서 정부를 압박하고 그때 마약을 먹고 희생된 사람들도 마치 국가 유공자로 취급하라고 아우성을 칩니다.

이런 모든 현상은 포퓰리즘입니다. 데모군중이 죽창으로 경찰을 찌르는 것은 아무런 문제가 되지 않으며 물대포에 맞아 사람이 죽으면 그것은 사회의 큰 문제가 됩니다. 한국에서는 데모할 때 데모에 앞장을 서려면 골목에서 술을 마셔야 기운이 나고, 과격하게 행동할 수 있다고 하여 데모하는 날에는 광화문 근처의 상점에 있는 술은 모두 매진된다고 합니다.

교회도 마찬가지입니다. 성 소수자를 차별하지 말아야 한다고 그들도 목사가 되고 교회의 지도자가 되면서 동성 결혼을 주례하고 어린 학생들을 데리고 수양회에 가도 된다고 합니다. United Methodist Church에서는 이 법을 교회법으로 통과시키고 산하 교회에게 따르라고 했습니다. 많은 교인이 반발하고 United Meethodist Church를 떠났습니다.

일반 기호품으로 분류된 마리화나가 앞으로는 학교 판매점에서도 판매되지 않을까 걱정이 됩니다. 의학용으로 마리화나가 마약에 속해 있으면서 말기 암 환자에게 진정·진통제용으로 사용되다가, 의사의 허가나 처방이 있어야 구할 수 있는 약이 되었다가, 이제는 일반 기호품이 되어 누구나 살 수 있는 상품이 되었습니다.

이런 정책을 이끌어낸 사람들은 '인체에 별로 해가 없다는데 왜 그렇게 소동을 피우고 난리야.'라고 말합니다. 그러면 당신은 당신 아이들에게 용돈을 주며 '이것으로 마리화나를 사서 피워라.' 하고 권하실

건지요? 하기는 오래전 미국의 대통령 후보들이 젊었을 때 몇 번 마리화나를 피웠다고 고백했고, 국민은 이런 일은 대통령이 되기에 아무런 결격 사항이 아니라고 했습니다. 그들은 대통령에 당선되어 나라를 다스렸습니다.

그렇습니다. 사람들이 먹을 것과 입을 것이 충분해지면 쾌락에 빠집니다. 옛날에 소돔과 고모라가 그랬고 바벨론이 그랬다고 합니다. 먹을 것과 입을 것이 충분하면 성적 쾌락이 따르고 그다음이 마약입니다. 성경에는 이것을 분명히 '죄'라고 지적하고 있습니다. 앞으로는 동성애자들이 목사가 되어 학생들을 데리고 수양회에 가서 마리화나를 피우며 길게 늘어져 새로 편집된 성경을 읽으며 깔깔대는 세상이 올지도 모릅니다. 미국만 아니라 영국, 프랑스, 일본, 한국이 그런 과정으로 빠져들어 가고 있다고 생각합니다.

노령층 노동자

　코로나 전염병 이후에 달라진 것이 많지만, 그중의 하나가 인력난입니다. 그렇다고 청년 지식층의 고용난이 해결되었다는 것은 아니고 막노동하는 사람들이 부족해졌다는 말입니다. 정부에서 저소득층을 도와준다고 있는 돈 없는 돈을 모두 끌어다 쓰고 빚을 지더라도 도와준다고 하니 저소득층 사람들은 일하든지 안 하든지 그만한 돈은 들어오게 마련이니 구태여 일할 필요가 없습니다. 어떤 사람은 일을 안 하는 것이 수입이 더 좋다고도 합니다.

　한국의 문재인 대통령도 400조 이상의 국가 부채를 지고도 단군 이래 가장 정치를 잘했다고 선전하고 미국의 바이든 대통령도 저소득층의 사람들에게 외국의 원조를 몇백억 달러를 주는 것은 크리스마스 때 산타클로스 할아버지가 아이들에게 캔디를 나누어 주는 것처럼 간단하고 쉽습니다.

　미국의 국가 채무는 아마 국토를 다 팔아도 못 갚을지 모릅니다. 쇼핑몰을 지나가다 보면 'Help Wanted. Now We are Hiring'이라는 쪽지가 여기저기 붙어 있습니다. 우리 마을의 잔디를 깎는 사람도 부족하고 가로등을 고치는 사람도 부족하고 집배원도 부족하고 아마존의 배달부도 부족하다고 야단입니다. 어떤 사람은 지금 몰려오는 불법 이민자들을 고용하면 될 것이 아니냐고 하지만 그러면 아프리카 대륙과 중국에서 몇억 명이 밀려와도 된다는 것인지 동전의 앞만 볼 줄 아는 사람들을 보면 한심합니다. 그러면서도 실업자들은 거리에 우글우글합니다.

나는 지금 정부에서 지급하는 사회보장금을 다시 검토해 봐야 한다고 생각합니다. 먹고 놀기만 하여 비둔해진 몸을 어쩌지 못하는데 3대, 4대째 정부 보조금만 받고 사는 사람들을 다시 조절해야 한다고 생각합니다. 그래서 일할 수 있는 사람들을 끌어내야 합니다. 또 한 가지는 지금 사람들은 옛날 사람들과 다릅니다. 그래서 현재 나이에 0.7을 곱해야 1960년대의 신체 나이가 된다고 합니다. 그러니 65세의 사람은 1960대에 46세입니다. 그런 사람들을 은퇴시켜서 사회보장 연금을 주고 놀린다는 것 또한 인력 낭비가 이만저만이 아닙니다. 사회가 노령화된다고 엄살만 부리지 말고 은퇴 연령을 높여야 합니다. 적어도 은퇴 연령을 75세로 올리고 3년마다 신체검사를 하여 건강한 사람들을 다시 직장으로 돌려보내야 합니다. 그러면 사회의 노령화 문제도 해결할 수 있고 노동력 부족도 많이 완화 시킬 수 있습니다.

골프장에 가서 요새 75세 사람들이 골프를 그 먼 파 5의 거리를 3타에 올리고 어떤 사람은 2타에도 올립니다. 테니스장에도 80세가 넘은 노인들이 라켓을 휘두르며 운동장을 누비고 있습니다. 나도 대학병원에서 Full time으로 80세까지 일했습니다. 지금도 일을 하고 싶지만, 젊은이들의 질투와 텃세 때문에 그만두었습니다.

일본의 영화 『Plan 75』에서는 일본 사회의 급격한 노령화와 그로 인한 경제적인 문제를 해결하려고 노인 청소 계획을 세웁니다. 특히 애국정신이 투철한 노인 중에 75세가 되면 정부에 보고가 되고 '그동안 살게 해 주셔서 감사합니다.'라고 정부에서 1,000불을 준다고 합니다. 그 돈으로 온천 여행을 하고 돌아왔다고 보고하고 정부가 안락사 시켜주고 화장도 해준다는 영화입니다.

나는 일본 사람들의 꽉 막힌 머리가 한심합니다. 75세는 아직도 일할 수 있는 나이입니다. 75세부터 3년마다 신체검사를 하여 건강한 사람은 직장으로 내보내면 인력 부족도 해결하고 사회의 노령화도 완만해지고 정부에서 Plan 75의 일하는 경비도 줄여 주고 사람을 죽이는 죄책감도 덜어 줄 것이 아니냐는 것입니다. 그리고 그런 사람들이 벌어 오는 돈에서 세금도 나오고…. 이런 좋은 생각을 왜 못하느냐는 것입니다.

한국 사람은 머리가 좋아 노인들의 노동시장이 많이 진행되고 있는 나라입니다. 그러나 정치는 5등급인 한국인지라 국회의원들이 자기들의 특혜는 계속 늘려 가면서 노령 노동자의 일은 생각해 보지도 않고 있습니다. 그런 것을 정부가 공식화하지 않고 비공식적으로 하니 정말 일을 하는 노령층의 노동자는 제도화되지 못한 직장에서 보호받지 못하고 불법의 그늘 아래서 착취당하고 있는 것이 사실입니다.

이런 법이 발의되어 노령 직장인들이 많이 생긴다면 종로 3가의 탑골공원 인구도 확실히 줄어들 것이고 무료 급식소 일도 줄어들 것입니다. 지금 65세 이상의 사람들이 무료로 타는 지하철의 무료 승객도 줄 것이고 사회가 많이 밝아질 것으로 생각합니다.

물론 모두가 일하려고 하지는 않겠지요. 일하기 싫어하는 게으른 사람들은 어디나 있는 것이니까요. 그렇다고 70이 넘은 노인들을 건설 현장으로 내몰아 벽돌을 지고 나르게 하라는 것은 아닙니다. 책상에 앉아서 할 수 있는 컴퓨터 일, 항공사 안내 직원, 학교의 선생들, 65세면 강제로 내쫓기는 대학 교수들, 기차표 판매원들, 병원 접수구나 안내원, 식당의 매니저 등등 할 일은 찾아보면 무수히 많습니다. 요새 젊은이들이 기피 하는 직종은 시니어들은 달갑게 받을 것입니다.

사회의 인식이 바뀌어 나더러 일하라고 하면 나는 즐겁게 일할 것 같습니다.

당랑지쟁(螳螂之爭)

'버마제비'라는 곤충이 있습니다. '오줌싸개 사마귀'라는 이름으로 더 잘 알려진 여름 곤충입니다. '범'은 호랑이를 의미하고 '아재비'는 삼촌이라는 말이니 두 어휘의 합성이 상충되기는 합니다. 버마재비는 푸른 색깔의 몸체로 풀 속에 잘 감춰지며 다른 곤충을 잡아먹고 사는데 먹이를 만나면 앞발을 들고 마치 호랑이가 달려들 듯 달려든다고 합니다.

그런데 이 곤충은 자기의 동지들, 가족과 동족들도 잡아먹어서 특이하게 취급됩니다. 예외가 있기는 하지만 사람이 사람을 잡아먹지 않고, 호랑이가 호랑이를 잡아먹지 않는 것처럼 동물들도 자기 동족끼리는 잘 잡아먹지 않습니다. 개도 개고기는 먹지 않는다고 합니다. 개밥에 개고기나 국물을 넣어주면 냄새를 맡고는 먹지 않는다고 합니다. 물론 자기들끼리 잡아먹는 동물도 있습니다. 뱀은 뱀을 잡아먹고 악어도 악어를 잡아먹습니다.

이 버마제비는 할 수 없어서 자기들끼리 잡아먹는 것이 아니라 출출할 때 만나게 되면 서로 싸워서 상대방을 먼저 입에 넣는 놈이 이기는 놈이라고 합니다.

사람은 사람 고기를 먹지 않습니다. 성경에 보면 예루살렘이 앗수르의 왕 산헤립에게 포위당해서 먹을 것이 없을 때 아이를 잡아먹었다는 기록이 있고 뉴기니아에 식인종이 있어서 사람을 잡아먹었다는 이야기가 있습니다. 그런데 사람을, 사람 고기를 먹지도 않으면서 사람을 잔인하게 죽입니다. 그저 재미로….

오래전 독일이 패전하였을 때 독일 장교의 집에서 이런 어린애의 수첩이 나왔다고 합니다. 소년의 기록에 "오늘이 내 생일이다. 아버지는 나에게 권총과 탄창을 채워주고 오늘 유대인을 여섯 명 사살해도 좋다는 증명서를 주었다."라고. 나는 베토벤, 슈베르트의 나라 괴테와 쉴러의 나라 사람들이 이렇듯 잔인해질 수 있을까 생각해 봅니다.

『하이드와 지킬 박사』라는 책을 읽으면서 어찌 한 사람의 마음속에 낮에는 자애로운 의사이고 밤에는 살인범이 될 수 있을까, 그것은 그냥 소설이니까, 라고 위안한 적이 있습니다. 그런데 이차대전이 끝난 후 만주에 있던 생체 연구소에서는 사람의 목을 쳐서 경동맥의 피가 얼마만큼 뻗치는가를 실험해 보았다는 기록이 있고, 원숭이에게 여자를 강간하게 하고서 원숭이와 여자의 심박수를 계산했다고 합니다. 백화점에 가면 그 나긋나긋하고 친절한 일본인들이 그렇게까지 잔인할 수 있었는지 이해할 수 없습니다. 유영철이라는 청년은 사람들을 자기집에 유인하여 죽이고 토막을 쳐서 갖다 버렸다고 합니다. 자기보다는 좀 약한 사람들, 주로 여자들이 희생자가 되었다고 합니다.

그는 형무소에서도 형리나 같은 죄수들에게 포악한 소리를 하고 행패를 부리며 '나는 사형수야. 나는 이제 더 잃을 것이 없어 덤비려면 덤벼봐.'라고 하여 주위의 사람들에게 공포심을 갖게 한다고 합니다.

인간의 마음에는 천사와 악마가 같이 존재하는 것이라고 하는데 그 사람의 마음에는 아마 악마만이 존재한 것인가 생각합니다. 가끔 미국에서는 무차별 사격을 하여 많은 사람을 죽이는 사건들이 벌어지곤 합니다. 아마 그런 사람들 마음에도 악마들이 춤을 추었거나 마음속의 천사들이 모두 추방당한 게 아닌가 생각합니다.

조폭 영화를 보면 회칼을 가지고 직접 사람을 죽이는 장면들이 나옵니다. 또 간접적으로 사람을 죽이는 일을 하는 사람들이 있습니다. 지금 한국 사회에서 논란되고 있는 몇몇 정치인이 있습니다. 그 중 L씨는 정말 미스터리의 사람입니다. 제대로 중고등 학교도 나오지 못하고 검정고시로 중앙대학을 졸업한 후 사법고시에 합격되었으니, 머리가 좋은 사람임에는 틀림이 없습니다. 그는 전과 4범이라고 합니다. 그리고 크나큰 위법의 혐의가 있습니다. 그런데 묘하게도 그의 중요한 증인이 될 만한 사람, 진실을 이야기하면 L씨가 곤란해질 수 있는 사람이 연달아 자살했습니다. 그것도 5명이나… 물론 그가 죽인 것은 아닙니다. L씨가 그들의 자살에 관련이 되었다는 직접적인 증거를 찾을 수 없습니다.

몇 년 전 작은 오징어 배를 타고 선원 2명이 탈북했습니다. 한국 정부는 그들이 살인자라고 단정을 지었습니다. 만일 그들이 살인자라고 의심되었다면 당연히 체포하여 조사했어야 했습니다. 그러나 당시 대통령은 조사도 하지 않은 채 사형수에게나 하는 눈가리개를 씌우고 북한 경비대에게 이송했습니다. 북한으로 이송되면 사형되는 건 누구나 알 수 있었습니다.

그들이 북한으로 이송된 지 며칠 만에 사형되었다는 외신을 들을 수 있었습니다. 이것은 간접 살인입니다. 기차가 달려오는데 사람을 그리로 밀면 기차에 치여 죽게 되는 걸 알면서 사람을 기찻길로 떠미는 행위나 같습니다. 그러나 대통령은 내가 보낸 게 아니라고 발뺌합니다. 물론 그가 직접 끌고 간 것은 아니겠지요. 그러나 그 짓을 명령한 사람이 아닙니까?

이제 몇 달만 있으면 국회의원 선거가 있다고 합니다. 그리고 정치판에서는 버마제비가 서로 잡아먹는 것 같은 싸움이 치열하게 벌어지고 있습니다. 거짓 뉴스를 만들어 사회에서 매장시키려고 앞발을 들고 달려들고 있습니다. 꼭 칼로 가슴을 찔려야 합니까. 치열하게 싸우는 모습을 보며 '버마제비들이 저렇게 싸우겠지.'라고 생각합니다.

커피 한 잔도 배달해요

대전에 살 때 우편함으로 선전물이 배달되곤 합니다.

'우리는 배달의 민족'이라는 글이 있어 갑자기 민족정신을 함양하는 강연회 선전물인가 생각했는데 청년이 철모를 쓰고 오토바이에 철가방을 단 모습이어서 보니 중국음식점, 치킨집, 국물이 없는 음식을 배달한다는 광고이고 만일 전화를 한 후 30분 내로 배달 안 되면 음식값을 받지 않는다는 선전이었습니다. 주말에 게으름을 피우고 싶을 때 전화하면 음식을 배달해 주는데 광고와는 다른 음식들이 있었습니다. 치킨 광고에 보면 20조각에 2만 원이라고 했는데 배달해 온 음식은 깍두기만 한 치킨 조각이 20개 들어 있어 실망했습니다. 배달원들은 젊은 청년들로 다른 직업을 구하지 못하여 배달하는 청년들이어서 팁을 5천 원을 주니 고맙다고 인사하고 갔습니다. 자장면도 시켜 먹어보았는데 주문이 최저 2만 원이어서 친구가 있을 때 배달을 시켜 먹었지만 그리 만족스럽지는 않았습니다.

한국에는 배달업체가 여러 개 있습니다. 요기요, 쿠팡이츠가 큰 업체인 모양이고 그 외에도 작은 회사가 여러 개 있는 모양입니다. 얼마 전 유튜브에 나온 것을 보면 월급쟁이들의 부인이 일찍 일어나 음식을 하기가 싫어 전화하여 몇 시까지 배달해 달라고 하면 그 시간까지 음식이 배달된다고 합니다. 가령 5시 반까지 어느 아파트 몇 호로 초밥을 배달시킵니다. 1인분이 4만5천 원이니까 부부가 같이 주문하면 거의 십만 원입니다.

나는 그 프로를 보면서 '남자의 수입이 얼마나 되길래 매일 아침 5만 원짜리 초밥을 시켜 먹지? 또 부인은 맞벌이하여 시간이 없다면 모를까 직장이 없이 가사만을 하는 여인이라면 살림을 어찌 이렇게 하지?'라고 생각했습니다. 유튜브에 나오던 그 여인은 나비 날개 같은 잠옷을 입고 새벽에 현관문을 열고 나와 배달된 초밥을 들고 살랑거리며 부엌으로 들어갔는데 나는 그 여인이 얄밉기까지 했습니다. 같은 나이의 한 젊은이는 새벽 3시에 나와서 초밥집에서 물건을 받아서 그 아파트까지 배달하는 힘든 삶을 살고, 저 여인은 늦잠 자다가 초인종 소리를 따라 현관에서 초밥의 밥이 흐트러지기 전에 배달해야 한다고 주문하는 사람이 미웠습니다.

많은 사람이 한국이 살기 좋다고 합니다. 그것은 돈이 많은 사람이 살기 좋다는 말이 아닐까 생각합니다. 그런데 그런 배달의 민족이 미국에도 전염이 되었습니다. 뉴저지 콘도미니엄의 메일 박스에 선전문이 붙어 있습니다. 음식을 20불 이상 주문하면 배달을 해준다는 광고입니다. 역시 중국 음식과 한식으로 비빔밥, 볶음밥, 초밥, 김밥, 도시락들이었습니다. 나는 서울에서 그 복잡한 거리에 철가방을 뒤에 단 '배달의 민족'의 배달원이 모터사이클을 타고 곡예하듯이 운전하며 빠져나가는 것을 보면 정말 아슬아슬한 생각이 듭니다.

병원 정형외과 병실에는 오토바이 운전 중에 다친 사람들이 많이 누워있습니다. 정말 생명을 건 직업, 그것도 몇 푼 안 되는 돈을 위해 위험한 작업을 하는 젊은이들이 불쌍합니다. 물론 금요일, 토요일에 이태원 거리, 홍대 앞 거리에서 술에 취해, 마약에 취해 흐느적거리며 걸음을 옮기는 젊은이들을 보면서 '저들은 돈을 어떻게 쓸 줄을 몰라서 저 야단'을 하고 있는데 얼마 안 되는 돈을 벌려고 위험을 무릅쓰고 일하는 젊은이들이 안쓰럽기만 합니다.

뭔가 확실히 잘못되었다고 생각합니다. 그 열악한 젊은이들의 성질이 거칠어지기도 했고 사회에 대한 반항심이 생기는 것도 사실입니다. 그들의 삶에 그늘이 걷힐 날이 없고 '정말 이놈의 세상 망했으면 좋겠다.'라는 생각이 날 수도 있습니다.

지인들과 모여 앉아 '이런 배달 문화가 생겨 살기 편하게 되었다.'라고 이야기하다가 문득 '음식 20불어치를 배달하면 배달한 사람은 얼마를 받을까?'에 생각이 이어지자 나도 모르게 분노하고 있었습니다.

물론 살기 편한 세상입니다. 돈이 있는 사람에게는…. 그러나 가난한 사람들이 얼마나 살기 힘든 세상인가? 그런 사회에 증오심이 생기는 거라면서 흥분하는 과오를 저질렀습니다. 그런데 '그런 직업이라도 있어야 하는 사람들에게는 다행한 일이 아니냐?'는 반문에는 할 말을 잃었습니다.

며칠 전 신문에 '커피 한 잔이라도 배달합니다.'라는 기사를 보고 마음이 아팠습니다. 얼마나 수입이 없었길래 커피 한 잔을 배달한다고 했을까요? 커피를 어디로 배달한다는 것일까요? 그럼, 커피를 배달하면 대체 얼마를 받는다는 이야기일까요? 옛날에도 커피를 배달하는 일이 있었다고 합니다. 다방에 커피를 시키면 레지라는 여자가 주전자와 커피잔을 들고 방문한다고 합니다. 그리고 몇 잔을 팔았다고 티켓을 팔았다고 합니다. 그런데 소문으로는 커피를 가지고 가면 남자들이 지나친 요구를 하고 심지어는 티켓을 팔면서 몸을 팔았다는 이야기가 신문에 났었습니다.

잠자리 같은 잠옷을 입고 현관 앞에 놓인 초밥을 들고 살랑살랑 걸어가는 젊은 여주인을 볼 때 쓸데없는 분노를 느끼는 나는 확실히 자본주의 사회에 완전히 물들지 않은 촌놈일지도 모릅니다. 신문에는 '커피 한 잔도 배달합니다.'라는 기사를 보면서 '이놈의 세상!'이라고 화를 내는 나는 정치적으로 무어라고 할까요.

가정폭력

　현대사회에서는 가정폭력을 범죄로 생각합니다. 그러나 제가 어릴 때만 해도 어린이들을 때리는 부모가 많았습니다. 사랑하는 자식에게 채찍을 주라는 말도 있었고, 구약성서의 잠언에도 자식에게 채찍질해야 자식이 잘되고 남에게도 칭찬받는다고 했습니다.

　옛이야기 중에는 어머님이 자식을 교육하기 위해 종아리를 때렸다는 이야기가 많습니다. 우리는 전설의 명필 한석봉 어머니의 이야기를 기억합니다. 그의 어머니가 그를 타지로 보내 공부를 시킵니다. 그런데 한석봉은 어머님이 그리워서 밤에 집으로 옵니다. 어머니는 한석봉을 꾸짖고는 불을 끄고 어머니는 떡을 썰고 석봉이는 글을 써 누가 더 고르게 잘 되었는지 보자고 합니다. 그리고 불을 끄고 어머니는 떡을 썰고 한석봉은 글을 씁니다. 불을 켜고 보니 어머니의 떡은 가지런한데 석봉의 글은 고르지 못합니다. 어머니는 너의 글씨가 이렇게 될 때까지 집에 오지 말라 하고 쫓아냅니다. 이런 책벌을 받은 한석봉은 전설의 명필이 됩니다.

　어린이는 사물을 판단할 지혜와 지식이 부족합니다. 그런데 고집을 피우면 부모가 완력을 가할 수밖에 없습니다. 그리고 올바른 교육에는 체벌이 필요한 것입니다. 올바른 군대, 강한 군대를 만들기 위해서는 체벌과 강압이 필요한 것처럼 말입니다. 그렇다고 제가 가정폭력을 지지하는 사람도 아니고 옹호할 생각도 없습니다.

우리는 오래전 이윤복 소년이 쓴 『저 하늘에도 슬픔』이라는 책이나 영화를 기억합니다. 막노동을 하는 아버지가 돈이 안 벌리거나 기분이 나쁜 날에는 술을 먹고 들어와 집식구들을 때렸습니다. 이런 가정폭력은 가난한 집일수록 많았습니다.

해방된 후 우리 아버님은 공산 치하에서는 죽어도 못 살겠다면서 당신이 먼저 가서 터를 잡고 가족을 데려가겠다는 말씀을 남기고 어느 날 새벽 우리가 일어나기도 전에 서울로 가셨습니다. 그러나 아버님이 서울로 가신 후 38선은 더욱 강화되었고 소식도 없으셨습니다. 아버님이 서울로 가시고 얼마 후 서북청년단 활동을 하던 형님은 검거되어 아오지 탄광인지 러시아로 끌려갔습니다.

할아버지는 목사, 서울로 도망간 아버지, 반공 활동을 하여 잡혀간 형님, 우리 집은 반동분자의 집이었습니다.

나와 남동생, 여동생을 거느린 어머님은 힘이 많이 들었을 것입니다. 집도 없고, 재산도 없고, 당장 먹을 것도 없는 살림, 정말 길에 나앉아야 할 거지 신세였습니다. 어머니는 집에 있던 것을 전부 시장에 내다 팔아서 쌀 한 되를 사셨고, 나는 길을 돌아다니며 아무런 나무 조각이라도 주워 와서 밥을 지어 먹곤 했습니다.

어머니는 그때 정말 악이 받히셨나 봅니다. 어떨 때는 그 화를 우리에게 풀었습니다. 여동생은 아주 어리고 남동생은 눈치가 빨라 어머니의 안색이 변하면 자리를 피하고는 집안이 조용할 때까지 얼씬도 하지 않았습니다. 나도 그때는 절망 상태였고 죽는 것도 두렵지 않았습니다. 어머니는 눈에 보이는 대로 뭐든 들고 나를 때렸습니다.

'어머님의 속이 풀리신다면 속이 풀릴 때까지 때리십시오. 내가 죽어 우리 가족이 행복해진다면 기쁘게 죽겠습니다.'라는 기분으로 매를 피하지 않았습니다. 옆집의 아주머니가 말려서 폭풍이 지나고 나면 어머니와 나는 부둥켜안고 울었습니다. 아마 지금처럼 가정폭력 단속을 했더라면 어머니는 감옥에 가고 우리는 정말 고아가 됐겠지요. 그러나 우리는 고생했어도 모두 훌륭한 시민이 되어 아버님도 어머님도 말년에는 행복하셨습니다.

대학 다닐 때 보광동 산동네에서 살았습니다. 모두 가난했고 보통의 상식을 가지고 사는 사람들이었습니다. 그곳에서도 가족폭력이 많았습니다. 남편이 부인을 때리고 부모가 자식들을 때리는 일은 다반사였습니다. 그래도 그 동네의 젊은이들은 효자 효부들이었습니다. 고등학교를 졸업하면 대학은 꿈도 꾸지 못하는 집이 태반이었습니다. 그들은 공장 또는 직장에 다니면서 부모님을 정성스럽게 모셨습니다.

지금은 발전된 사회이고 인권의 시대입니다. 부모가 자식을 때리면 경찰이 와서 부모를 잡아가고 친권을 박탈하고 애들을 보호소에 보냅니다. 그러면 누구의 불행일까요? 자식을 잃고 경찰서에 간 부모님도 불행하고 부모님을 잃고 고아원에 간 자식들은 행복할까요? 그렇게 어린이들을 교육하는 사회가 나는 아주 많이 잘못되었다고 생각합니다. 이렇게 가정교육이 파괴되고 윤리와 도덕이 해이해지는 사회가 되는 것입니다.

옛날에는 학생들이 잘못하면 선생님이 책벌했습니다. 그런데 지금은 선생님이 꾸중만 해도 학부모들이 학교로 몰려 와 항의하고 어떤 학부모는 선생님을 폭행합니다. 또 교육청에 신고하여 선생님을 징계합니다. 선생님이 잘못하지 않아도 학생이 기분이 나쁘다고 하면 교육청에 민원을 제출하여 선생님을 괴롭힙니다. 심지어는 선생에게 돈을 요구하고 계속 괴롭혀서 선생이 자살한 일도 있었습니다.

'나 때'는 선생님이 존경받는 직업이었고 하고 싶은 직업이었습니다. 그러나 지금은 선생님이 별로 인기 있는 직업이 아닙니다. 가정폭력을 없앤다고 가정교육을 말살하고 학교 교육의 힘을 빼고 나라를 통제하겠다는 사회가 공산주의라고 나는 생각합니다.

사랑하는 자녀를 체벌해서라도 옳은 사람을 만들어야겠다는 부모님의 가정교육이 절대로 필요하다고 주장하고 싶습니다.

건설 건설 건설

비행기를 타고 애틀랜타 공항 근처에 와서 비행기가 저공비행을 할 때면 저 앞의 넓은 터에 집들을 짓느라고 땅을 파헤친 땅들이 보입니다. 그것은 작은 집을 짓는 것이 아니라 산을 깔아뭉개고 작은 개울을 묻어 버리고 시멘트를 까는 모습이 여기저기 보입니다. KTX 기차를 타고 서울에서 부산에 가면 창문 밖으로 펼쳐지는 광경 속에 역시 집을 짓느라고 파헤친 땅들을 봅니다. 그것도 작은 집들이 아니라 크나큰 공장지대를 건설하는 모습입니다. 버스를 타고 고양시 화정에서 신촌을 지나가려면 집을 짓느라고 ○○건설이라는 합판으로 담을 쌓고 그 안에서 큰 기계들이 울리는 소리가 진동합니다.

오래간만에 플로리다에 와도 여기저기 집들을 짓느라고 땅들을 파놓은 곳이 즐비합니다. 작년에도 도로의 왼쪽에 큰 아파트 단지를 지었는데 올해에는 맞은편에 또 땅을 파헤치고 집을 짓느라고 야단입니다. 한 20년 전만 해도 시골의 모습이었던 보니타 스프링과 에스테로가 이제는 복잡한 도시로 변했습니다. 뉴저지의 포트리도 마찬가지입니다. 그전에는 작은 도시였는데 지금은 50층인지 70층인지 모를 높은 건물들이 생기고 고층 아파트들이 많이 늘어나면서 길이 복잡해지고 도시가 복잡해졌습니다. 그런데도 차를 타고 가다 보면 여기저기 집을 짓느라고 야단입니다. 뉴욕 맨해튼에 가면 건축을 하느라고 길을 막아 놓고, 철근을 세워 놓아서 제대로 걸을 수도 없습니다. 20~30년 동안 이런 건축 현장은 끊임없이 이어지고 있습니다.

물론 건축해야 할 나라가 있습니다. 러시아의 폭격을 받고 파괴된 우크라이나에는 많은 건축이 필요할 것입니다. 지진으로 망가진 모나코도 건축이 필요할 것이고, 해마다 허리케인이 휩쓸고 지나가 망가진 아이티나 푸에르토리코에도 건축이 필요할 것입니다. 이제 이스라엘과 팔레스타인과의 전쟁이 끝이 나면 이스라엘도 가자 지구도 건설이 매우 필요할 것입니다. 물론 아프리카나 남미의 개척되지 않은 여러 나라에도 건축이 필요하겠지요. 그러나 이제 뉴욕에는 송곳 꽂을 틈도 없는데 웬 건축이 이렇게 많을까요? 미국은 폭격당한 일도 없는데 이렇게 매일 큰 건설업체들이 집을 지어야 할 만큼 집이 부족한가 하고 생각을 해 봅니다. 그런데도 집값은 살인적으로 비싸고 집이 부족하다고 합니다.

유튜브나 비행기에서 찍은 서울의 사진을 보면 이제는 집을 지을 자리가 보이지 않도록 가득 찼습니다. 정말 다닥다닥 붙었다고 표현해야 할 만큼 빈자리가 없이 방바닥에 보리쌀을 펴 놓은 것 같습니다. 그러니까 건설회사에서는 재개발이라는 미명하에 30년 이상 된 아파트를 부숴버리고 새로운 집을 짓습니다. 이번에는 15층짜리 집을 부숴버리고 40층짜리 집을 짓습니다. 이제 서울은 옆으로 자라는 것이 아니라 높이로 자라는가 봅니다.

그러면 얼마를 지어야 충분할까요? 하기는 내가 자랄 때는 우리 여섯 식구가 방 두 개에서 살았습니다. 한 집에서 20여 명이 살기도 했습니다. 이제는 핵가족 시대입니다. 한 방에서 다섯 식구가 잔다는 것은 상상도 못 합니다.

2003년 한국에 가서 살 때 우리 내외는 방 3개짜리 아파트에서 살았습니다. 그러나 아내가 미국에 들어오고, 나 혼자 대전에서 지낼 때는 방 4개짜리 아파트였습니다. 지금 한국의 인구가 5,100만이라고 하니 그 수에 맞는 집이 있어야 하겠지요.

지금 옛날처럼 한방에 5명이 사는 집은 거의 없을 것입니다. 아마 있다고 해도 얼마 안 되겠지요. 한국인의 삼 분의 일은 독신으로 산다고 합니다.

집이 얼마나 있어야 충분할까요? 옛날의 논과 밭을 산업지대로 바꾸고 많은 땅에 아파트를 지었습니다. 얼마 전 은퇴한 문재인 전 대통령도 양산에 구입한 농지를 용지 변경하여 집을 지었습니다. 가끔 하늘이 무너질까 걱정하는 나는 만일 국제적인 분쟁이 생겨 우리나라가 밀이나 농산물을 수입하지 못할 상황이 온다면 한국민은 무엇을 먹고 살까 염려하게 됩니다. 어떤 이들은 지금도 쌀이 남아도는데 문제없어 하실지 모르지만, 밀가루 음식이 거의 주식이 되다시피 한 한국에서 밀을 수입하지 못하면 어찌 될까요?

지금 서울은 모든 도로나 마당이 아스팔트나 시멘트로 덮여 있습니다. 옛날에 흙바닥이던 재래시장도 바닥이 시멘트입니다. 교외로 나가도 웬만한 도로는 모두 시멘트로 덮여 있습니다. 산으로 올라가나 황토 산책길을 가기 전에는 옛날 시골집 마당 같은 흙바닥을 볼 수가 없습니다. 그래도 시멘트로 바닥을 깔고 집을 짓습니다. 그것도 얇은 시멘트로 깔고 작은 집을 짓는 것이 아니라 아주 두꺼운 콘크리트로 바닥을 깔고 그 위에 높은 빌딩을 짓습니다. 물론 필요하니까 짓겠지요, 그러다간 농토도 녹지도 하나도 남지 않고 시멘트에 묻히거나 높은 빌딩 때문에 사라지는 게 아닌가 하고 걱정해 봅니다.

녹지가 없어지면 CO_2가 많아지고 지구의 온난화는 빨라지고 높은 빌딩만이 가득한 공상 영화 같은 도시가 되겠지요. 플로리다의 녹지가 사라지고 건물로 채워져 갑니다. 건설, 건설하면서 땅을 파헤치는 불도저를 볼 때마다 마음이 썩 즐겁지 않습니다. 나의 이 염려가 늙은이의 쓸데없는 생각일까요?

권력형 사람들

키가 작은 나는 왜소한 몸집에 피부까지 얇아서 그런지 카리스마가 있다는 말은 한 번도 들어 본 일이 없습니다.

학생 때 키 순서로 번호를 매기면 항상 1번이었고 제일 앞자리에 앉으니, 칠판에서 풍겨 나오는 백묵 먼지는 뒤집어쓸지언정 일진들이 건드릴 이유도 없었습니다. 나도 보신책이라는 것을 알아 공부만 하고 선생님의 말씀을 잘 듣는 모범생이어서 반에서 큰소리를 쳐 본 일도 없고 반장이나 학도 호국단 간부에 나선 일이 없습니다. 대학에 다닐 때도 머리만 길렀을 뿐 밖에서 고등학생으로 오인하기도 했습니다.

전공의 때는 환자들이 나보다 키가 큰 후배에게 '과장님'하고 절을 하여 후배가 나에게 미안해한 적이 여러 번 있었습니다. 아마 제일 권위적인 시절이 있었다면 군의관 때였겠지요. 나라에서 모자와 어깨에 대위 계급장과 소령 계급장을 달아 주었으니 말입니다. 군의관으로 있을 때도 대위나 소령이 되어 군복을 입었으나 군의 장교로서보다는 착한 의사로서 행세했습니다. 원장님이나 일군 사령부의 장군님들에게는 착하고 자상한 의사로서 인기가 있었지만, 무서운 장교는 되지 못

했습니다. 나는 하급 장교나 환자들에게도 다른 군의 장교처럼 '해라'를 못하고 항상 존댓말을 써서 원장님과 외과 부장 이 소령에게 말을 듣기도 했습니다. 더구나 담배도 술도 못하는 처지여서 술을 좋아하는 군의관들 측에 끼지도 못하고 회식이 있을 때면 콜라와 안주만 먹는다고 핀잔을 듣기도 했습니다. 그러니 카리스마가 있어야 한다는 높은 자리에는 앉아 본 일이 별로 기억나지 않습니다. 간혹 내가 화를 내도 무서워하는 건 아내와 자식들뿐이고 아무도 없었습니다.

병원의 교육부장으로 있으면서 미팅에 참석하지 않은 사람, 숙제해 오지 않은 사람에게 싫은 소리를 하여 까다로운 사람으로 알려져는 있었습니다. 그래도 환자들과 간호 장교들 사이에 인기가 있었습니다. 간호 장교들이나 병원의 직원들이 개인적으로 환자를 부탁하여 많은 환자를 보아주기도 하고 이 소문 때문에 일군 사령관, 참모장과 여러 장군의 가정의 노릇을 하기도 했습니다. 이런 게 내가 가진 무기가 되어주어서 일찍 제대하고 미국에 올 수 있었던 걸까요?

카리스마를 가지고 지도자가 되는 것도, 하늘이 내는 것으로 생각합니다. 박근혜 대통령이 카리스마가 없는 사람이라고 생각합니다. 그는 보기에도 부드럽고 착하게 생겼지, 전 여성 법무 장관 C처럼 독하게 생기지 않았습니다. 그는 새누리당과 한나라당에서 큰일을 많이 했습니다. 그가 선거 유세를 나서면 당할 사람이 없었습니다. 한동안 36대 0, 선거의 여왕이라 불렸습니다. 그는 외국에 가서 많은 환대를 받았습니다. 영국에 가서 엘리자베스 여왕에게서 극진한 대접을 받고 심지어 중국에 가서도 중국의 시진핑에게서 김정은보다도 더 환대받았습니다. 그러나 그가 대통령이 되자 카리스마가 없어서인지 그에게 복종하는 사람들보다는 대항하는 사람들이 더 많았습니다. 그러다가 유승민, 김무성, 이재오 같은 사람들이 반기를 들어 대통령 탄핵이라는 역사에 처음 있는 수치를 당했습니다.

사람 중에는 보기만 해도 카리스마가 있는 사람이 있습니다. 오래전 국방부 장관을 지낸 서종철 대장은 키도 컸지만 뭔지 모를 카리스마가 있었습니다. 일군 사령관일 때 여러 번 직접 뵙고 댁에도 몇 번 갔습니다. 그분은 말이 없었지만 위엄이 있었습니다. 그러나 몸이 크다고 꼭 위엄이 있는 것만도 아닙니다. 박정희 대통령도 키가 큰 쪽은 아니었지만, 그의 몸가짐과 표정으로 카리스마를 만들어내고 있었습니다. 삼국지에서는 유현덕이 카리스마가 있었다고 말합니다. 그는 귀가 커서 자기의 귀를 볼 수 있을 정도로 크고 인자하여 많은 사람이 얼굴만 보고도 따랐다고 합니다. 물론 얼굴이 대춧빛 같고 용의 눈썹에 삼각수가 무릎에 닿을만하였다는 관운장도 카리스마가 있고, 눈이 주먹만한 게 광채가 있고 고슴도치처럼 생겨서 보기만 해도 겁이 났다는 장익덕도 카리스마가 있었다고 『삼국지연의』는 이야기합니다.

옛날 이웃집 할머니가 "야! 생긴 대로 사는 거야."라고 그분 자식에게 하는 소리를 들었습니다. 착한 사람이 마치 도둑놈처럼 우락부락하게 생긴 이가 있고, 저렇듯 선하게 생겨서 어찌 끔찍한 살인을 했나 싶은 사람도 있습니다. 그래서 어떤 배우는 항상 악한 사람으로 나오고 어떤 사람은 젊었는데도 할머니의 배역으로 나오는 사람이 있습니다. 신성일 같은 배우는 청춘 배우여서 젊었을 때는 인기가 하늘을 치솟는 듯했으나 나이가 들면서 젊었을 때의 인기가 없어지는 것을 볼 수 있습니다.

카리스마 넘치는 남자다운 모습도, 송혜교나 이보영처럼 아름다운 모습도 다 운명이라고 생각합니다. 나 같은 사람이 아무리 치장하고 군복을 입고 나와도 엄한 사람으로 보이지 않는 것처럼 이보영 같은 배우가 산적같이 치장하고 나온다고 해도 어울리지 않을 것입니다.

운명을 이기는 힘은 없습니다. 내가 아무리 노력해도 윌리엄 왕자처럼 윈저궁에서 살면서 밖에 나가기만 하면 군중들이 손을 흔드는 삶을 얻을 수 없을 것입니다. 그러니 내가 아무리 공부하고 노력해도 10층 정도는 뛰어오를 수는 있겠지만 50층의 빌딩 꼭대기에는 오를 수 없을 거로 생각합니다. 그러나 많은 사람에게 좋은 사람으로 살아갈 수는 있습니다.

요새도 매일 카톡과 이메일이 옵니다. 도널드 트럼프를 지지해 주고 다음 2024년 대통령으로 뽑아 달라는 선전입니다. 솔직히 트럼프 씨는 호감이 가는 모습은 아닙니다. 그가 찡그리고 화가 난 표정을 지을 때는 혐오감까지 느껴지는 사람입니다. 그런데 그가 웃을 때는 마치 먼 친척 아저씨가 웃는 것처럼 호감이 갑니다. 그래서일까요? 그 기세가 좋던 힐러리 클린턴을 이기고 대통령이 되었습니다. 그런데 대통령이 되고서는 그이 얼굴이 찌푸리고 다른 사람과 싸움하고 적을 많이 만들더니 재선에 실패했습니다. 그가 만일 계속 미소를 짓고 권력형의 카리스마가 아니라 마음씨 좋은 아저씨의 카리스마로 남았다면 바이든 대통령에게 승리하지 않았을까요?

험상궂은 카리스마, 미소 띤 존 프랭크 케네디의 카리스마 중 어느 것을 택할지는 각자의 몫일 것입니다. 그 카리스마에 따라 운명도 바뀔 것으로 생각합니다.

도척지견(盜拓之犬)

　　도적을 막기 위해 사람들은 개를 키운다고 합니다. 그런데 개는 도적을 보고 짖는 것이 아니라 낯선 사람을 보면 짖습니다. 오래전부터 내려오는 농담이 있습니다. 뒷집의 개가 앞집의 개한테 묻습니다. "너 왜 요새 짖지 않니?"라고 하니까 "모두 도둑놈인데 누구를 보고 짖어야 하니, 앞집 뒷집 우리 주인도 모두 도둑놈들인데."라고 했다지요.

　　하기는 도둑놈들이 끌고 다니는 개가 누구를 보고 짖어야 할까요? 춘추전국시대에 도척이라는 도적놈이 살았습니다. 그는 2천 명의 졸개를 두고 상대를 가릴 것 없이 닥치는 대로 약탈하여 악명이 높았다고 합니다. 이 도척이 개를 길렀는데 자기를 먹여 주고 재워주는 주인에게 짖을 리가 있겠습니까? 동네 사람이 그 집 근처를 지날 때면 사납게 짖었다는 이야기입니다. 도척의 개는 도척에게 짖지 않습니다. 자기에게 먹이를 주고 따뜻한 잠자리를 주고 머리와 등을 쓰다듬어 주는 주인에게 짖을 리가 있겠습니까?

　　그럼, 요새 세대는 어떨까요? 더구나 지금은 개를 키우는 집이 천만이 넘는다고 하니 개 짖는 소리가 요란할 텐데 아파트 앞을 지나도 개

짖는 소리를 잘 들을 수가 없습니다. '주인이 남을 속이고 나쁜 짓을 하는데 누구를 보고 짖어.'라고 하는 걸까요?

주인 손에 이끌려 밖에 나온 개가 얌전히 산책하는 이웃에게 왕왕하고 짖는데 개주인은 도리어 웃고 있으니 그런 주인을 닮아 이제는 개들의 사회에서조차 윤리마저 엉망이 되어버린 세상입니다.

오래전 본 영화입니다. 도둑들이 사나운 개들을 끌고 다니면서 개들이 집주인을 공격하는 사이에 물건을 훔쳐냅니다. 그 도둑들을 추격하는 사람들에게 개들이 덤벼들었습니다. 그 개들은 영리하지만 주인 도둑들처럼 사리 분별은 못 하는 정말 개새끼들이었습니다.

그런데 개 같은 부류가 있습니다. 도둑 잡고 사회 정의를 지키라는 경찰이 국민을 위하지 않고 도둑 같은 권력자를 위해 충성하고 선량한 국민을 보고 짖고 있습니다.

경찰은 '법'이라는 무기를 가진 무서운 개입니다. '사람이 먼저다'라면서 전 대통령은 자기 사람이 먼저지 선량한 국민은 죽든지 말든지 상관하지 않았습니다. 그러니까 자유를 찾아 목숨을 걸고 넘어온 두 어부의 눈을 가리고 북한의 김정은에게 넘겨주어 죽게 했습니다. 이것도 도척의 개보다 못한 짓이라고 할 수 있습니다.

경찰차를 때려 부수고 인근의 상점들에 해를 입히는 민노총의 폭력 데모는 슬슬 감싸주고 나라를 지키자는 태극기 부대의 데모는 경찰차로 막아 버리는 부류가 한국의 경찰입니다. 국민의 억울한 수사는 검찰은 경찰에 미루고 경찰은 검찰에 서로 미루면서 대통령을 비난했다는 시민은 번개처럼 구속한 검찰도 도척의 개이기는 마찬가지입니다.

옛날부터 경찰을 개라고 부른 것은 그들은 정권을 가진 사람이면 먹이를 주는 도척처럼 무조건 복종하고 그가 양순한 국민이든지를 가리지 않고 때려잡았던 경찰이었기 때문일 것입니다.

프랑스 혁명 때도 코제트가 장 발장에게 호텔 주위에 개가 있다고 쪽지를 보내는 장면이 나옵니다. 한국의 소설을 보아도 군의 소집을 피하는 청년들에게 이 동네 어귀에 개가 있다고 신호를 보냅니다. 프랑스 경찰뿐이었을까요. 독일의 게슈타포도 그랬고 러시아의 경찰도 그랬고 북한의 내무서원도 그랬습니다.

도척을 보고 짖지 않고 꼬리를 흔들며 도척의 개처럼 그의 품에 안겨 충성하는 경찰은 도척의 개나 마찬가지입니다. 우리도 4·19혁명 때 남대문경찰서에서 시민을 향해 총을 쏘는 경찰들을 보며 개새끼들이라고 했습니다. 그때도 경찰들의 눈에 국민은 보이지 않고 나중에 사형당한 내무부장관 최인규의 명령만 들렸던 모양입니다. 이태원 참사 사건 때 용산경찰서장은 이태원의 높은 곳에 올라가 그 광경을 구경하면서도 지시를 안 했다고 합니다. 그는 누구의 개였을까요? 사고가 나서 세월호처럼 정치적으로 문제가 생기는 것을 유도하는 경찰서장이었을까요? 그의 의도대로 야당에서는 마치 그것이 대통령의 잘못처럼 물고 늘어지고 대통령을 비난하는 야당을 부추기는 일을 한 게 아닐까요? 그 경찰들은 도척의 짖지 않은 개가 아니라 도척이 선량한 선민을 물도록 유도하는 개가 아니었을까요?

세상이 어지러워지고 혼란하니 개들의 사회도 어지러워지고 혼란해졌는지 모르겠습니다. 그래서 전 대통령은 이런 상황까지 계산하여 검수완박 법을 만든 게 아닐까요? 아마 그도 도척처럼 2천 명의 졸개를 거느렸는지 모릅니다.

요새 개의 평판이 높아져서 애견이 되고 이제는 반려견이 되어 남편보다도 귀한 존재입니다. 또 현대인의 타락한 윤리와 도덕을 배운 걸까요? 도척의 개가 많이 늘었습니다.

자식을 키우기보다는 개 키우는 게 훨씬 낫다는 젊은이가 늘어나고 있습니다. 이 개들이 안데르센의 동화에 나오는 의리가 있고 사랑이 있는 개일까, 아니면 도척인 주인에게 충성하여 선량한 국민을 무는 개일까 생각해 봅니다.

연(緣)

우리는 인연이라는 말을 많이 씁니다. 그럼, 인연이란 무엇일까요? 인연(因緣)이라는 한자는 인할 '因' 연분 '緣' 자를 쓴다고 합니다. 인연이란 말을 이광수 선생의 『무정』이라는 소설에는 '우리의 눈길이 한번 마주치고 옷깃이 한번 스치는 것이 삼 겁의 인연이 있어야 한다.'라고 이야기합니다.

그럼 한 겁이라는 말이 무엇일까요. 어떤 뺑쟁이 책에는 겁이란 '겨자겁'과 '불석겁'이 있다고 합니다. '겨자겁'은 주위가 40리가 되는 큰 성에 겨자를 가득 채우고 3년마다 새가 와서 겨자 한 알을 물고 갑니다. 그래서 그 겨자가 다 없어질 때까지의 기간이라고 합니다. '불석겁'은 주위의 둘레가 40리가 되는 돌산에 3년마다 여인이 비단옷을 입고 내려와 춤을 추는데 그 비단옷에 바위가 스쳐서 다 닳아 없어질 때까지라고 하며 약 4억3천2백만 년이라고 합니다.

지질학자가 이야기하는 대로 빅뱅이 45억 년 전이라고 하니까 한 열두 겁밖에 안 되는 역사가 아닙니까. 그러니까 저자는 인연이란 이렇게 중하다는 것을 강조하고 싶었겠지요. 기독교에서는 창조 전부터 하나님이 예정하셨다고 하니 아마 인연은 우리가 어쩔 수 없이 오랫동안 연결된 끈이 아닐까 합니다. 우리는 학교에서 만난 인연을 학연(學緣)이라고 하고 같은 동향 사람을 지연(地緣)이라 하고 가족이나 인척으로 맺어진 관계를 혈연(血緣)이라고 구분합니다.

그런데 이 인연이 우리가 살아가는데 얼마나 큰 작용을 하는지 모릅니다. 그것은 미국에서도 마찬가지입니다. 하버드 출신은 하버드 졸업생을 끌어주고 예일대학 출신은 예일대 졸업생을 끌어줍니다. 서울대학병원에는 서울대학 출신이 98%이고, 연세대학병원에는 연세대학 출신이 90%입니다. 아산병원에는 처음 병원이 생길 때는 여러 대학 출신을 받더니 지금은 거의 울산대 출신으로 채워졌고, 충남대 병원도 처음은 서울대학 출신들이 많이 있더니 점점 충남대 출신으로 메워졌습니다. 그래서 의사들 가운데도 물론 전공과와 실력이 많이 참조되지만, 어느 대학 출신이냐에 따라 진로가 정해지는 일이 많이 있습니다.

나의 처조카가 있습니다. 아주 똑똑하고 우수한 학생이었습니다. 그런데 입학전형 때 Y대학에 실패했습니다. 실패를 모르는 이 수재는 매우 실망했습니다. 그리고 H대학에 입학했습니다. 그리고 의과대학 6년간 수석을 하고 졸업 후 내과 전공의를 하고 내과 전문의 시험에도 수석을 했습니다. 그리고 미국에 와서 MD Andersen에서 CT 부분의 Director가 되었습니다. 정말 한국인 중에 자랑스러운 인물이 되었습니다. 그러나 그는 한국에서 학연의 덕을 보지 못했습니다. 아마 그가 서울대학이나 연세의대를 나왔으면 대학의 과장이 되고 한국에서 유명한 인물이 되었을 것입니다. 이렇게 학연이라는 것도 우리가 살아가는 데 아주 중요합니다.

우리가 사회에서 처음 만날 때 동향 사람이나 같은 학교 출신을 만나면 반갑습니다. 더욱이 군에 입대하여 생소한 환경에서 낯선 사람들에 둘러싸여 고생하고 있는데 동창생을 만난다든가 고향에서 온 사람을 만나면 반갑습니다. 그래서 가까워지고 뭉치게 됩니다. 이것도 유유상종이겠지요. 오래전 중앙정보부장을 하다가 박정희 대통령을 시해한 김재규는 박 대통령과 동향이고 육사 동창이라면서 박 대통령과 가깝다는 것을 많이 시위했습니다. 그는 육군 사령관, 수도경비 사령관, 중앙정보부장 같은 요직을 맡았습니다. 카터는 대통령이 되고 난 후 조지아에서 에모리대학 출신들과 동향 사람들을 많이 등용하여 조지아 사단이라고 신문에서 떠들었습니다. 이것은 지연입니다.

역시 문재인 대통령도 정부의 요직을 거의 운동권 출신, 좌파로 이름이 난 사람을 등용했습니다. 그래서 사법고시에 통과하지 못한 사람이 법무부 장관이 되고 반정부운동 때 좌파 L씨가 대통령 비서실장, 총학생회장이던 L씨가 통일부 장관이 되었습니다. 이것은 인맥이라고 해야 하겠지요. 그러니 우리의 삶에 유유상종이 없을 수가 없고 또 당연한 일인지도 모릅니다. 그러나 우리가 많은 사람이 모여 사는 이상 정도가 있어야 한다고 생각합니다.

지금 검찰총장 출신의 윤석열 대통령이 검찰 출신을 많이 기용한다고 하여 검찰공화국이라고 야당에서는 아우성칩니다. 그런데 가만히 생각해 봅니다. 윤 대통령은 검찰에서 월급을 받아먹으면서 반평생을 보낸 사람이기에 정치인의 인맥이 없습니다. 또 국민의힘의 강한 지지도 받지 못하고 있습니다. 그런데 더불어민주당에는 반정부운동으로 연을 맺은 사람들 반정부 투쟁을 하면서 경찰에 쫓겨 다니던 사람으로 뭉쳐 있습니다. 그리고 웬만한 범죄는 범죄도 아니라는 냄새나는 인연으로 맺어진 사람들입니다. 나는 국민의힘의 끼리끼리가 더불어민주당을 이기기는 힘이 들 것 같습니다.

3겹의 인연이 있어야 옷깃을 스친다는 인연, 나의 인연이 아름다운 인연이 되었으면 좋겠습니다. 의로운 친구들, 사랑을 가슴에 품은 친구들, 남을 존중하는 친구들, 신앙의 친구들이 나의 끼리끼리가 되었으면 좋겠습니다.

chapter-2

바보 박사

사람들은 나를 '박사님, 박사님' 하고 부릅니다. 나는 대학에서 학생들을 오래 가르쳤고 미팅에서 강의도 많이 하여 제법 유식한 사람으로 인정받습니다. 그런데 우리의 실생활 속에서는 아주 바보입니다. 벽에 못을 하나 제대로 박을 줄 아나, 전구를 제대로 갈아 끼울 줄 아나, 집안의 무엇이 망가지면 고칠 줄 모르는 무능한 사람입니다.

　내 아내도 마찬가지입니다. 약학대학에서 시험관이나 만지다 졸업했고 졸업하고는 약사가 되어 세브란스병원 실험실에서 근무했습니다. 그러니 밥도 할 줄 모르고 반찬도 할 줄 모르는 여자와 결혼을 한 것입니다.

망향의 한(恨)

우리가 부르는 노래 중 잃어버린 사랑을 노래하는 게 제일 많고, 다음이 고향을 그리는 노래일 것입니다. '어머님의 손을 놓고 돌아설 때에' '내 고향 남쪽 바다 그 파란 물이 눈에 보이네' '찔레꽃 붉게 피는 남쪽 나라 내 고향' 등등 그 노래들만 모아도 책이 몇 권이 될 것입니다.

지금 이스라엘과 하마스의 전쟁이 또 세계를 불안하게 하고 있습니다. BC 2300년경 아브라함이라는 사람이 수메르 문명의 중심지인 우르 지방을 떠나 가나안 땅으로 갔습니다. 땅은 넓고 사람이 많지 않은 시대여서 아브라함 가족들은 지역민의 환영을 받으며 그 지방에서 터를 잡았습니다. 지금도 그 땅은 황무지지만 그때도 가뭄이 잦은 땅이었던 모양입니다. 아브라함의 손자 야곱 때에 가뭄이 심하여 흉년이 심하여 먹을 것이 없었습니다. 그래서 이집트로 먹을 것을 구하러 갔고 다행히 먼저 가서 자리를 잡은 요셉의 주선으로 애굽으로 이민을 하였습니다. 다행히 먹고는 살았지만, 그리운 고향과 남의 나라에서 종살이하는 사람들이 너무 힘이 들어, 모세라는 지도자를 따라 그 조상 아브라함이 살던 가나안 땅으로 다시 돌아갔습니다.

그러니 430년 동안 그곳에 살고 있던 원주민들과 부딪치지 않을 수 없었습니다. 모압 족속, 에돔 족속, 여부리 족속, 블레셋 족속, 헷 족속들과의 싸움입니다. 어떨 때는 블레셋 족속이 강성하여 이스라엘 족속을 핍박하였고 삼손 같은 사사가 나왔을 때는 블레셋 족속을 공격하기도 했습니다. 블레셋 족속과는 그때부터 영영 풀리지 않는 원수지간이 되었습니다. 사울 왕과 다윗 왕, 솔로몬 왕 시대에는 이 블레셋 족속을 압도했지만, 블레셋 족속은 끈질기게 이스라엘을 괴롭혔습니다. 이 두 민족은 강력한 외부의 지배를 받을 때는 꼼짝 못 하다가 외국의 압제가 없어지면 다시 서로 싸웠습니다.

로마제국이 유대 땅을 다스릴 때 이스라엘은 로마에 항거했고 블레셋은 로마에 아부했습니다. AD 67~70년 유대와 이스라엘 전쟁 때 이스라엘은 끝까지 항거하여 마사다의 옥쇄항거를 했습니다. 로마의 황제 티베리우스는 예루살렘을 거의 초토화했습니다. AD 150년경 유대인들이 힘을 키워 다시 반란을 일으켰고, 로마는 다시 예루살렘을 공격하여 돌 위에 돌 하나도 놓이지 않게 황폐화했다고 합니다.

로마 황제는 이스라엘 국민을 모두 가나안 땅에서 쫓아내어 디아스포라를 만들고 그 땅 이름을 이스라엘 민족이 수치스럽게 생각하는 팔리스틴(블레셋)으로 정했다고 합니다. 가나안 땅에서 쫓겨난 유대인들은 세계를 유리하는 디아스포라가 되었습니다. 그들은 그리스로 폴란드로 발칸반도의 나라로 유리했지만, 많은 사람이 시베리아로 갔다고 합니다. 남의 나라에 유리하는 유대인들은 차별 대우를 당하고 고생했습니다.

로마제국 네로황제의 유대인 학살은 말하지 않더라도 가까운 역사만 보아도 1881년 러시아의 알렉산더 황제가 암살당하자, 유대인들이 이 암살에 관련되었다면서 유대인들을 15만 명을 죽였습니다. 이 사건을 '포그럼'이라고 합니다.

1930년대부터 유럽에서 유대인을 색출하여 수용소에 가두고 끝내는 아우슈비츠 같은 유대인 학살을 했습니다. 유럽에서의 유대인 마녀사냥은 산불처럼 퍼져 갔습니다.

나는 아우슈비츠에 가 보았습니다. 유대인들이 줄을 서서 베토벤의 교향곡을 들으면서 가스실로 끌려갔다는 우중충한 건물을 보았습니다. 이렇게 희생당한 유대인들에게 동정심을 표시하지 않을 사람은 없을 것이었습니다. 이때 유대인 테오도어 헤르츨이 '이렇게 우리가 천대받으며 학살당해서야 되겠는가. 우리 집으로 가자. 우리 고향으로 가자.'라고 부르짖었습니다. 이 운동이 시오니즘 운동입니다.

유럽의 유대인들이 영국의 지배권에 있던 팔레스타인 가나안 땅으로 모여들었고 영국과 미국, 아우슈비츠에 동정심을 품고 있던 여러 나라의 도움을 받아 1948년 10월 유엔에서 독립 국가로 승인을 받고 텔아비브에 상륙하여 거처를 마련했습니다. 그런데 이때부터 문제는 더 복잡해졌습니다. 이 땅에 살고 있던 팔레스타인과 그 주위의 요르단, 시리아, 아랍 심지어 이란과 이라크까지 유대인 말살운동을 펼치고 있다는 것입니다. 제1차, 2차, 3차, 4차 중동 전쟁을 치르면서 600만밖에 안 되는 이스라엘이 인구 몇억이 된다는 반이스라엘 국가 연합과 싸워 승리하고, 이제는 가나안 땅의 78% 이상을 차지하고 있고 자기들의 점령지구에서 팔레스타인을 쫓아내고 있습니다.

얼마 전 시카고의 오헤어 공항에서 시카고 시내로 들어오는 택시를 탔습니다. 운전사는 중동인이었는데 팔레스타인 대학의 교수였다고 합니다. 박사 학위도 있는 그가 중동 전쟁이 끝나고 이스라엘 관리가 학교에서 자기를 쫓아내서 미국에 와서 택시를 운전한다고 합니다. 그는 "우리 조상들이 4000여 년을 살고 있는 땅 나의 고향에 갑자기 유대인들이 들어와서 자기들 땅이라고 하면서 땅문서가 있는 것도 아니고 자기들의 하나님이 자기들에게 준 땅이라고 하니 이런 도둑놈들이 어디 있냐? 우리 아랍 연합이 싸우면 3일도 못 버틸 놈들이 미국을 등에 업고 이런 도적질을 한다."라면서 열을 올렸습니다.

나는 그 운전기사의 말을 들으니 그럴듯하고 또 유대인들의 말을 들으면 그들에게 동정이 갑니다.

이스라엘과 팔레스타인의 몇천 년을 계속하는 전쟁, 이 전쟁을 해결하고 모두가 평화를 찾을 길은 없을까요?

외국인 혐오

요새 부쩍 외국인 혐오 사건이 많습니다. 뉴욕의 지하철이나 시내에서 묻지 마 폭행을 하고, 'Hi Chinese go home!' 소리를 지르는 일들도 있다고 합니다. 이런 외국인 혐오증은 바다 물결처럼 조용히 있다 국제적인 문제가 생기면 파도처럼 표면에 크게 나타나곤 합니다.

요새는 중국과의 사이가 나빠지니까 중국인과 비슷한 우리에게 혐오의 물결이 밀려오는 것 같습니다. 물론 이스라엘과 팔레스타인의 전쟁이 일어나자, 뉴욕에서는 이스라엘 사람들과 중동 사람들과의 충돌이 일어나기도 했습니다.

사실 미국은 영국인의 땅이 아닙니다. 스페인의 콜럼버스가 처음 찾아냈고 영국에서 핍박받던 사람들이 배를 타고 건너와서 자리 잡은 나라입니다. 그들은 인디언들을 쫓아내기 위해 원주민을 죽이면서 땅을 차지했습니다. 그런데 지금 미국에 영국 태생은 많지 않습니다. 그 후에 유럽의 여러 나라에서 이주하여 다민족을 이룬 나라가 미국입니다. 아일랜드, 이탈리아, 폴란드 사람들이 이주해 와서는 괄시받으면서 정착하여 자기들이 백인이라고 피부 색깔을 가지고 차별 대우를 합니다.

그들은 피부의 색깔이 짙은 우리도 괄시했지만, 검은 피부의 사람들을 우리보다 더 괄시했습니다. 나도 의사라는 직업을 가지고 미국에 왔어도 알게 모르게 많은 차별 대우를 받았습니다.

내가 처음 미국에 오던 1960년대 말과 1970년도에는 미국에 한국 사람이 별로 많지 않았습니다. 대부분 미국 사람들은 한국이 어디 있는지도 몰랐으며, 어떤 노인은 한국을 지도에서 찾을 때 아프리카 대륙에서 찾는 사람도 많았습니다. 백인 이민자들은 자기들도 영어를 잘 못 하고 또 알아듣지도 못했습니다. 말도 잘 안 통하고 피부 색깔이 다른 우리를 동정할지언정 자기들보다 우수하다고 인정해 주지는 않았습니다.

다행히 우리가 미국에 오게 된 것은 케네디 대통령이 구상했던 The Great Society로 미국의 의료 시스템에 Medicare를 도입할 때였습니다. 많은 의사가 필요했는데 당장 필요한 의사가 만오천 명인데 미국의 의과대학 졸업생은 7천여 명밖에 안 됐습니다. 그래서 미국에 유학 온 있는 의대생들에게 영주권을 주기 시작했고, 많은 의사를 외국에서 수입했습니다. 그때 미국에 온 한국 의사들은 영어는 신통치 않아도 머리가 좋고 열심히 일하는 우리를 인정해 주기 시작했습니다.

그러나 일반 대중이 우리를 받아들인 것은 아니었습니다. 우리는 알게 모르게 많은 차별 대우를 받았습니다. 병실에서 간호사가 우리가 지시한 일을 하다가도 백인 의사의 오더를 먼저 해주는 일들이 많았습니다.

펜실베이니아에 있을 때 나까야마라는 일본인 의사가 있었습니다. 내가 그 병원에 있을 때 나까야마 외과의사는 그 병원에서는 가장 권위 있고 수술 잘하는 의사였습니다. 나까야마 선생님이 나에게 회고하면서 "여기는 독일에서 이민 온 사람들이 많이 사는 동네지. 내가 젊어서 환자 볼 때 어떤 환자는 내가 진찰하기 위해 배를 만지는데 'Take off dirty yellow hand.' 하면서 내 손을 뿌리친 환자도 있었지."라고 했습니다.

나도 전공의 때 초진하러 들어가면 과장님에게 의사를 바꿔 달라고 하는 환자도 있었습니다. 과장님은 웃으면서 "아니 Dr. Lee가 얼마나 좋은 의사인데요. 나는 내가 아프면 Dr. Lee에게 갈 겁니다."라고 변명해 주었습니다.

백인 전공의보다 더 열심히 일하고 공부해도 평상시에 이야기할 때면 우리는 언제나 이방인이었습니다. 어떤 사람은 노골적으로 동양인을 경멸하는 말을 하는 사람도 있었습니다. 그렇다고 싸울 수는 없었습니다. 나는 소수계였고 내가 반항하면 병원을 나가거나 어렵게 얻은 성형외과 전공의 자리를 포기해야만 했습니다. 선배님들도 '그까짓 것 가지고 뭘 그래.'라고 나를 위로했습니다. 그것을 참고 전공의를 마치고 전문의가 되었습니다.

아는 한 대학교수님이 있었는데 그는 공부를 열심히 했고 실력이 있는 교수님이었습니다. 인정받고 있지만, 과장 투표를 하면 항상 백인에게 이길 수 없다면서 웃었습니다. 그러면서도 우리는 차츰차츰 진출했고 지금은 우리 한국인들도 사회의 지도급 자리에 많이 진출해 있습니다.

뉴욕의 지하철을 타면 흑인들, 교육받지 못한 사람 중에서 외국인 혐오증이 있고 우리를 배척하는 일들이 있습니다. 가끔 한국인들이 모이면 이야기합니다. 자동차 사고가 났을 때 그 사고가 누구의 잘못인지 가릴 때 경찰이나 법원에서는 백인의 편을 많이 든다는 것입니다. 그러면 누가 정말 미국인입니까? 영국인, 아일랜드인, 프랑스인, 독일인입니까? 나는 어디에서 왔는가는 중요하지 않고 피부 색깔이 흰가 검은가가 문제된다고 생각합니다.

나는 뉴저지주에 콘도를 가지고 있습니다. 이 콘도에는 유대인들이 많이 살았습니다. 그들은 크리스마스를 지키는 것이 아니라 하누카를 지켰습니다. 그러다가 어쩐 일인지 러시아 사람들이 많이 들어 왔습니다. 러시아인들은 금방 자기들이 미국인의 주류인 것처럼 행동했습니다. 요새는 어느 나라 말인지 알아들을 수 없는 백인들이 많이 삽니다. 그리고 그들도 주인 행세를 합니다.

나는 외국인 혐오증은 어느 나라에서 온 것이 문제가 아니라 피부 색깔로 구분이 되지 않을까 생각합니다.

내일은 없다

세상은 좋아지고 있습니다. 스마트폰만 들면 지구의 반 바퀴를 돌아 서울에 있는 가족이나 친구의 얼굴을 보며 이야기할 수도 있고 비행기를 타면 13시간만 기다리면 서울의 친구와 점심을 같이 할 수도 있습니다. 시니어 중에는 '이렇게 발전이 되고 살기 좋아져 가는 세상을 두고 죽기가 억울하다.'고 농담하는 이들도 생겼습니다. 사실 요새 젊은이들은 고생해보지 않은 세대입니다. 세계 이차대전을 경험한 것도 아니고 한국전쟁이 무엇인지도 모르며 주사파 교사들이 가르쳐 준 대로 미국이 한국전쟁을 일으킨 줄 아는 세대입니다.

가난한 한국이 무엇인지 보리죽을 그저 오트밀로 알고 있는 세대이고 〈보릿고개〉를 노래한 정동원 가수는 할아버지가 가르쳐 준 전설로 알고 있는 세대입니다. 가끔 한국 식당에 가면 젊은이들의 밥상과 시니어들의 밥상은 비교가 잘 안 됩니다. 시니어들은 그저 국밥이나 먹고 앉아 있는데 젊은이들은 갈비에 요리를 잔뜩 시키고 소주에 맥주까지 시켜 놓고 먹고 있습니다. 식당에서 근무하는 여인에게서 들은 이야기가 실감이 갑니다. '식당에서는 시니어들이 오는 것을 별로 좋아하지 않아요. 시니어들은 음식도 적게 시키고 수다 떠느라고 시간만 오래 끌어요. 그러다가 갈 때도 남은 것을 싸달라면서 귀찮게 하지요. 그런데 젊은이들은 비싼 요리도 시키고 고기도 굽고 나갈 때는 팁도 넉넉히 주지요.'라고 말합니다.

젊은이들의 돈이 어디서 나오는가 하는 것입니다. 물론 현재 일을 하고 있고 돈을 버니까 마음이 넉넉하겠지요. 시니어들은 은퇴하여 돈도 못 벌고 그저 fixed income으로 사니까 주머니가 얇고 미래에 대한 자신감도 없습니다. 그러니까 씀씀이가 줄어들 수밖에 없습니다. 동전의 다른 면처럼 젊은이들의 다른 면도 있습니다.

젊은이들이 그렇게 쓰는 돈이 자기 돈이 아니라는 것입니다. 물론 자기들이 버는 돈도 있고 급여도 옛날 우리가 받는 것보다 많아진 것도 사실이지만 그들이 그렇게 쓰는 돈은 시니어인 부모에게서 받는 돈이 많다는 것입니다. 부모인 시니어는 해장국 먹고 요새 젊은이들은 갈비를 먹습니다. 신문에 보도된 것에 의하면 요새 젊은이들이 카드빚에 쪼들리고 은행에서 대출받은 돈을 못 갚아 빚이 늘어나고 있다고 합니다.

신문의 발표에 의하면 2030 세대의 가계 빚이 7,900만 원이고 중장년의 가계 빚은 900만 원이라고 합니다. 노년층의 가계 빚은 평균 100만 원인 것입니다. 2030의 빚이 2013년은 2019년에 비해 27% 늘어난 반면, 노년층 빚은 1% 증가했는지 아닌지 모른다고 합니다. 젊은이들이 빚을 겁내지 않는다는 말이겠지요. 오래전 좌파 정부에서는 젊은이들의 은행 빚을 탕감해 준 일이 있습니다. 빚이 많아도 언젠가 정부에서 갚아 줄 거라는 막연한 희망이 있는 것은 아닐까요? 그래서 나라야 어찌 되든지 좌파 정당을 밀어주자는 마음이 아닐까요?

미국에도 마찬가지입니다. 그전에는 대학에 다닐 때 학비 융자금 대출받고 그것을 갚느라고 고생하곤 했습니다. 미국에 와서 전공의 생활할 때 월급을 타면 학자금을 갚느라고 고생하는 미국 친구들을 많이 보았습니다. 그런데 미국의 좌파 정권이 집권하고는 조 바이든 대통령은 학자금 융자를 갚아 준다고 합니다. 미국에서도 좌파들이 그런 것을 미끼로 정권을 잡습니다. 그것이 옳은 정책인가 반대하는 사람들도 많이 생겼습니다. 지금 뉴욕에는 마치 '내일이 없다' 하고 사는 사람들이 있습니다.

뉴욕의 어떤 젊은이는 결혼하지 않습니다. 결혼은 돈이 많이 드는 일이라 결혼하지 않고 그저 룸메이트와 같이 삽니다. 그것도 동성의 룸메이트와 살면 방이 두 개 필요하지만, 이성의 룸메이트를 잘 만나면 침실이 하나라도 됩니다. 집세와 살림에 드는 돈은 각기 반반씩 내고 남는 돈은 콘서트에 가거나 여행하는 데 씁니다. 요새 뉴욕의 콘서트는 믿기지 않을 정도로 비쌉니다. 500불 하는 콘서트가 많이 있습니다. 그리고 비싼 음식점에 갑니다. 한 끼에 200불 이상의 음식점들이 많이 있습니다. 그리고 휴가를 갑니다. 어떤 친구는 은퇴 자금을 꺼내서 알래스카 크루즈에 다녀왔다고 합니다. 결혼도 안 했겠다 죽으면 재산 줄 자식도 없는데 생명보험을 들어 무엇하며 늙으면 그때 어떻게 되겠지 혹시 진보의 대통령이 나오면 무슨 조치가 있을지 아나 지금 은퇴 자금 만들어 놔야 세금만 잔뜩 나오고⋯ 라는 생각입니다.

카드빚이 산처럼 쌓였습니다. 카드를 여러 장 만들어 이 카드빚을 저 카드로 돌려막고 저 카드빚을 이 카드로 돌려막습니다. 그리고 열심히 로또를 삽니다. 혹시 압니까? 한번 맞으면 재벌 노릇을 하며 살게 될지…. 호래스가 이야기한 Carpe Diem이라고 노래를 부르면서 사는 젊은이들의 앞날이 두렵기만 합니다.

신문을 보고 다음 날 친구들과 한국 음식점에 갔습니다. 우리는 육개장, 우거지갈비탕, 해장국, 뚝배기 비빔밥을 시켰는데 저 건너편 테이블에는 젊은이 넷이 와서는 대낮부터 생갈비를 굽습니다. 그리고 맥주도 한 잔씩 따릅니다. 물론 그들은 '내일은 없다'는 젊은이들이 아니겠지요.

방사선 치료·1

나는 커피를 무척 좋아했습니다. 어느 시에서 말한 것처럼 사랑처럼 향기롭고 실연처럼 쓰고 지옥처럼 뜨거운 커피를 그야말로 사랑했습니다. 병원에 근무할 때는 아침에 일찍 일어나 그날 컨퍼런스에 토론할 제목을 살피면서 커피를 한잔 마십니다. 병원에 들어가 컨퍼런스하면서 한잔 마십니다. 회진이 끝나고 외래에 내려오거나 수술실에 들어가면 대기실에서 한 잔 마시고 점심을 먹은 후에도 한 잔 마십니다. 어떤 사람은 커피를 마시면 잠이 안 온다고 하는데 나는 커피잔을 들고 졸 정도로 커피 때문에 잠을 못 자는 일은 없습니다.

저녁 회식이 있으면 저녁을 먹고 커피를 마시곤 했습니다. 그래서 그런지 나도 모르게 역류성 식도염을 앓았는가 봅니다. 속이 쓰리거나 위가 아팠던 일은 기억나지 않습니다. 하여간 목이 좀 쉬는 것 같고 목소리가 변하는 것 같아 이비인후과에 가서 진찰받았습니다. 이비인후과 선생님이 보시더니 염증성 육아종인데 목소리에 지장이 있으니 수술하자는 것이었습니다. 아주 간단한 수술이니 수술이라고 할 것 같지도 않은 수술인데 성대에 있으니, 마취는 해야 한다고 했습니다. 수술을 받고 별문제가 없었습니다. 몇 주간동안 커피를 좀 마시지 않았지만, 목이 괜찮으니 다시 커피를 마셨습니다. 아마 일 년이 지나서 다시 목소리가 변하고 목이 불편했습니다.

이때는 대학병원에서 은퇴하고 플로리다에서 은퇴 생활을 하고 있을 때입니다. 할 수 없이 플로리다의 이비인후과 선생님에게 갔습니다. 역시 염증성 육아종이 수술을 한 자리에 재발해서 또 수술하자고 권합니다. 간단한 수술이니 걱정하지 말라고 했습니다. 기분이 좋지 않았지만, 다시 수술했습니다. 조직검사도 육아종으로 나오고 커피도 안 마시니 괜찮을 줄 알았는데 계속 목에서 피가 나오고 쉰 목소리가 나오며 말하기가 힘이 들었습니다.

다시 가서 진찰하니 또 재발하였다고 합니다. 기분이 좋지 않아 다른 이비인후과 의사에게 가서 진찰하자 지난번 수술 때보다 혹이 더 커졌다고 합니다. 그래서 친구와 의논 끝에 그 방면에 유명하다는 뉴욕의 이비인후과 의사를 찾아갔습니다.

의사는 진찰하더니 수술해야 하니 조직검사를 해보자고 했습니다. 뉴욕의 마운트 사이나이 병원에서 수술했습니다. 그런데 조직검사를 보고 암은 아니지만, 세포의 변형이 있으니 좀 광범위하게 치료하자고 하여 두 달 후 다시 수술했습니다. 말이 간단한 수술이지 수술 전 신체검사와 심장 검사도 하고 새벽에 수술 준비실로 들어가 준비하고 한두어 시간 기다려야 합니다. 그런 다음에 마취 의사가 와서 수액을 꽂습니다. 그런데 대학병원이라 주사를 한 번도 놓아 보지 않은 의과 대학생이 인정사정없이 바늘을 꽂습니다. 성공률은 30%도 안 됩니다. 그러면 다시 꽂습니다. 두어 번 하다가 안 되면 마취 의사가 와서 꽂아 줍니다. 수술실로 들어가면 다시 경찰서 조서를 꾸미는 것처럼 성명, 생년월일, 무슨 수술 하러 왔는가를 물은 다음 마취제를 주입합니다.

하나, 둘, 셋, 넷, 하고 '꽝' 하는 것 같이 나는 무의식의 세계로 들어갑니다. 얼마를 수술했는지 모릅니다. 목이 아프고 기침하면 피가 나오고 회복실에서 깨어납니다. 수액이 얼마나 들어갔는지 소변이 마렵습니다. 간호사에게 부탁하고 한참 기다려서 부축받아 화장실에 갈 수 있었습니다.

다시 와서 혈압을 재고 내가 마취에서 깨어난 지 한 시간 반 정도 있다가 휠체어를 갖다주며 나가라고 합니다. 나는 거절하고 옷을 갈아입고 걸어서 나옵니다. 아무리 간단한 수술이라고 하지만 집에 오면 목이 아프고 팔다리가 아파서 마음대로 움직일 수가 없습니다. 그리고 그 전날부터 금식해서 그런지 변비가 아주 심해집니다. 약을 먹어도 잘 풀리지 않습니다. 그렇게 고생한 후 2~3일이 지나야 회복이 됩니다.

수술하고 6개월이 지나니 다시 재발한 것입니다. 나는 아주 많이 절망했습니다. 의사는 아직 암이라고 할 수 없으나 암의 전단기이니 방사선 치료를 하자고 합니다. 지금 나의 상태에서 방사선 치료는 효과가 99%나 된다고 합니다. 나는 도살장에 끌려가는 소처럼 동의하고 Memorial Sloan Kettering 병원으로 가서 등록했습니다.

다시 병원에 전화하여 방사선 암 전문의와 상의하고 병원에 찾아갔습니다. 아마 대기실에서 세 시간은 기다린 것 같습니다. 오후에 방사선 치료 전문의가 나의 목 사진을 보더니 아무렇지도 않은 것처럼, 아주 간단한 치료니까 걱정하지 말라고 하고는 날짜를 정해주었습니다. 준비 단계로 MRI를 찍고 몇 가지 검사를 하고 2주일 후 방사선 치료

병원으로 가라고 정해주었습니다.

방사선 치료 병원에서는 환자 예약이 꽉 차서 이 시간밖에 없다면서 오후 6시 30분에 예약해 주었습니다. 나에게는 싫으면 그만두라는 결정권밖에 없고 그들이 정해준 시간에 가는 거밖에 선택의 여지가 없었습니다. 택시를 예약하여 6시 전에 갔으나 7시까지 기다린 후에 치료실에 들어가니 그날 치료받는 게 아니라 예비 검사와 준비하는 과정이라고 했습니다. 다시 한 30분 기다려서 주삿바늘을 꽂고 MRI를 촬영하고 결과를 30분 기다렸다가 마스크를 만드는 방으로 갔습니다.

마치 중세의 기사가 쓰는 것 같은 마스크를 만드는데 플라스틱판을 더운물에 넣어 부드럽게 만들어서 나의 얼굴에 씌우는 것입니다. 조금이라도 움직이면 안 된다고 아주 턱이 아플 정도로 꽉 조이고 그 플라스틱 얼굴에 그림을 그립니다. 그리고 3일 있다 연락해 준다고 하고 가라고 합니다.

병원은 모두 퇴근했는지 불이 꺼져 있고 나가는 문도 찾을 수가 없습니다. 문을 찾으러 어슬렁거리는데 경비원이 무얼 하느냐고 묻습니다. 나는 방사선 치료받을 준비 과정을 했는데 집에 가려고 하는데 문을 찾을 수 없어 방황한다고 하니까 웃으면서 이리로 나가라고 합니다. 병원문을 나서니 어두운 뉴욕 시내 한 가운데인데 어디로 가야 할지 모르겠습니다.

기다리는 택시를 다시 불러 타고 집으로 왔습니다. 가만히 생각하니 내가 이러면서 살아야 하는가 하는 의문이 생겼습니다. 누구나 언젠가는 닥쳐야 하는 이 관문을 피하겠다고 몸부림을 치는 내가 한심스럽기조차 했습니다.

방사선 치료·2

삼 일쯤 후에 방사선 치료과에서 전화가 왔습니다. 치료 시간을 정하라는 것입니다.

나는 '아침 일찍 시작했으면 한다.'라고 했습니다. 그랬더니 아침에는 예약이 다 되어있어서 오후 3시 정도 하라는 것이었습니다. 그런데 오후 3시에 하면 종일 기다려야 하고 앞의 사람들이 밀리고 여간 불편하지 않습니다. 나는 '아침 7시'에 해달라고 했습니다. 직원은 예약이 다 찼으나 아침에 나와 보면 가능한 시간에 해주겠다고 했습니다.

아침 6시 15분 예약한 택시를 타고 병원으로 갔습니다. 64가 East의 Memorial Sloan Kettering 병원 뒤쪽이었습니다. 앉아서 기다리니 7시 30분경 이름을 불렀습니다.

탈의실에 가서 옷을 갈아입고 지시하는 방으로 갔습니다. 모니터에는 나의 사진이 있고 이름과 생년월일이 나와 있었습니다. 차가운 침대에 올라가 누우니, 마치 수술대에 올라가는 기분이었습니다. 직원이 와서 나에게 마스크를 씌우는데 아주 꽉 조여서 턱이 아플 지경이었습니다. 그러고는 직원들이 모두 나갔습니다. 방문이 닫히는데 나에게는 마치 '쾅' 하는 듯 느꼈습니다. 불이 꺼지고 암흑 세상이 되었습니다.

'삐' 하는 소리가 들리고 기계가 돌아가기 시작했습니다. 마치 고문실에 들어간 기분이랄까, 무섭기도 하고 얼굴과 목에 조여 오는 마스크 때문에 아프기도 했습니다.

나는 매일 자기 전에 하는 기도를 시작했습니다. 한 10분 정도 걸리는 기도입니다. 기도를 거의 마칠 즈음 방에 불이 켜지고 직원이 와서 "That is it. all done. are you all right?"하고는 밖에 나가서 옷을 입고 집에 가도 된다는 것이었습니다. 치료를 받고 나와 택시를 타고 집에 오면서 '그리 대단한 것도 아니구면. 괜히 겁을 잔뜩 냈지.' 하고 생각했습니다.

매일 아침 6시에 택시를 타고 월요일에서 금요일까지 병원에 갔습니다. 그렇게 6주를 받았습니다. 2주일이 좀 지나니 목이 쓰라리기 시작하고 입맛이 떨어지기 시작했습니다.

'이 정도는 참아야지.' 하고 견디었습니다. 그런데 4주가 지나고 나니 목이 아파서 음식을 삼킬 수 없었습니다. 아이스크림과 우유를 먹는데 그래도 장년인데 아이스크림과 우유로만은 안 되는 모양입니다. 식당에 가서 우동도 먹고 국밥도 먹고 바나나와 계란을 먹는데 넘어가지 않습니다. 별수 있나요. 하고 견디었습니다. 체중이 줄기 시작해서 치료 6주를 끝내고 나니 목에는 피부염이 생겨 쓰라리고 물도 삼키기 어려울 정도로 목이 아프고 식욕은 없고, 가끔 열이 나고 으스스 춥고 먹지 않아서 그런지 변비가 심해졌습니다.

화장실에는 3일에 한 번 갈까 말까 하니 속도 불편했습니다. 체중은 120파운드 되더니 점점 더 줄었습니다. 의사는 진통제를 먹고 음식을 먹으라고 진통제를 처방해 주었습니다. 그리고 운동을 열심히 하라고 했습니다. 진통제를 먹으면서 국밥을 시켜 먹고 밤에 자리에 누우면 목에 침이 삼켜지지 않아 잠을 잘 수 없었습니다. 목의 피부염 때문에 옷도 제대로 입을 수 없었습니다. 의사는 차츰 나아질 거라고 열심히 먹고 운동하는 것밖에는 별도리가 없다고 했습니다. 나는 아픈 몸을 추스르면서 매일 2만 보를 걸었습니다. 치료가 끝나고 일주일 있다 플로리다 집으로 왔습니다. 공항에 나온 아내는 수척해지고 목에 피부염이 생긴 나를 보고 눈물을 흘렸습니다.

아내는 음식을 지성으로 만들어 준다고 하지만 식욕도 없고 목이 아파서 음식을 삼킬 수가 없었습니다. 체중은 줄어들어 110파운드가 되었습니다. 나는 이러다가 기운이 없어지면 죽는 것이로구나 하고 생각했지만, 가족이 걱정할까 아무런 내색도 안 했습니다.

나는 유튜브에 나오는 서울대학 정현재 선생의 죽음학에 관한 이야기를 듣기도 하고 태블릿을 통해서 책도 읽었습니다. 나는 죽음의 순간이 수술대 위에서 수술받기 전 마취하면서 '숨을 크게 쉬세요. 하나 둘 셋 넷하고 의식이 없어진 것과 같겠구나.'하고 생각했습니다. 그렇다면 죽음을 두려워할 필요는 없을 거다. 죽음 다음에 어떤 일이 있을까? 하는 것이 염려되었습니다.

종교를 가진 모든 사람은 후세를 믿습니다. 그 후세는 우리의 살아 있는 동안에 행한 모든 일을 심판받고 보응을 받는다는 말입니다. 그럼 나는 살면서 어떤 일을 하였는가?. 나는 나의 일생에 기독교인이었지만 어떤 사람들처럼 마룻바닥을 치며 기도를 해 본 일도 없고 성령을 받았다고 방언을 한 일도 없습니다. 지금도 교회에서 손뼉을 치거나 마루를 뚜드리며 손을 높이 들고 찬송을 하는 사람들을 보면 불편합니다. 나는 기도는 많이 하지만 새벽기도에 나간 일도 많지 않습니다. 나는 골방에서 기도하라는 말씀을 따르려고 합니다.

하여간 날짜가 지나면서 목의 피부염이 아물기 시작하였고 음식을 삼킬 때 쓰린 것도 점점 없어졌습니다. 목소리도 점점 좋아졌고 기운도 차리게 되었습니다. 매일 아침 걷는 운동도 쉬지 않고 음식도 좀 먹게 되었습니다. 체중도 약간 늘어 오늘 아침에는 117파운드가 되었습니다. 아마 하나님도 좋은 일 좀 하고 오라고 나의 생명을 연기해 주신 모양입니다. 요새는 자기 전에 가만히 생각해 봅니다. 얼마나 있다가 오라고 그러실지 모르지, 그러니, 준비해야 할 것 아닌가. 어떻게 준비하지?

미국의 변호사들

　나는 방에 앉아 있으면 우선 TV를 틉니다. 그렇다고 TV를 종일 보는 것은 아닙니다. TV를 틀어 놓고 책 읽고, 글 쓰고, 밥도 먹고 땅콩도 집어 먹으면서 TV는 TV대로 나는 나대로 지냅니다. 물론 가끔 시선을 주고 들여다보기도 합니다. TV에는 광고가 많이 나옵니다. 자동차 광고, 먹을 것, 약 광고 등등. 그런데 그것에 못지않게 나오는 것이 변호사들의 광고입니다. 자동차 사고나 부상을 당하면 자기에게 연락해라, 국세청에 빚이 있으면 자기에게 연락하면 빚을 감해주겠다, 영주권이나 시민권을 받게 해주겠다, 심지어는 옛날 해병대나 해군에 근무했을 때 Camp Lejeune에 머무른 일이 있느냐 그곳의 물이 오염되어서 질병을 유발하는 일이 있으니 연락하면 보상금을 타 주겠다는 등등의 광고입니다.

　변호사에게는 애국도 나라도 없습니다. 자기가 돈을 벌 수 있는 일이면 무엇이나 하겠다는 것입니다. 옛날부터 판검사, 변호사는 권력의 상징이었고 존경의 대상이었습니다. 그러나 사회가 발전되면서 사법부의 권위가 많이 훼손되었고 변호사들의 수도 많아지면서 사법부의 정직성과 권위가 많이 추락했습니다.

　미국은 자유로운 나라라 그런지 변호사 되기가 그리 어렵지 않은 모양입니다. 오래전 저와 같은 병원에서 근무했던 간호사의 남편이 직장도 없이 놀고 있었습니다. 나도 무거운 짐을 나르거나 힘든 일이 있을 때 그를 불러 일을 시킨 일이 있습니다. 그런데 그가 아마 무슨 결심을 했는지 같은 도시에 있는 K대학 야간부에 등록하고 학교에 다닌다고 했습니다. 얼마 후 변호사 시험을 보고 변호사가 되었습니다. 그러나 사무실을 차리고 소송 일을 하기가 뭣했는지, 부동산에 관계하는 변호사가 되어 돈을 잘 번다는 이야기를 들었습니다.

　내가 살았던 오하이오 도시에도 변호사가 많이 있었습니다. 어떤 변호사는 수입이 없어 국가보조인(Medicaid)를 가지고 나의 병원에 오는 사람도 있었습니다. 그러니 무슨 소송사건이라도 있을까 하여 비도덕적인 일을 하는 변호사도 상당히 있습니다.

　오래전 제 딸의 차를 누가 뒤에서 박았습니다. 딸은 운전대에 받혀 코피가 좀 났습니다. 딸은 곧 나의 병원에 왔고 나는 자세히 진찰했으나 별 이상이 없었습니다. 그런데 며칠 있다가 변호사에게서 편지가 왔습니다.

　"차 사고가 나서 피도 나왔고 병원에 갔다는 소식을 들었다. 그러니 곧 자기 사무실에 와서 법적인 절차를 받고 보상을 받도록 하라."는 것이었습니다. 나는 모든 일이 잘 해결되고 몸이 다친 데는 없으니 걱정하지 말라고 답을 보냈습니다. 그 후에 다시 한번 전화가 와서 이런 사고는 보상을 많이 받을 수 있다고 했지만 그만 전화를 끊었습니다. 미국에는 이런 소송 문제가 너무 많아 미국의 발전에 장애가 된다고 생각합니다.

사다리를 보면 여기저기 안전 규칙을 누덕누덕 발라 놓았습니다. 사다리에 올라갔다 떨어지면 다친다는 것은 어린애도 알지만, 실제 떨어지면 사다리에 결함이 있어서 그렇다고 소송을 걸기 때문입니다. 어떤 할머니가 모아 놓은 재산도 없이 자식들도 멀리 떨어져 살고 있었습니다. 어떤 이가 물었습니다. "할머니 이렇게 사시다가 아주 늙으셔서 돈이 떨어지면 어떻게 해요."라고 물으니까 "아니야, 아무 걱정 없어. 좀 더 있다가 정 힘이 들면 나를 치료한 의사 하나를 골라 소송 걸면 돈이 나와."라고 하더랍니다. 사실인지 아닌지는 모르지만 자기를 치료한 의사에게 소송 거는 것을 로또 탄다고 한답니다.

변호사들 사이에는 어떤 의사도 의무기록을 가져와서 보면 흠이 있게 마련이고 완전무결한 것은 없다. 그러니 어떤 케이스라도 소송감이 된다고 합니다. 그래서 의사들은 의료과실 소송에 말려 들어가지 않으려고 많은 애를 씁니다. 의료과실에 많이 노출되는 과에는 전공의가 되지 않으려고 합니다. 그래서 산부인과, 신경외과, 성형외과, 정형외과 지망생들이 줄어들고 피부과, 안과, 재활의학과에 전공의들이 많이 갑니다.

오래전의 일입니다. 응급실에서 얼굴이 많이 찢어진 환자를 치료하였습니다. 6개월 정도 있다 변호사에게서 편지가 왔습니다. 환자가 얼굴에 상처가 생겨서 사회생활에 지장이 있고 직장을 구하기도 힘이 든다고 하니 의료 사고라는 것입니다. 찢어진 곳을 잘 꿰매 주어 상처가 크지 않게 해주었는데 의료과실이라니요? 그런데 이 법정 일이란 것이 참 희한합니다. 한번 고소를 당하면 의료과실 보험회사에 알려야 하고 보험회사에서 변호사를 위임해 줍니다. 그리고 증인을 세우고 재판하고 시일이 걸립니다. 물론 의사의 과실이 아니라는 것이 확실하지만 많은 시간이 소비됩니다. 또 보험회사에서도 돈을 적게 들이고 쉽게 해결하려고 합니다. 오래 끌면 나의 변호사비가 많이 나가니까요. 그러니 합의하라고 압력을 가합니다. 아니 세상에 이런 일이 어디 있습니까? 그래도 안 한다고 하면 나의 의견을 무시한 채 자기들의 재량에 따라 얼마를 환자에게 주고 합의합니다. 그러면 의사는 의료 사고의 전과자가 되는 것입니다. 그래서 아는 선배님들이 이 의료 사고 소송이 귀찮아 일찍 은퇴한 선배님들이 있습니다.

지금 우리가 내는 의료보험의 30%가량이 이런 의료 사고를 예방하기 위한 경비라고 들었습니다. 나는 이런 변호사들 때문에 미국이 병이 든다고 생각합니다. 그리고 의사가 되기를 희망하는 사람들이 줄어들고 우리들의 삶이 어려워진다고 생각합니다.

왜소인의 설움

나는 일생에 '늘씬하고 잘 생겼다.'라는 말을 들어 본 일이 없습니다. 우리 어머니까지 '저 못생긴 것'하고 불렀으니까요. 초등학교, 중·고등학교 심지어는 대학에 다니면서도 나보다 작은 학생이 우리 반에는 없었으니까요.

그러니 늘씬한 남자들을 선호하는 여자들에게 호감이 갈 리가 없어서 대학에 다닐 때까지 나 스스로 여자 사귀는 일을 멀리했습니다. 거의 중매 반으로 연결된 지금의 제 아내와 이야기가 오갈 때 나를 본 장모님은 '남자가 너무 작지 않니?'라면서 아내에게 재고해 보라고 권했다 합니다. 그런데 아내가 '병원에서는 아주 잘나가는 외과 전공의'라면서 좋다고 했고, 환자를 가장하여 병원을 찾은 장인께서 나를 만나보기도 하고 또 병원 직원들에게 나의 품성을 알아보고는 허락하셨다고 합니다.

전공의를 마치고 군의관으로 입대할 때였습니다. 신체검사하는데 체중이 미달이 되었습니다. 그래서 내년에 다시 오라는 판정이 내려졌습니다. 나는 속히 병역을 마치고 미국에 올 계획인데 하고 판정관에게 점심을 먹고 와서 다시 체중을 재겠다고 하고는 점심을 아주 배불리 먹고 다시 체중을 쟀는데 약간 미달이었습니다. 나는 판정관에게 그래도 아주 건강하고 군의 임무를 다 할 수 있을 것이라고 합격 판정을 내려 달라고 부탁했습니다. 판정관은 2주간만 훈련을 하다가 힘이 들면 집에 가도 좋다는 승낙서를 받고 군의학교에 들어갔습니다. 그리고 훈련을 다 받고 남들이 하지 않는 유격 훈련도 마치고 대위로 임관했습니다.

학교에 있을 때 교실 사진을 찍는다고 하면 나는 앉아서 찍어야지 서서 찍으면 나를 중심으로 V자가 형성되어 보기가 좋지 않습니다. 그런데 키만 작을 뿐 아니라 체중도 별로 나가지 않으니, 총체적으로 작아도 많이 작습니다. 남자라면 강호동 씨처럼 몸집이 있어, 악수하며 "○○입니다. 만나 뵈어 반갑습니다."라고 인사를 할 때 솥뚜껑만큼은 못되어도 한 주먹은 되어야지 악수를 한 손이 작은 붕어처럼 손바닥에서 꼬물거리면 우선 기가 죽고 들어갑니다. 그리고 어디를 가도 우선 기가 죽습니다. 남자들은 우선 몸집으로 기싸움을 하지 않습니까. 나는 기싸움에서 항상 지고 들어가는 거지요.

병원에 있을 때도 여러 명이 회진을 돌면 내가 과장인데도 환자는 내 옆에 있는 의사에게 과장님하고 인사를 하는 경우가 더러 있었습니다. 군에 있을 때 소령 계급장을 달고 군복을 입고 나가면 친구들이 나를 놀리느라고 "야 무슨 소년병인 줄 아니."라고 놀려 체면을 구긴 일이 여러 번 있습니다. 오하이오에 있을 때입니다. 한번은 16세 정도 되는 소녀를 치료했는데 치료가 끝나고 소녀가 일어나면서 "You are very cute."라고 하면서 나의 볼을 쓰다듬어 당황한 일이 있습니다.

테니스를 치려면 서브할 때 키가 커야 공을 위에서 내리꽂을 수가 있는데 키가 작아서 공이 위에서 내려꽂히지를 않고 수평으로 떠 가니 에이스는 커녕 힘 있는 서브를 할 수 없습니다.

미국에 와서 처음 차를 샀는데 좌석을 조절할 줄 모르기도 했지만, 몸이 작아 운전석에 베개를 놓고 운전을 한동안하고 다니기도 했습니다. 더욱이 미국 친구들은 몸집이 커서 비행기 좌석 양쪽에 큰 사람들이 앉으면 숨이 막히고 앞이 보이지 않습니다. 수술방에서는 항상 받침대를 놓고 그 위에 올라가 수술했는데 성형외과 수술은 앉아서도 할 수 있는 수술이 많아서 나에게는 천만다행이었습니다.

한동안은 체중이 늘어 135파운드까지 되었는데 작년에, 성대에 병변이 생겨 방사선 치료를 받고 나니 다시 체중이 줄어 110에서 115파운드를 드나들게 되었습니다. 옷을 입고 거울 앞에 서면 초라하고 가냘픈 몸이 나를 우울하게 합니다.

얼마 전 뽀빠이 이상용 씨가 TV에 나왔습니다. 그리고는 "키 작다고 기죽을 것 없어. 내 키가 155cm야. 그리고 동학란의 영웅 전봉준은 150cm야. 나보다 5cm나 작아. 하하…. 영국을 대영 제국으로 만든 빅토리아 여왕도 152cm야, 일본 도요토미 히데요시가 155cm이고, 나폴레옹이 157cm이야, 체육인 마라토너 손기정이 160cm이야. 그러니 키 작다고 기죽지 마."라면서 기염을 토했습니다. 하기는 나도 젊었을 때는 155cm는 되었거든요. 그래도 그 말에도 키 작은 설움이 가시지 않았습니다.

며칠 전 삼성 농구단의 센터 코비 코센이라는 친구가 영입되었는데 키가 210cm이고 체중이 150㎏가 된다고 합니다. 체중은 나의 세 배에 가깝고 키는 나보다 거의 60cm가 큽니다. 그러니 내가 그 기사를 보고 기가 죽지 않을 수가 있겠습니까. 그래서 젊어서는 키가 큰 여자와 결혼해야 자식들이 크겠다 생각했는데 나의 운명에는 키가 큰 여자가 생기지 않더군요. 이제 인생의 가을이 지나는데 키 큰 여자 타령을 해서 무엇 하겠습니까만 그래도 평생 '요 쪼그만 놈이'라는 소리를 여러 번 듣고 살아온 삶이 억울하기도 하거든요.

지금은 은퇴하여 플로리다에 살고 있습니다. 여기에서 잔디를 깎고 나무를 다듬어 주는 멕시코 사람이 많은데 다행히 그들은 나보다 별로 크지 않아서 좀 기를 펴고 살고 있습니다. 이제 며칠만 있으면 뉴저지로 돌아갑니다. 거기에 가면 역시 백인들, 몸이 큰 흑인들, 유럽에서 이민을 온 사람들이 많아 또다시 콤플렉스에 젖어 살아야 하겠지요.

바보 박사

나는 그래도 대학을 나온 사람입니다. 요새 상위 1%가 간다는 의과 대학을 졸업하고 외과 전공의를 마친 후 외과 전문의가 되었습니다. 고등학교에서 의예과에서 물리, 화학을 배웠고 물리, 화학의 성적이 좋아서 의예과에 합격했습니다.

사람들은 나를 '박사님, 박사님' 하고 부릅니다. 나는 대학에서 학생들을 오래 가르쳤고 미팅에서 강의도 많이 하여 제법 유식한 사람으로 인정받습니다. 그런데 우리의 실생활 속에서는 아주 바보입니다. 벽에 못을 하나 제대로 박을 줄 아나, 전구를 제대로 갈아 끼울 줄 아나, 집안의 무엇이 망가지면 고칠 줄 모르는 무능한 사람입니다.

내 아내도 마찬가지입니다. 약학대학에서 시험관이나 만지다 졸업했고 졸업하고는 약사가 되어 세브란스병원 실험실에서 근무했습니다. 그러니 밥도 할 줄 모르고 반찬도 할 줄 모르는 여자와 결혼을 한 것입니다.

신혼 초기에는 둘이 다 병원에서 근무했기 때문에 아침 점심 저녁을 모두 병원 식당에서 해결했습니다. 주말이 되면 아내가 밥을 차려주는데 부엌에 나가서 달그락거린 지 3~4시간이 되어 접시에 Pan cake 두 쪽을 올려주는 정도였습니다. 책을 보고 만들려니 시간이 그렇게 걸렸나 봅니다. 밥을 했는데 그야말로 4층 밥입니다. 쌀을 물에 담그고 밥을 해야 하는데 쌀을 산처럼 쌓아 놓고 불을 때니 맨 위층은 생쌀이고, 물이 약간 닿은 곳은 선 밥이고, 물속에 담긴 쌀은 밥 모양이 되었으나 밑의 쌀은 죽밥이 된 것입니다. 반찬은 무슨 맛인지 모를 정도로 오이무침이 오이 맛 따로, 고춧가루 따로, 간장 맛이 따로, 지방자치제를 이룬 밥상이었습니다.

그렇게 몇 년을 살다 보니 차츰 밥도 제대로 하게 되고 반찬도 면목을 갖추게 되었습니다. 그런데 나는 병원에 있는 시간이 많고 집에 있는 시간이 별로 없으니, 집안일을 해 보지 않아서 아직도 집안일 하기는 서툴다 못해 무능아처럼 되어버렸습니다. 그러면 옛날에 배운 물리학, 삼각함수, 기하의 지식은 무엇에 쓰냐고 물으면 할 말이 없습니다.

그런데 우리 동네 이 박사는 나와는 아주 다릅니다. 그는 산부인과 의사인데도 집안일을 얼마나 잘하는지 모릅니다. 집 안 웬만한 것이 고장이 나면 혼자서 Home Depot에 가서 필요한 것을 사다가 직접 수리합니다. 집안을 얼마나 잘 가꾸는지 모릅니다. 그러니 내 아내는 나에게 많이 실망했겠지요. 뒷마당에 나무를 하나 심어도 삽질을 제대로 하나 톱질을 제대로 하나 제대로 하는 게 없으니 혼자 돌아서며 '제대로 뭐 하나 하는 것이 없어.'라고 한탄하겠지요.

오래전 시카고에 있는 친구 목사님이 우리 집에 왔습니다. 저녁을 대접하는데 아마도 생선요리를 해온 모양입니다. 우리 집 음식은 그야말로 저염식이어서 음식을 짭짤하게 먹는 사람은 먹기 힘이 듭니다. 그런데 목사님은 연세대학교 물리학과를 대학원까지 나온 사람입니다. 지구의 자전 속도, 공전 속도, 빛의 속도 등을 동네 아이 이름을 외듯이 줄줄 외는 사람입니다. 음식을 먹으면서 "이게 바닷고기지요. 바닷고기면 바닷물을 먹어서 짤 텐데 아주 싱겁네요."라고 하여 온 식구가 웃었습니다. 빛의 속도는 알지만, 바닷고기도 안의 속살은 소금 기가 없다는 것을 몰랐던 모양이지요. 학교에서 교과서로 배운 지식과 실생활의 지식은 다른 모양입니다.

이 목사님도 집안일은 제대로 하지 못하는 모양입니다. 그래서 목사님이 내 아내에게 이렇게 위로를 해주었답니다. "이 선생은 선비 타입이라 책 읽고, 글 쓰고, 환자나 볼 사람이지 삽질이나 톱질은 못 할 사람이니 그러려니 하고 데리고 사세요."라고 해서 같이 웃었다고 합니다.

며칠 전 교회에 갔다가 오는데 자동차 타이어의 바람이 나갔다는 사인이 나왔습니다. 내려서 보니 운전석 뒷바퀴의 바람이 좀 나갔습니다. 살펴보니 타이어에 못이 박혀있었습니다. 아내는 "그러면 못을 빼야지요." 하면서 안으로 들어가 연장통을 들고나왔습니다. 내가 집을 나가 있는 동안 집안일을 아내가 하다 보니 아내의 발언권이 강해졌고, 나는 또 그 말이 그럴듯하여 타이어 박힌 못을 뽑아내려 했지만, 잘 나오지 않는 겁니다. 그렇게 애를 쓰는 나를 아내가 밀쳐내더니 Screw Driver와 집게로 못을 빼는 게 아닙니까. 아내는 마치도 내가 못 하는 것을 뺐으니 보란 듯이 "야, 못이 크기도 하다."라고 자랑했습니다.

그런데 어쩌지요? 못을 빼내고 나니 바람이 빠져나가는 속도가 더 빠르게 타이어가 쭈그러드는 게 아니겠습니까? 그래서 타이어에 바람 넣는 펌프가 있는지 이웃의 두어 집을 다녀서 구해왔습니다. 바람을 다시 넣었으나 자꾸 빠져나갔습니다.

"그럼 임시로라도 타이어를 때웁시다. 신발을 때우는 풀이니 그래도 약간은 도움이 되겠지요."라고 의견을 모으고는 신발 때우는 Shoe Glue로 잔뜩 타이어에 붙였습니다. 그러고 한 시간 후에 보니 풀을 바른 자리에 구멍이 나고 바람은 다시 빠졌습니다. 이웃 사람이 "타이어에 바람이 다 빠져나가면 쇠로 된 바퀴(휠)에 끼여 타이어가 찢어지니 바람이 많이 나가지 않도록 해야 한다."라고 가르쳐 주었습니다. 그런데 일요일 오후여서 어디에 차를 가져갈 수도 없었습니다. 우리는 두 시간마다 밤에 자다가도 나와서 바람을 넣고 자다가 또 나와서 바람을 넣는 그야말로 연극을 했습니다.

이튿날 구멍 뚫린 타이어에 바람을 잔뜩 넣고 타이어 가게로 차를 몰고 갔습니다. 기술자가 "타이어를 고칠 것인가, 바꿀 것인가?" 묻길래 '자라한테 혼이 난 사람이 솥뚜껑을 보고 놀란다.'라고 바꿔 달라고 하여 타이어를 바꾸었습니다.

다음날 모임에서 그 이야기를 했더니 친구들이 하는 말이 "아니 타이어에 못이 박혔으면 그대로 두어야지 바람이 천천히 나가지 못을 빼면 못자리로 바람이 더 빠질 것이 아니냐? 그러니 다음엔 못이 박히면 그대로 두고 타이어 가게에 가져가야지. 못은 절대로 빼면 안 되는 거야."라고 나의 무식함을 지적해 주는 것 아닙니까?

듣고 보니 그럴듯합니다. 참 나는 박사 학위를 받은 바보인가요!

각양각색의 인식

　사람마다 의식구조가 달라서 그런지 같은 사물을 보고 연상 인식 표현이 각각 다릅니다. ＋를 보고 교통순경은 교차로를 생각합니다. 학생들과 수학 선생은 더하기를 생각하고, 기독교인들은 십자가를 생각하고, 산부인과 의사는 배꼽을 생각하고, 간호사는 적십자를 생각하고, 약사들은 녹십자를 생각한다고 합니다. 운전자들은 기차 횡단로를 생각하고 문에 이런 표시가 있으면 들어오지 말라는 표시라고 생각할 것입니다.

　이제는 직장도 없고 그야말로 남들이 이야기하는 백수가 되어서 아내를 따라 그로서리에 가는 일이 많아졌습니다. 고기를 파는 가게를 지나면서 나는 고기를 사다가 묵은김치와 함께 볶아 먹으면 좋겠다 생각하고, 아내는 고기를 사다가 로스구이를 해 먹었으면 합니다. 같이 간 딸은 스테이크를 생각합니다. 이렇듯 같은 사물을 보고 생각하는 것이 사람마다 다릅니다.

　철학의 태두라는 탈레스는 '물이 만물의 근원이다.'라고 했는데 같은 시기의 철학자 아낙시만드로스는 '공기가 만물의 근원이다.'라고 소풍 간 유치원 학생들처럼 제각기 떠들어댑니다. 대부분 부분적인 이야기를 하는 경향이 많습니다. 같은 산을 두고도 어떤 아이는 '산봉우리가 둥글다.'라고 하고 어떤 아이는 '뾰족하다.'라고 하고, 어떤 아이는 '내가 책에서 봤는데 산꼭대기도 평평하다.'라고 합니다.

자기의 주장을 강하게 펼 때 논쟁이 벌어지고 싸움으로 번지는데 크게는 전쟁이 일어나기도 합니다. 그런데 의견이 많아 결정할 수 없을 때 우리는 투표합니다. 물론 그때마다 투표용지를 만드는 것이 아니라 손을 들어 다수결로 정할 때도 있습니다. 이때는 말을 잘하는 사람이 유리합니다. 자기의 의견을 잘 설명하고 많은 사람을 설득하여 자기 편으로 만들어 자기의 의견을 관철합니다.

오래전 오하이오에 있을 때입니다. 모처럼의 공휴일이라 나는 집에서 푹 낮잠이라도 자고 싶었습니다. 그런데 애들은 오래간만의 휴일인데 놀러 가자고 야단입니다. 나는 집에서 한 시간 거리인 Sea World에 가자고 했습니다. 천천히 떠나도 일찍 올 수 있어서입니다. 그런데 아들 녀석이 한 시간만 더 가면 나오는 Cedar Point에는 놀이기구도 많고 놀 것이 많다면서 그곳에 가자고 제안했습니다. 그러니 동생들이 당연히 그의 의견을 찬성하지 않겠습니까? 그래서 나는 밀렸던 피곤을 그대로 지고 두 시간 거리의 Cedar Point로 간 일이 있습니다.

철학의 나라 그리스를 망친 것이 소피스트가 아닐까요? 원래는 소피스트는 지혜로운 사람이라는 말이었는데 말을 잘하다 보니 궤변으로 흐르고 억지로 흐르고 소크라테스에게 사약을 내리고 '어떤 평화도 전쟁보다 낫다.'라는 주장으로 아테네는 스파르타에 패했습니다. 가장 작은 도시 국가였던 마케도니아에 망하고, 로마에 흡수되어 버리지 않았던가요? 그러고는 다시는 그리스의 명예를 회복하지 못한 채 이류 국가로, 삼류 국가로 이어 오지 않았던가요? 사공이 열 명이면 배가 산으로 올라간다는 말이 있습니다. 열 명, 스무 명이 떠들어대면 어떤 일을 이룰 수 없습니다. 의견을 통일하고 모두가 단결하여 무엇이든 성취해야 합니다. 1789년에 일어났던 프랑스 혁명은 혁명 자체는 성공했지만, 너무 많은 의견으로 중구난방이었고 평등, 박애, 평화의 목적을 이루지 못하여 나라는 가난해지고 표방했던 박애와 평등도 이루지 못했습니다. 결국 나폴레옹이 다시 황제가 되고 전쟁으로 수많은 젊은이가 생명을 잃었습니다. 지금 한국의 실정이 그렇다고 생각합니다.

4·19학생 혁명이 일어나고 사회는 난장판이었습니다. 철부지 대학생들이 발언권을 가지고 국회 의사당에 드나들었고 사회단체가 수도 없이 생겨나 깃발을 들고 거리에 나섰습니다. 우리나라는 세계에서 둘째로 가난한 나라가 되었습니다. 그 중구난방의 어지러운 의견을 한데 모은 이가 박정희 대통령입니다. '잘살아 보세'라는 구호로 나라의 경제를 일으켰습니다. 4·19혁명 때 정권을 잡아 나라를 망쳤던 사람들이 야당을 만들어 사사건건 박정희 대통령의 발목을 잡고 시비를 걸었습니다. 박정희 대통령을 독재자라고 불렀습니다. 경부고속도로의 작업장에 드러누워 농토를 없애고 길을 놓는다고 데모했습니다. 그리고 도로가 완성되니 그 위를 차를 타고 다니면서, 박정희를 독재자라고 했습니다.

소위 진보라는 사람들은 말이 많습니다. 그들은 학교에 다닐 때 공부는 안 하고 학생운동을 하였습니다. 무슨 단체를 조직하여 다른 학생들을 선동하고 데모했습니다. 그러다 보니 그들이 할 줄 아는 것이 회의에서 떠드는 것과 다른 사람들을 선동하는 것밖에 없습니다. 마치 아고라 광장에서 '소크라테스를 죽여라.'라고 선동하던 그런 일밖에 하지 않습니다.

얼마 전 그래도 말이 통하는 사람과 이야기하다가 "요새 더불어민주당이 하는 일, 다수의 힘으로 검수완박을 하고, 장관을 탄핵하고, 전과 4범의 사람, 그리고 수많은 의혹이 있는 사람, 자기 형을 정신병원에 강제 입원시키고 형수에게 감히 입에 담지 못할 쌍욕을 하는 사람을 대통령 시키겠다는 것이 말이 됩니까?"라고 했더니 "그래도 우리 편인걸요."라고 대답했습니다.

이제는 각양각색의 의견을 듣고 토론하고 다수를 정하는 게 아니라 내 편이 얼마나 많은가로 결정을 짓는 시대입니다. 그리스의 민주주의 시대보다 후퇴한 끼리끼리 시대라고 할까요.

환불(Refund)

보통 백화점에서 판매한 물건에 하자가 있으면 1개월 내에는 환불해 주는 제도가 있습니다. 포장은 뜯었을지언정 사용하지 않았어야 합니다. 물론 음식물이나 약품은 환불이나 교환이 안 됩니다. 이제 며칠 있으면 추수감사절이 되고 감사절 다음날은 Black Friday라고 하여 많은 상품을 대거 세일을 합니다. 그래서 금요일 새벽에는 백화점을 열면 어서 들어가 인기 상품을 싸게 사려고 백화점 앞에 장사진을 치고 문을 열기를 기다리곤 합니다.

그런데 며칠 있으면 사간 상품을 환불 하느라고 환불데스크에 사람들이 몰립니다. 백화점에서는 환불데스크에 사람을 증원하고 고객들을 상대하느라고 몸살을 앓습니다. 이런 현상은 크리스마스가 지나고 일월 초순이 될 때까지 계속됩니다. 그러나 어떤 상점은 'Sale is final. no refund and exchange.'라고 표시하고 환불 안 해주는 상점도 있습니다. 이런 데서는 가끔 시비가 붙고 언성이 높아지는 장면을 보기도 합니다.

오래전 제가 한국에 있을 때 백화점에도 환불이 되지 않았습니다.

몇 년 전까지 대전에 있는 백화점에서도 포장지를 뜯고 사용을 시도했으면 환불해 주지 않았습니다. 그런 면에서 미국은 관대합니다. 코스트코에서 전기용품을 사서 이럭저럭 있다가 한 달이 지나서 뜯었습니다. 그런데 정말 우리 집에 맞는 것이 아니었습니다. 그래서 거의 두 달이 되어 환불해 달라고 했는데도 아무 말 없이 환불해 주었습니다. 정말 관대한 법이고 사회입니다.

이런 환불시스템을 악용하는 사람들이 있다고 합니다. 오래전 뉴욕의 유명한 백화점에 여인들이 가서 비싼 옷을 사서 입고 파티를 끝내고 환불한다는 것입니다. 처음에는 백화점에서 그냥 환불해 주었는데 그 숫자가 많아서 조사해 보니 파티가 있으면 옷을 사서 입고 파티가 끝이 나면 환불한다는 것입니다. 어떨 때는 옷에 무엇이 묻었는데도 모르는 척하고 떼를 쓴다는 것입니다. 부끄럽게도 그런 사람 중 한국 여성들이 많았다는 이야기에 나의 얼굴이 뜨듯해졌습니다. 환불되어 반품된 상품은 다시 팔지 못하고 생산 공장으로 반품이 되겠지요. 그럼, 그 회사는 얼마나 손해를 보며 사업자는 얼마나 속이 상할까요. 그저 생각 없이 쇼핑하고 남의 생각을 안 하고 '도로 갖다주지 뭐.'라는 생각으로 환불을 요구하는 사람들은 많아졌다고 생각합니다.

얼마 전 어떤 사람이 조크해서 웃었습니다. 결혼한 지 얼마 안 되는 사위가 장인을 찾아와서 결혼을 물러달라고 했습니다. 즉 환불해 달라는 것이지요. 환불해 달라는 사위와 그럴 수 없다는 장인 간에 오간 대화라고 합니다.

"아내가 결혼 전에 요리학교에 다녔다고 했잖아요? 그런데 결혼해 보니 요리는 고사하고 라면도 제대로 끓일 줄 몰라요."

"나는 요리학원에 다닌다고 했지, 요리를 잘한다고는 안 했네."

"아내가 자면서 코를 골아요."

"나는 그애와 자 본 일이 없어서 코를 고는지 안 고는지는 모르지, 그건 거짓말이 아니지."

"대학 영문과를 졸업했다고 했잖아요? 그런데 미국에서 온 편지에 답장도 못 써요."

"아니 영문과에 다녔다고 했지, 영어를 잘한다고는 안 했네. 그리고 여보게 한번 사용한 상품은 물릴 수도 없고 환불도 안되네."

오래전 친구 하나가 "나는 피아노를 치는 여자를 좋아했거든. 그래서 대학 음악과 그것도 피아노과를 나온 여자와 결혼했지 뭐야. 그리고 결혼하고서 집에 피아노를 들여다 놓고 언제나 나에게 피아노 솜씨를 보여줄까를 생각했지. 그런데 결혼해서 20년이 넘었는데도 아내가 집에서 피아노 치는 것을 못 봤어. 이거 사기 결혼 아니야?"라는 말에 내가 "글쎄 그러나 환불 기간이 아주 많이 지났네."라고 하면서 서로 웃었습니다.

이제 추수감사절과 크리스마스가 옵니다. 선물을 주고받는 계절입니다. 백화점에서 일하는 종업원들 상점의 직원들은 환불과 물건을 바꾸어 달라는 손님들 때문에 얼마나 몸살을 앓을까요. 우리 집 자녀들도 선물을 고르느라고 신경을 쓰겠지요. 자녀들이 자기들도 먹고 살기 힘이 들고 자기 자식들 챙겨주느라고 부모에게 신경 쓸 겨를이 있겠습니까만 아들과 딸에게 제발 바꾸어야 할 것, 환불할 선물은 사지 말아 달라고 부탁합니다.

몇 년 전 딸이 스마트 시계를 사 왔습니다. 그 시계는 요새 스마트

시계라고 하여 운동량, 심장 박동까지 나오는 시계입니다. 그런데 전자시계라 하루에 한 번씩 충전해야 하고 장치가 많아서 작은 시계에서 그것을 작동하려면 신경이 많이 쓰였습니다. 그래서 며칠 차다가 상자에 넣어 두었는데 이제는 어디 있는지도 기억이 나지 않습니다. 그래서 애들은 크리스마스카드에 현금 선물 카드를 넣어서 보냅니다. 이 선물 카드는 지갑에 넣고 다니다가 아무 때나 필요할 때 사용하니 아주 좋습니다

몇 년 전 딸이 준 카드로 태블릿을 샀습니다. 딸이 보고 "아버지, 그 태블릿 좋은데요."라고 해서 "그거 네가 크리스마스 선물로 사준 거 아니냐."라면서 서로 웃었습니다.

인생에는 환불이 없습니다. 내가 전공한 대학의 학과도 나의 직업도 결혼도 나의 살아온 인생 과정에 환불이 없고 교환 서비스도 없습니다. 모든 일은 시작하기 전에 심사숙고하여 환불할 생각도 교환할 생각도 말아야 합니다.

팁(Tip)

코로나 전염병이 역사를 바꾼다고 하더니 정말 많은 것이 바뀌었습니다. 모든 물가가 오르고 직장과 고용인들의 의식과 관계가 바뀌고 병원의 병실 배치가 바뀌고 사람들의 관계가 바뀌었습니다. 우리가 일상생활에서 겪는 식당 문화가 많이 바뀌었습니다. 많은 사람이 이야기하는 대로 음식의 값이 올랐지요. 그리고 음식의 양이 적어졌습니다. 음식값은 양면으로 올라 배가 아니라 3배로 뛰었는지 모릅니다. 그런데 더 깜짝 놀란 것은 그전에는 음식을 먹고 팁을 15%만 주면 되었는데 이제는 그것 가지고는 말도 안 됩니다. 20~25% 심지어는 30%를 붙이는 곳도 있습니다. 그전에는 우리가 알아서 15%를 주었는데 이제는 청구서에 tip이라고 하고는 15%, 18%, 20%가 찍혀 나오고 웬만한 음식점에서는 최하가 20%, 25%, 30%라고 찍혀 나옵니다. 플로리다의 어떤 음식점은 20%, 25%, 35% and more라고 하니 Tip을 얼마나 받겠다는 것인지 모르겠습니다.

어떤 식당에는 청구서를 주는 것이 아니라 테이블에 스크린이 달린 계산대가 있는데 크레딧 카드를 넣으면 음식값은 곧바로 계산되고 tip

의 표시가 나오는데 바늘이 20~25% 사이를 오락가락하여 종업원 앞에서 바늘을 끌어 내리려면 한참을 계산기와 씨름을 해야 하니 종업원 앞에서 민망하기도 합니다. 또 황당한 것은 커피집에서입니다. 커피를 시키면 종업원이 컵에 커피를 내려주는 것밖에 없습니다. 그러고는 청구서에 팁을 달라고 요구하는 것입니다. 컵에 커피를 따라주고 팁을 달라면…. 만일 팁을 주지 않으면 우리더러 들어와서 커피를 내리란 말인가요.

우버 택시를 불렀습니다. 내가 어디에 있는데 어디로 가니까 요금이 얼마라는 것을 바로 알려줍니다. 이것은 참 편리하고 좋은데 팁을 얼마를 주겠냐고 묻는 것입니다. 그런데 팁이 10%, 20%가 아니라 어떨 때는 40%까지 나올 때가 있습니다. 요금의 반을 팁으로 달라는 말입니까. 우버 택시를 탈 때마다 팁 때문에 기분이 좋지 않습니다. 코로나 전염병 이후에 모든 사업체가 사람을 구하기 힘들어졌습니다. 그리고 임금이 올랐습니다. 업주들의 어려움이 있겠지만 식당에서 음식값을 올리고 양도 줄이고 직원의 월급은 안 올려주고 손님들에게 팁으로 메꾸려는 방법이 아닌가 하여 별로 기분이 좋지 않습니다. 그리고 그전에는 종업원들이 팁에 대하여 그리 신경을 안 썼습니다. 그런데 요새 식당에 가면 종업원이 팁에 대하여 신경을 많이 쓰고 손님들과의 시비가 많이 벌어진다고 합니다. 물론 그렇겠지요. 그것이 싫으면 식당에 가지 말고 집에서 해 먹으면 될 것 아니냐고 하면 할 말은 없습니다.

요새 뉴저지에 팁이 없는 식당이 몇 군데 생겼습니다. 냉면 집에 가면 접수구에서 식권을 삽니다. 그리고 잠시 기다리면 번호가 나오고 손님이 가서 음식을 가져다 먹고는 식기를 돌려주면 되는 식당입니다. 그 식당에 가면 손님들이 항상 만원입니다. 사실 15%나 20%나 그렇게 많은 차이가 나는 것은 아닙니다. 그러나 손님들을 데리고 식당에 가면 5%의 차이는 우리의 기분에 영향을 미칠만한 돈이기도 합니다. 저는 마음이 약해서 식당 종업원과 팁 가지고 시비를 따질 인물이 못됩니다.

친구 하나는 '왜 음식값에 세금을 물리고 또 그 위에 팁을 부치느냐 그러면 세금에도 팁을 낸단 말이냐.'라고 따진 사람이 있습니다. 정말입니다. 음식값에 몇 % 그 위에 세금을 10% 붙이고 나서의 팁은 차이가 있는 것이 아닙니까. Tip이란 말은 to insure promptness에서 유래했다고 합니다. 식당에 가서 오래 기다리지 않고 나에게 특별히 빨리 해 달라고 주는 것이 팁이었다고 하면 식당에 들어가서 한참을 기다리고 주문한 후 음식도 늦게 나오고 물을 좀 달라고 해도 들은 척도 안 하고 냉면을 시켰는데 식초도 겨자도 안 갖다주고 다 먹었으니 청구서를 갖다주라고 해도 못 들은 척하고 한참 있다가 갖다주고서는 무슨 감사한 일을 했다고 Gratitude란 말로 돈을 더 청구하는 것은 식당의 횡포가 아닌가 생각합니다.

제가 자주 가는 중국집이 있습니다. 혼자 갈 때가 많고 자장면이나 울면을 먹지만 여기는 청구서에 15%가 찍혀 나옵니다. 실지로 15%나 20%나 돈의 차이는 별로 없지만, 돈을 낼 때 기분이 나쁘지 않습니다. 커피를 내려주고 20% 팁을 달라는 커피집에는 다시는 가지 않습니다. 그렇다고 그 집 커피가 기절할 정도로 맛이 있는 것도 아니고 커피 한 잔을 사서 나오면서 그렇게 감사하게 예의를 차릴 일도 아닌데 20%의

팁을 주면 마치 착취를 당한 것 같은 기분이어서 다시는 가지 않았습니다. 또 tip은 한쪽 끝이라는 말입니다. 그런데 20%나 30%를 주고 나면 이건 한쪽의 끝인 Tip이 아니고 야구 방망이의 반을 잘라준 것 같은 기분입니다.

얼마 전 한국 신문에 이런 기사가 났습니다. 배달의 민족이나 요기요 같은 배달 음식을 하는 사람이 '팁'란에 팁이 두둑하지 않으면 음식을 늦게 배달하거나 음식 배달을 거부한다는 말입니다. 그러고는 그들도 돈을 받고 하는 노동자인데 당연히 거부할 권리가 있다는 것입니다. 물론 맞는 말입니다. 그러나 배달을 하는 사람은 업주에게서 배달료를 충분히 받아야지 손님에게 과중한 팁을 요구해서야 되겠습니까? 하여간 요새 손님들과 식당 사이에 팁으로 인한 갈등이 점점 심해져 가는 것 같습니다. 앞으로 어떻게 결론이 날는지 모르지만 나 같이 마음이 약한 사람은 구경만 할 따름입니다.

평생 경쟁자

부부라고 하면 상조(相助) 공존(共存)하는 존재이지만 평생토록 선의의 경쟁을 하는 사이이기도 합니다. 요새는 그런 부부가 없겠지만 옛날에는 군왕 같은 남편, 시녀 같은 부인이 많았고 간혹 여왕 같은 부인에 머슴꾼 같은 남편도 있었을 것이지만 요새 사회에서는 부부의 위치가 거의 비슷하지 않을까 생각합니다.

요새 젊은 사람들의 남녀 사이는 완전 평등이고 특수한 경우를 제외하고 여자의 위치가 좀 우세합니다. 물론 여권 신장의 시대라서 부인들의 권위가 상당히 높아졌지만 그렇다 하더라도 남편을 노예처럼 다루는 부인은 그리 많지는 않을 테니까요. 꼭 그래서는 아니겠지만 부부가 살다 보면 은근히 선의의 경쟁을 하면서 살아가기도 합니다. 물론 부부의 직업이나 사회적인 지위가 삶의 그림을 달리 그려 주기도 하겠지만 비슷한 나이의 남녀가 살다 보면 하찮은 일도 서로 비교하지 않을까 생각합니다.

부부 의사들 친구가 여러 명 있습니다. 여자가 잘나가는 '과' 의사이고 남자가 인기가 덜하여 수입이 적으면 남자가 무척 예민해지고 더러는 자격지심이 생기기도 한다고 합니다.

저는 일반외과 전공의 시절 병원 약사와 결혼했습니다. 그런데 약혼자는 병원의 약국장이었습니다. 물론 나는 의사이기는 하지만 병원에서는 전공의보다는 약국장의 지위가 훨씬 높은 것이 사실입니다. 전공의는 환자를 보고 일을 하기는 하지만 병원의 이사회라던가 운영위원회에는 감히 참석 못 하지만 약국장인 아내는 참석합니다. 또 병원에 손님이 와서 약국을 시찰할 때면 아내가 나가서 약국의 현황을 설명해 주고 손님 접대를 합니다. 또 월급도 나의 월급보다는 훨씬 많습니다. 그래서 아내는 나보다 우월하다는 생각을 가졌었는지도 모릅니다.

아내는 나보다 생일이 몇 개월 늦습니다. 그래서 가끔 아내는 동갑내기끼리 뭘 그러냐 하고 농담합니다. 거기에 외동딸인 아내는 고집이 좀 센 편이라 신혼 초기에는 많은 대립이 있었습니다. 우리를 잘 아는 병원의 친구들은 '저 부부가 저렇게 대립이 되어서 어찌 살아갈까.?' 하고 우려를 많이 했다고 합니다. 그러다 보니 알지 못하게 경쟁심이 생겼는지도 모릅니다. 저는 논쟁해서 이겨 본 일은 별로 없고, 아내와의 논쟁에서도 '백전백패' 아니 '만전만패' 했을 것입니다. 그리고 삶의 지혜를 터득했다고 할까요. 더는 논쟁하지 않습니다. 말이 길어져 논쟁으로 가려고 하면 내가 슬쩍 피해 버리기 때문입니다.

그전에는 나나 아내는 테니스를 쳤습니다. 골프는 워낙 시간을 많이 할애하는 운동이어서 항상 바쁘게 일을 하는 나에게는 적당하지 않았습니다. 그러나 테니스는 공을 치다가도 한 10분이나 20분 후에는 깨끗이 끝나므로 병원에 달려갈 수 있었습니다. 아내는 아내의 그룹 사람들과 테니스를 치고, 나는 남자 친구들과 테니스를 치니 우리가 같이 공을 치는 일은 일 년에 한두 번 큰 잔치가 있을 때 외에는 같이 운동할 때가 없었습니다. 남녀의 힘이 다른지라 테니스로 경쟁은 하지 않았습니다. 그런데 이제는 나이 먹으면서 테니스도 할 수 없게 되었습니다. 나와 레벨이 맞는 사람을 만날 수 없고 저와 테니스를 칠만한 사람은 골프로 전향했거나 운동을 그만두었기 때문입니다.

그렇다고 운동을 그만둘 수는 없는 일입니다. 그래서 걷기를 시작했습니다. 보생와사(步生臥死)라고 하지 않습니까? 카톡에서 매일 같이 알려주는 건강정보에는 '일어나 걸어라, 일어나 걸어라.'라고 걷기를 권장합니다. 유튜브마다 걷기보다 더 좋은 약이 없다고 하니, 스마트폰에 보행기를 작동시켜 놓고 매일 새벽에 일어나 걷습니다. 아침 4시에 일어나 우리 동네의 골프장을 한 바퀴 도는데 한 시간 10분 9,000보가량 됩니다. 그런데 아내는 나보다 일찍 일어나 딸이 직장에 나갈 도시락을 준비하고 활동하니 오전에는 아내가 나보다 많이 움직여서 성적이 훨씬 좋습니다. 아침 식사를 하면 나는 내 방에 와서 책을 보거나 컴퓨터와 씨름을 하지만 아내는 종일 앉아 있는 일이 별로 없습니다. 운동을 나갈 때는 같이 나가고 집 안에 있을 때는 나는 방에 앉아 있고 아내는 방안을 헤매니 차이가 날 수밖에 없습니다.

저녁에 방에 들어갈 때 나는 20,000보에서 25,000보가 되는데 아내는 나보다 만 보가 더한 30,000보에서 35,000보가 됩니다. 그래서 집에 들어올 때쯤 되면 같이 비교해 보기도 하는데 아내는 어깨를 슬쩍 제치고 나보다 만 보가 많은 pedometer를 보여주며 "그 정도야 보통이지" 하며 웃습니다. 은근히 기분이 나빠서 '그래, 그냥 한 바퀴를 더 뛰어 볼까 보다.' 하고 생각하지만 '그래, 아내한테 이겨서 무엇하랴,

아내한테 져주고 맛있는 반찬 한 가지 더 얻어먹는 게 약은 짓이지.' 하고 "맞아요, 맞아 내가 졌소." 하고 웃습니다.

우리 집은 정말 평등합니다. 한국에서 잘나가던 약국장이 미국에 와서 직장이 없고 수입도 없으니, 우울증이 생겨 내가 개업하고 우리 병원의 이사장으로 모시고 월급도 나와 같이 나누었습니다. 그래서 지금도 수입이 나와 거의 같습니다. 완전히 평등한 이두정치(二頭政治)를 하고 있습니다. 이제 걷는 운동도 아내에게 졌습니다. 내가 그보다 난 것은 이렇게 글을 쓰고 아내를 씹는 일입니다. 그런데 혹시 언제 이 일도 빼앗길지 압니까? 그저 그저 전전긍긍이지요.

형 노릇 오빠 노릇

　내게는 형님 한 분과 남동생, 여동생이 있습니다. 형님과 나 사이에 형님이 한 분 더 있었는데 아주 어려서 돌아가셔서 형님과 나 사이는 7년의 차이가 납니다. 형님은 무척 똑똑했다고 합니다. 어머님의 말씀에 의하면 해방이 되고 내가 열 살 때 즉 1946년 평양에서 서북청년단에 가입하여 조만식 선생의 남하를 계획하였고 김일성의 암살도 계획을 했다. 체포되어 평양 감옥에 있다가 러시아로 끌려갔다고 합니다.

　어머님은 형님 때문에 속병을 얻으셨고 배가 아파 고생하셨습니다. 어머님은 형님을 맏아들이라고 무척 사랑하셨습니다. 가끔 하나님도 무심하시지 왜 저런 지지리 못난 놈들을 두고 제일 똑똑한 놈을 데려가셨지, 하시면서 우셨습니다. 그래서 나는 어쩌다가 맏아들 노릇을 하였습니다. 그러나 나는 아직도 내가 맏아들이라고는 생각하지 않습니다. 평양에서 아버님은 공산주의에서는 죽어도 못 사시겠다고 어느 날 아침 우리도 모르게 서울로 가셨습니다. 어머니는 나와 남동생, 여동생을 데리고 반동분자의 가족이라고 천대를 당하며 살았습니다. 그렇게 고생하게 되니까 내가 동생들을 거느리게 되었습니다. 추운 겨울

온돌방에 불이 꺼지면 재를 쳐 내고 석탄 밑에 불쏘시개를 놓아 불을 살리고 방에 들어와 동생들을 꼭 껴안고 자기도 했고 피난을 가다가 부모님을 잃고 남의 외양간에서 자면서 춥다고 징징 우는 어린 여동생을 안고 울기도 했습니다. 그래서 우리 동생들은 내가 형이나 오빠가 아니라 아버지나 어머니 같다고 가끔 말을 하곤 합니다.

대학 다닐 때도 가정교사 월급을 받으면 등록금이 아니라 우리 집의 생활비로 내놓아야 해서 등록 때는 최명섭 장로님의 도움과 장학금으로 학교에 다녔습니다. 서울대학에 다니던 동생은 군에 입대하고 여동생은 야간학교의 급사 노릇을 하면서 학교에 다녔지요.

그때는 우리 형제들에게 틈새가 없었습니다. 내가 결혼했습니다. 내 동생들은 나를 빼앗긴 것 같다고 나의 결혼식이 끝난 후 같이 울었다고 합니다. 다행히 혼처가 생겨서 나의 여동생을 미국에 오기 전 결혼을 시켰습니다. 여동생을 결혼시키려고 나의 저축해 놓았던 돈 퇴직금을 모두 들여 살림을 장만해 주고 미국으로 왔습니다.

미국에 온 첫 7~8년은 대구에 처음 갔던 피난민처럼 고생이 막심했습니다. 인턴 월급이 반달에 165불이었고, 먹고 살기에도 힘이 들었습니다. 외과 전공의를 하면서 아파트 세도 내야 하고 병원과 집 사이가 멀어서 가스값도 들어서 정말 고생하였고 맥도날드 햄버거를 사 먹어 보지도 못했습니다. 이 먼 이국땅에서 차를 몰고 다니다가 내가 잘못되면 가족이 어떻게 하나 하고 생명보험까지 드니 정말 어렵게 살았습니다. 이렇게 7년을 살았습니다.

어렵게 살다 성형외과 의사가 되어 오하이오에서 개업했습니다. 개업을 하고 한 2년 있으니 외사촌 동생이 우리 집에 와서 얹혀살게 되었습니다. 동생네 식구가 미국에 연수를 온다고 4식구가 왔습니다. 그래서 우리 식구는 10식구가 되었습니다. 워낙 큰 집이어서 그런대로 살았고 나는 새로 개업했으니 정신없이 바빴습니다. 그렇게 여러 식구가 사니까 서로 부딪치기도 했겠지요. 그리고 어릴 때처럼 동생을 챙겨주지 못했겠지요. 그러나 나의 아내는 아무 불평도 없이 그 많은 식구를 2년 반 동안 잘 보살펴 주었습니다. 동생이 갈 때 한국에 집을 장만해야겠으니 집 살 돈을 달라고 했습니다. 한국의 집값이 좀 비쌉니까. 지금 병원 차린 지 얼마 되지 않았고 집값도 내야 하는데 한국에 집 살 돈을 내가 어떻게 마련합니까. 그래서 그것만은 못하겠다고 했습니다. 동생은 한국에 가서 나에게 좋지 않은 말로 편지를 했습니다.

조카는 나더러 LA에 신문 보급소를 차릴 테니 내 집을 담보로 하고 돈을 달라는 것입니다. 그래서 못하겠다고 했더니 시민권을 받는데 드는 7만 불 그리고 몇 달 살며 자리를 잡을 돈 10만 불만 달라고 하는 것입니다. 그것도 못 하고 간신히 달래서 몇천 불을 쥐여주고 캘리포니아로 보냈습니다. 그랬더니 자기 집에 편지하여 그렇게 돈을 잘 벌면서 형제를 안 돌보아 준다고 비난했습니다.

2년 정도 있다 우리 여동생과 아들, 딸이 왔습니다. 여동생은 정말 내가 키운 것이나 다름이 없는 사이입니다. 7~8개월 있다가 딸은 미국에서 공부하느니 한국으로 가겠다고 하여 아들만 남기고 갔습니다. 나는 그 조카를 중학교 3학년부터 고등학교를 졸업시키고 Ohio State University를 졸업시켰습니다. 여동생은 고맙다고 합니다.

나는 생각을 해 봅니다. 지금 남동생은 나보다 훨씬 재산도 많고 잘 살고 있습니다. 그런데 어찌 나에게 그런 말을 할 수 있었을까 하고 마음이 아픕니다. 물론 제가 잘못한 것이 있겠지요. 2년 반 동안 4식구가 우리 집에서 돈 한 푼 안 들이고 먹고살고 아내가 추운 겨울에 학교에 데려다주고 데려오고 하면서 공부하고는 나에게 그런 말을 할 수 있을까 하고 마음이 아픕니다. 가만히 생각해 봅니다. 예수님은 그 많은 제자를 가르치고 기르지 않았나요? 그러나 예수님이 십자가에 달리셨을 때 모두 그를 배반하지 않았나요. 나는 예수님을 몇 번이나 배반했을까 하고 마음을 달랩니다. 마찬가지겠지요, 동생들의 마음도… 역시 형 노릇, 오빠 노릇도 하기가 쉽지 않습니다.

현대의 피그말리온들

그리스의 신화에 나오는 이야기입니다.

키프로스 섬에 피그말리온이라는 왕이라고도 하고 그냥 조각가라는 사람이 살고 있었습니다. 그는 키프로스에 사는 여자들을 혐오하여 독신으로 살았습니다. 키프로스의 여인들이 성적으로 문란하고 성격이 사나워서 피그말리온은 여자를 사귀지 않았습니다. 어느 날 그는 아주 큰 상아로 여인상을 조각하기 시작했습니다. 조각하면서 그는 아프로디테 신전에 기도하면서 자기의 조각이 아프로디테처럼 아름다운 여자가 되게 해달라고 기원을 합니다. 그러니까 정말 그 조각이 아름다운 여인상이 되었습니다. 또 자기가 이 여자와 결혼하게 해달라고 기원을 합니다. 기원하고 이 조각상에 키스하니 석상의 입술이 따뜻해지고 촉촉하고 보드라워지고 감각을 가지더라는 이야기입니다. 그래서 피그말리온은 이 여자와 결혼하여 행복하게 살았다는 이야기입니다.

'피그말리온 효과'는 정신과에서 쓰는 말로 '무슨 일을 간절히 원하면 비슷하게 이루어진다.'라는 용어입니다. 그러나 나는 이야기에서 자기의 작품에 빠져들어 세상의 아무것도 보이지 않는 사람을 생각할 수 있습니다. 자기도취에 빠진 사람, 자기 삼매에 취한 사람, 나르시 시즘에 빠진 사람이라고 할까요. 이것이 좋은 건강한 현상이라기보다 는 병적이라고 할 수밖에 없습니다.

이 이야기는 신화이지만 우리가 사는 세상에 그런 사람들이 더러 있 어 가끔 이런 현상을 보게 됩니다. 예를 들면 전 대통령 문재인 씨를 들 수 있습니다. 그는 역대 대통령 중 가장 무능한 사람이었다고 많은 사람이 말합니다. 경제는 거의 파탄이 났고 국민을 속이려 국가 부채 가 1,000조가 되도록 국고를 낭비했습니다. 원자력 발전소의 피해 영 화 한 편을 보고서 국내의 원자력 발전소를 폐쇄하라고 명령했습니다. 그 대신 태양광에너지를 설치한다고 국민이 그렇게 애써 가꾼 산과 숲 을 벌거벗겼습니다. 또 풍력발전소를 마치 돈키호테처럼 해변에 풍차 를 설치했습니다.

그는 중국에 대접받지 못하고 혼자서 밥을 사 먹으면서 민정 시찰을 한다고 만화의 코미디언처럼 국민을 웃겼습니다. 그의 수행원 중 기자 가 공안원에게 끌려 나가 폭행을 당해 병원에 갔는데도 모른 체, 시진 핑에게 "중국은 큰 산봉우리 같은 나라이고 우리는 작은 언덕 같은 나 라이니 우리가 중국을 보고 배워야 한다."라는 말도 했습니다. 이것이 얼마나 웃기는 이야기입니까?

그런데도 본인이 단군 이래 가장 위대한 대통령이라고 공보실을 통 해서 발표했습니다. 시민들의 혁명으로 대통령이 되었다고 외국에 나 가서 떠들고 다녔습니다. 세월호 사건으로 야단이 났는데 박근혜 대통 령이 8시간 동안 무엇을 했느냐고 그렇게 떠들고 시비 걸었던 그가 한 국 공무원이 서해에서 표류하고 북한군에게 사살당하고 시체가 불에

태워지는데도 8시간이 아니라 날이 새도록 잠만 잤다고 합니다.

그는 대통령 후보였을 때, 또 대통령 재직 시에 "사람이 먼저다."라는 이야기를 자주 했습니다. 그러나 그는 자유를 찾아 생명을 걸고 남하한 어부들의 눈을 가리고 다시 김정은에게 돌려보냈습니다. 그러고는 퇴임하는 날 시민들을 보고 "한번 출마 더 할까요?"라면서 손을 흔든 사람입니다.

그도 병든 피그말리온이 아닐까 생각합니다. 퇴임한 후 문재인이라는 영화를 만들어 상영했다고 합니다. 표가 팔리지 않자 팔린 표의 숫자마저 조작하여 심야 상영 영화가 1백 만이 넘었다고 합니다. 문재인 씨가 영화를 감상하고 자기가 애써 이룬 오 년 동안의 치적이 한순간에 무너지는 허탈감을 느꼈다고 하니 이것은 해도 해도 너무한 나르시시즘입니다.

나르시시즘이라고 할까? 피그말리온 현상이라고 할까? 이런 현상에 잡혀있는 사람들을 종종 보게 됩니다. 오래전 오하이오에서 문학동아리를 한 일이 있습니다. 한 달에 한 번씩 자기가 지은 작품을 낭독하고 서로 격려해 주는 모임이었습니다. 일 년에 한두 번씩 뉴욕 중앙일보에 그 시가 게재되기도 했습니다. 우리 회원들의 시나 수필이 신문에 게재되자 이상한 일이 벌어졌습니다. 회원 중 하나가 시인이 된 것입니다. 그리고 모습이 달라졌습니다. 베레모를 쓰고 이상한 스카프를 하고 걸음걸이도 이상해졌습니다. 게재되었던 본인의 시를 크게 써서 항상 가지고 다니기도 했습니다. 나는 이것도 피그말리온 현상이 아닐까 생각해 봅니다. 본인의 작품에 매료되어 작품이 자기의 전부가 되는 것, 그리고 그 작품과 결혼하여 하나가 되려는 현상이 아닐까 생각합니다.

심리학에서 말하는 피그말리온 현상 즉, 자기가 소원하고 바라고 정성을 다하면 그런 일이 나타난다는 이야기가 아니라 자기의 작품에 빨려 들어가 작품을 품고 살아가는 사람들을 이야기하고 싶은 것입니다. 이런 현상은 정치인에게 많고, 과대망상증이 있는 사람에게 많다고 합니다. 자기의 잘못을 깨닫지 못하는지 아니면 자기가 한 일이 정말 단군 이래 최고의 집권자라고 믿어 아직도 가끔 신문에 현 정권에 충고하는 전 대통령을 보면서 피그말리온 현상에 걸린 나르시시즘 환자가 아닌가 생각합니다.

chapter-3

방관자

단테의 『신곡』 지옥편을 보면 지옥의 일
층에는 방관자들이 들어가 있다고 합니다.
남들이 착한 일을 하는데도 아무런 반응 없
이 뒷짐 지고 바라보기만 한 사람들이 지옥
에 간다는 것입니다. 성경의 마지막 권인
요한 계시록에도 이런 말이 있습니다. "너
희가 차지도 않고 뜨겁지도 않으면 내가 입
에서 뱉어 버리리니"라고 하는 말입니다.
즉, 방관을 하는 사람들을 죄가 없다고 하
지 않겠다는 말입니다. '정의를 외면한 가장
큰 대가는 가장 저질스러운 인간들에게 지
배당하는 것이다.'라고 윈스턴 처칠은 이야
기했습니다. '이 변환기 사회의 가장 최대의
비극은 악한 사람들의 거친 아우성이 아니
라 착한 사람들의 소름 끼치는 침묵이다.'라
고 마틴 루서 킹은 절규했습니다.

맞벌이

　며칠 전 신문에 한국의 65세 이상의 맞벌이 가정이 30%정도 된다는 기사가 났습니다. 60세 이상인 여성의 취업률이 30%이상 된다는 말입니다. '백지장도 맞들면 가볍다.'는 말이 있듯이 맞벌이를 하면 훨씬 살기가 쉬운 것은 두말할 필요가 없습니다.

　65세 이상의 시니어들이 맞벌이하고 있으니 젊은 세대는 말할 것도 없습니다. 70% 이상이 된다고 해도 놀랄 일이 아닙니다. 지금은 여자들이 사회에 많이 진출해 있습니다. 내가 대학에 다닐 때만 해도 여성들이 대학에 다니는 숫자가 지금보다 많이 적었고 대학을 졸업해도 사회에 진출할 기회가 적었습니다. 여자들이 대학에 다니는 것은 결혼할 때 신분 증명을 하기 위한 것이라고 했습니다. 실지로 저의 친구는 부인이 음악대학 피아노과를 다닌다고 하여 결혼하고 피아노를 사주었는데 한 번도 피아노를 치는 것을 보지 못하였다고 합니다. 그분만이 아니라 여성 대부분이 대학을 졸업하고 그 방면의 직장을 찾을 수도 없고 몇몇 과를 제외하고는 실제로 취업도 되지 않았습니다.

　사실 젊은이들에게는 맞벌이가 필요합니다. 내가 결혼을 했을 때 방한 칸도 없었고, 독립해서 살 형편이 되지 않았습니다. 다행히 아내가 약사라서 병원에서 근무했습니다. 그때 전공의보다 월급이 많았습니다.

나는 집안이 워낙 가난하여 결혼반지도 아내의 돈을 빌려서 해주고 갚지 않으니, 아내가 사서 낀 것이나 다름없습니다. 전공의가 끝나고 외과 전문의가 되면서 육군에 갔습니다. 말은 외과과장이지만 그 당시 육군 소령의 월급이 만 원이었습니다. 그것도 다방에 외상이 없고 매점에 외상이 없어서 제하는 것이 없어야 만원이지, 매점·식당·다방에 외상이 있으면 7~8천 원밖에 안 됐습니다. 집을 떠나 지방에 근무하는 군의관에게 그 돈은 혼자 생활비도 모자랐습니다.

아내는 제일병원 약국장으로 한 달에 월급이 나의 다섯 배가 되었습니다. 아내 덕을 톡톡히 보았습니다. 그런 나를 친구들이 부러워했습니다. 지금도 나는 아내가 말에 목이 움츠러들어 기가 죽습니다. 나만 그런 것은 아니고 다른 사람들도 마찬가지일 것입니다. 대학 졸업하고 취업이 되었다 해도 신입 사원인데 혼자의 월급으로 생활을 유지할 수가 없습니다. 웬만한 기업의 신입 사원 월급은 3~4백만 원입니다. 그 월급으로 집을 부모님이 사주었다고 해도 아파트의 운영비·자동차 유지비를 내고 나면 먹고살기가 넉넉지 않습니다. 더구나 집이 없어 셋집을 얻으면 자동차도 운영할 수 없습니다.

부인이 직장을 다니면 수입이 두 배나 되니 생활하기가 훨씬 좋을 것입니다. 미국에 와서 성형외과 의사가 되었습니다. 소위 돈을 잘 번다는 직종의 의사입니다. 그래도 부부가 맞벌이하는 친구에게는 당할 수 없습니다. 지인과 친구 중에는 부부가 의사인 사람이 많이 있는데 그들의 생활은 정말 윤택합니다. 남편은 피부과, 부인은 안과인 친구네 집은 마치 영화배우 집 같았고 사는 수준이 나와는 달랐습니다.

한국에 있을 때의 일입니다. 먹자골목 입구에 종로 빈대떡이라고 간판을 달고 빈대떡도 팔고 막걸리도 파는 작은 가게가 있었습니다. 빈대떡을 부치는 주인은 아주 깔끔하고 옷도 깨끗하게 입고 있어서 방금이라도 회사에 출근하는 사람처럼 보였습니다. 나도 혼자라 빈대떡으로 저녁을 먹으면서 몇 번 이야기를 나누었습니다.

누구나 알만한 대기업에 다니고 있었는데 기업에서 구조 조정을 할 때입니다. 그의 친구는 형편이 어려운데 부인마저 투병 중이었다고 합니다. 그래서 친구 대신 자기가 사표를 썼다고 합니다. 그의 아내도 직장에 다니니까 자신이 친구보다 형편이 나았다고 합니다. 직장을 그만두고 빈대떡집을 차렸습니다. 지금은 내가 주인이니 구조 조정으로 쫓겨날 일이 없다면서 웃었습니다.

나는 지난 십여 년 동안 대학병원에서 근무했습니다. 대학병원에는 남자 직원보다 여자 직원이 많습니다. 접수창구의 직원, 간호사들 보조원들이 거의 여자들이고 의사도 삼 분의 일이 여자입니다. 여자 직원들이 결혼을 안 한 사람들 빼고는 많은 사람이 맞벌이하는 사람들입니다. 주말이면 남편들이 병원 로비에서 기다리는 사람들도 많이 있습니다. 나는 이 맞벌이 부부가 참 아름답다고 느꼈습니다. 비교적 넉넉한 모습에 여유 있어 보였습니다.

병원의 미화원 중에 명랑하고 구김살이 없는 아름다운 여인이 있었습니다. 그런데 그 남편의 가슴에 혹이 있어 수술해준 일이 있었는데 남편도 아주 깔끔한 멋쟁이였습니다. 어느 날 그 미화원과 병원 카페에서 커피를 마시면서 이야기를 나누는 중에 자기는 명문대학 문학과를 졸업했는데 졸업하고 나니 취업이 안 되었다는 것입니다. 집에서 놀면서 허송세월하는 것보다는 무슨 일이든 직장을 갖고 사람들과 사귀면서 밖의 세상과 교류하고 싶었다고 합니다. 또 경제적으로 남편도 도우려고 병원의 미화원 일을 하고 있다고 했습니다. 그러다가 언젠가 좋은 직업이 생기면 그때도 열심히 할 것이라는 말입니다.

지금은 여자 비행사도 있고 여자 영화감독도 있고 여자 정치인들도 많습니다. 그리고 여성이 인구의 반을 넘습니다. 이 반이 넘는 노동 인구가 일을 한다는 것은 맞벌이 가정을 위해서나 사회를 위해서 좋은 일이라고 생각합니다.

방관자

2022년 4월 9일 한국의 대통령 선거는 참으로 치열한 경쟁이었습니다. 한국이 사회주의 국가가 되어 고려연방국으로 가는가, 아니면 그냥 자유시장경제 민주주의 국가로 남느냐 하는 중대한 선거였습니다.

몇 개월 전부터 온 나라가 찬반으로 갈려서 떠들썩했습니다. 그런데 선거에 참여한 사람은 77%밖에 안 됐습니다. 즉, 23%는 선거에 참여하지 않았습니다. 물론 병원에 입원했거나 위급한 일로 투표를 못 한 사람도 있을 겁니다.

정부에서는 그런 것을 막기 위하여 사전투표제라는 것을 실시하여 기회를 주었습니다. 그러나 평생 투표하지 않고 정부에 불평만 하는 사람들이 있습니다. 투표를 안 하는 게 자신이 무슨 백이 숙제라도 되는 양 자랑이라고 되는 듯이 떠드는 사람도 있습니다. 백이 숙제도 제 나라 땅에서 나는 고사리와 도라지를 먹었고 그것을 지적하자 부끄러워 수양산으로 들어가 굶어 죽었다고 합니다.

우리 사회에는 항상 방관자들이 있습니다. 아마 그날 골프를 치느라

투표를 안 하고는 골프 마친 후에 맥주를 마시면서 정치를 비판하고 자기가 싫어하는 사람을 비판했을 것입니다. 선거에 투표하라고 준 휴일에 가족들과 함께 놀러 가느라고 투표하지 않은 사람들도 있을 것입니다. 그렇다고 그날 뽑힌 대통령이나 국회의원, 지방자치제 지도자들의 정책이 그들의 삶에 아무런 영향을 미치지 않을까요? 그런 사람들일수록 정부나 정치인을 비판하고 '헬조선'이라는 말을 많이 하지 않을까요?

이런 방관자들은 일종의 범죄자라고 생각합니다. 예수님은 방관자들을 싫어하셨습니다. 마태복음 11장 17절에는 "너희를 위하여 장터에서 피리를 불어도 춤을 추지 않고 우리가 애곡해도 울지 않음과 같도다."라면서 방관자들을 질책하셨습니다. 비유로 착한 사마리아 사람에 대한 예화를 하실 때도 강도당한 사람 옆을 제사장이 지나갔습니다. 그리고 레위인도 지나갔습니다. 그들은 사회의 지도자들이었습니다. 그들은 아무런 잘못도 하지 않았습니다. 그냥 아무 일도 하지 않고 지나간 방관자들일 뿐입니다.

그런데 성경의 이 부분을 읽은 사람들이 제사장이나 레위인을 잘했다고 할까요? 예수님도 그들이 아무 죄가 없다고 말씀하시지 않았습니다. 자동차가 절벽에 걸려서 기울어지고 있습니다. 많은 사람이 자동차를 끌어 올리려고 하는데 저만큼 멀리 서서 팔짱을 끼고 구경만 하는 사람이 있습니다. 물론 그는 가해자나 범죄자는 아니라고 항변을 할 것입니다. 그러나 그는 범죄자에 속한다고 할 수 있을 것입니다.

얼마 전 〈46번 버스〉라는 글을 읽은 일이 있습니다. 중국의 어느 지방에서 여자 운전사가 운전하는 버스가 달리고 있었습니다. 그런데 그 지방의 조폭들이 길을 막고 여자 운전사를 끌어 내렸습니다. 여기에 대항해서 싸운 사람은 힘도 없고 키도 작은 청년 한 사람뿐이었습니다. 그는 매를 맞아 길에 쓰러졌고 여자 운전사는 조폭에게 끌려가 윤간을 당했습니다. 그런데 버스에 탄 승객들은 못 본 척했습니다. 조폭들이 자기들에게 해를 가할까 봐 외면한 것입니다. 끌려 내려가 윤간을 당한 여자 운전사는 한참 만에 버스로 돌아왔습니다. 맞아서 쓰러졌던 청년이 버스에 타려 하자 여자 운전사는 그를 밀쳐 버리고 버스를 운전하여 가 버렸습니다. 얼마 후 여자 운전사가 운전하던 46번 버스가 절벽에서 추락하여 승객 모두가 죽었다는 기사가 신문에 났습니다. 여자 운전사는 자기를 구해주려던 청년을 밀쳐 버리고 방관자들인 승객들만을 모두 태운 채 절벽에서 자살 추락을 한 것이었습니다. 여자 운전사가 방관자들인 승객들에게 한 보복이었습니다.

이 글을 읽고 아무도 여자 운전사를 욕하지 않았고 방관자들인 승객들이 받은 비극적 보복에 시원한 느낌을 받았다는 것입니다.

한국의 지하철이나 길에서 여성이 폭행당할 때, 뛰어들어 말리지 않고 모른척하는 장면들을 봅니다. 아파트 옆집에서 싸우는 소리가 나도 이웃에서 아무런 반응이 없습니다. '우리 집만 아니면 되지 무슨 상관이야.'라는 생각입니다.

어떤 성인이 죽었습니다. 그런데 하나님은 그를 지옥으로 보냈습니다. 그는 "아무런 악한 일도 하지 않았는데 왜 나를 지옥으로 오게 하였느냐."고 항의했습니다. 항의를 들은 지옥의 관리는 책을 뒤져보더니 "그래요, 당신은 아무런 죄를 저지른 일은 없지요. 그러나 당신은 아무런 착한 일도 하지 않았군요. 천국은 착한 일을 한 사람이 가는 곳이지 아무런 착한 일도 하지 않은 사람이 가는 곳은 아닙니다. 아무 일도 하지 않는다는 것이 죄이지요."라고 하더라는 것입니다.

단테의 『신곡』 지옥편을 보면 지옥의 일 층에는 방관자들이 들어가 있다고 합니다. 남들이 착한 일을 하는데도 아무런 반응 없이 뒷짐 지고 바라보기만 한 사람들이 지옥에 간다는 것입니다. 성경의 마지막 권인 요한 계시록에도 이런 말이 있습니다. "너희가 차지도 않고 뜨겁지도 않으면 내가 입에서 뱉어 버리리니"라고 하는 말입니다. 즉, 방관을 하는 사람들을 죄가 없다고 하지 않겠다는 말입니다. '정의를 외면한 가장 큰 대가는 가장 저질스러운 인간들에게 지배당하는 것이다.'라고 윈스턴 처칠은 이야기했습니다. '이 변환기 사회의 가장 최대의 비극은 악한 사람들의 거친 아우성이 아니라 착한 사람들의 소름 끼치는 침묵이다.'라고 마틴 루서 킹은 절규했습니다.

우리나라의 대통령이 '삶은 소 대가리'라고 욕을 먹어도 분개할 줄 모르는 국민, 북한의 한갓 주방장에게 모욕당해도 분노할 줄 모르는 국민, '그것은 남의 일이야'라고 팔짱을 끼고 관망하는 방관자들. 그들의 얼굴에는 침방울이 날아오지 않는 걸까요? 선거 때마다 낮은 투표율을 내는 것은 우리나라에 방관 유행병이라도 유행하는 것일까요? 그렇지 않으면 방관하는 것이 미덕이고 마치 자기들은 이 사회에서 살지 않고 높은 산봉우리에서 사는 것 같은 고고의 심정일까요? 아니면 46번 버스의 승객들처럼 정권이 바뀌면 보복을 당할까 봐 그런 걸까요? 이번에 투표하지 않은 23%의 국민들이 골프를 치려고 투표를 안 했는지 아니면 가족끼리 놀러 가려고 안 했는지 모르지만, 당신들은 투표한 국민에게 방관죄를 지었습니다.

AI의 거짓말

　나 같은 사람은 고도로 발전된 디지털의 세계를 잘 알지는 못합니다. 그래서 유튜브에서 떠들어대고 친구들도 GPT와 연결하지 않으면 뒤떨어진다고 하니 GPT에 연결했습니다. 물론 Google이나 Naver에서 많은 정보를 얻고 아는 척할 수는 있지만, 한글 문서나 내가 쓴 글도 영문으로 번역이 된다고 하여 GPT와 연결을 시켰습니다.

　직업이 의사라 의학적인 것을 많이 물어보게 되는데 교과서에 나오는 수준의 대답은 해주지만 전문의에게 물어보라, 주치의와 상의하라는 게 대부분입니다. 나는 우리 보통 의사들이 답하기 힘든 새로운 지식이나 연구 중인 답을 기대했는데 실망을 컸습니다. 배운 지 오래되어 잊어버린 화학 물리학에 관하여 자문을 구하여 답을 받았지만, 그것도 책에서 얻을 수 있는 정도였습니다.

　친구들과 이야기를 하다가 들은 이야기입니다. GPT 즉, AI도 사람들이 정보를 입력하고, 입력한 정보를 불러내는 것인데 최근 정보는 아직 입력되지 않았고 이 정보를 입력하는 사람들의 정치적인 성향에 따라 답이 달라진다는 것입니다. 대개 진보적이랄까 사회주의적인 입장에서 대답해 주기 때문에 자기는 그 답에 만족할 수 없다고 했습니다. 친구들의 말에 나는 깜짝 놀랐으나 곧이어 '그럴 수도 있겠구나.' 생각했습니다.

지금 대한민국은 거의 붉은 물이 들었습니다. 어떤 사람은 김정은의 사무실이 서울에 없을 뿐이지 김여정의 말 한마디면 문재인 대통령이 명령하고 더불어민주당이 법을 만들기 때문에 북한의 사회주의 국가와 다름없다고 이야기를 하는 사람도 있습니다. 교육·사법·언론·노동계·연예계 외 거의 모두를 좌파가 장악하고 있으며 교회도 좌파 목사님들이 용트림하고 있고, 가톨릭교회는 정의구현단이 이끌고 있고 또 사회주의 단체들이 힘을 잡고 있습니다. 여기 속한 사람들이 AI에 정보를 입력하면 GPT도 좌파 국회의원이나 대통령처럼 거짓말을 할 것이 아닙니까?

물론·물리·화학·수학에서는 그렇지 않겠지만 역사·정치·문화에서는 얼마든지 자기의 주관적인 정보를 넣을 수 있을 것입니다. 가령 한국전쟁을 북한이 일으키지 않고 남쪽에서 일으켰다 하고, 천안함을 미국의 잠수함이 충돌하여 일으킨 일이라고 지금 좌파들이 주장하는 그대로 GPT에 입력시킬 수 있을 것이기 때문입니다. 지금 유튜브에서는 지난 정권이 통계를 조작하고, 선거가 부정으로 치러졌다고 주장하고, 문 대통령이 거짓말했다고 주장하는데 GPT는 무엇이라고 답할지 대단히 궁금합니다. 원래 역사는 승리한 쪽의 편에서 기록되는 것입니다.

패장은 말할 처지가 못 되고 죽은 자 또한 말할 수가 없기에 우리가 읽는 역사가 모두 진실이라고 할 수는 없습니다. 이제는 GPT를 통해서 권력 잡은 쪽에서 역사도 바꿀 수 있고 진실을 왜곡할 수 있게 되었습니다. 중·고등학생들이 읽는 교과서도 편향된 오류가 많이 있습니다. 물론 우리가 읽는 교양서적이나 교과서를 왜곡하는 것도 큰 문제이지만 GPT에 잘못된 정보를 입력하는 것은 더 큰 문제라고 생각합니다.

역사학자들이 러시아나 프랑스의 역사책에 잘못된 기술이 많은 것을 찾아냈는데 나폴레옹의 수기가 틀렸고, 러시아 니콜라스 왕실 기록도 다르다는 것을 찾아냈습니다. 한국전쟁이 끝난 지 얼마 안 됐으며 아직도 전쟁을 경험한 사람들이 살아 있는데 한국 전쟁사를 왜곡하는 사람들이 있습니다. 이런 잘못된 사실을 GPT에 입력하면 그대로 자자손손이 전달될 것이고, 그 사실이 역사로 인정될 것 아닙니까? 어제도 GPT를 통하여 Covid Varient를 찾아보았는데 신문보다 못한 답을 해서 실망했습니다.

지인 하나는 한글로 수필집을 내고 GPT를 통하여 영어로 번역시켰더니 본인이 원하는 것과는 너무 다른 작품이 나왔다고 투덜댔습니다. 요새 한글로 시를 쓰고 그 밑에 영역을 해서 내는 사람들이 많아졌습니다. 그런데 그 영역은 본인이 쓴 것은 아닙니다. 영역의 번역사가 했거나 GPT가 한 것이니 본인의 작품이라 할 수 없습니다. 그런 작품을 본인의 이름으로 출판하는 것을 보면 고개를 갸우뚱할 수밖에 없습니다.

몇 년 전 한국의 이세돌 기사와 AI가 바둑을 두었는데 이세돌 기사가 1:3으로 패했습니다. 이 AI는 이세돌에 버금가는 기사 여러 명이 모여 며칠 아니 몇 달을 연구해서 만들어 낸 작품입니다. 그런데 그 AI가 이겼다고 인간의 지능을 능가하는 AI가 탄생했다고 떠들어대는 것을 보면 내가 만들어낸 총이 나를 죽일 수 있다고 말하는 것과 무엇이 다른지 모르겠습니다.

우리가 연구하여 AI를 만들어냈으면 우리 사회에 유익하게 적용하고 우리의 도구로 삼아야지, 우리가 만들어 정보를 넣은 AI를 우리 인간보다 낫다고 생각하면서 사람을 제쳐놓고 AI를 신뢰하지 말아야겠다고 생각합니다. AI는 자기에게 정보를 입력시킨 사람의 지능 정도밖에 더 못가니까요.

뒈질 놈

사람은 살아있을 때는 계급이 있고 왕후장상과 천민 노예가 있지만, 죽으면 육체는 곤충의 밥이 되고 백골이 되는 것은 평등하다고 이야기합니다.

그러나 사람이 죽고 나서도 그가 속해 있던 인간세계에서는 계급이 있고 귀족과 천민의 차이가 있습니다. 왕이 죽었을 때는 붕어하시다, 승하하시다 그리고 감히 마음대로 이름을 부르지 못합니다. 귀족이 죽었을 때는 서거하시다, 임종하시다고 하고 존경할 만한 사람이 죽으면 영면하시다, 귀천하시다, 운명하셨다, 유명을 달리하시다, 타계하셨다고 합니다. 그저 보통 사람들은 별세하다, 사망하다, 숨을 거두었다, 생을 마감하다, 세상을 하직하다, 운명하다, 유명을 달리했다, 작고했다, 타계하셨다고 말합니다.

또 불가에서는 입적하였다 하고 기독교에서는 하나님의 부름을 받으셨다, 소천하셨다, 하늘나라로 가셨다, 가톨릭에서는 선종하셨다고 말합니다. 전쟁하다 죽으면 전사, 산화라고 하고 일을 하다가 죽으면 순직이고, 기독교의 일을 하다가 죽으면 순교이고, 병을 앓다가 죽으면 병사입니다. 죄를 짓고 감옥에서 죽으면 옥사이고, 우리가 알지 못할 이유로 죽으면 변사입니다. 철학적으로 이야기하면 인식적인 존재에서 영적인 존재로 가는 데 이름으로 불립니다.

옛날의 어머니들은 욕을 많이 했습니다. 나는 한국전쟁 때 그야말로 달동네에서 살았습니다. 달동네에는 교육을 받지 못해서 그랬는지 삶이 너무 힘이 들어 악이 받혀 그랬는지 모르지만 싸움도 많고 가정폭력도 많았습니다. 부모님들 특히 어머니들이 자식들에게 욕을 많이 했습니다. 쌍놈의 새끼는 보통이고 염병할 놈, 빌어먹을 놈, 직살(直殺)할 놈, 육시할 놈, 찢어 죽일 놈, 천벌 받을 놈, 귀신이 물어갈 놈, 뒈질 놈 같은 나쁜 욕을 그저 생각 없이 쏟아내곤 했습니다.

내 친구 하나는 말버릇처럼 "조강지처를 버린 놈은 논두렁 베고 뒈진 대."라고 했습니다. '뒈진다'는 말은 죽음을 가리키는 비속어인데 죽은 사람이 나쁜 사람이어서 욕을 하는 말이라고 합니다.

어머님은 "그런 욕을 들으면 말이 씨가 된다는 말이 있단다. 그러니 그게 다 악담이라는 거야. 그러니 그렇게 나쁜 욕을 하면 안 되지. 그리고 그 화는 욕하는 사람에게 돌아가는 거란다."라고 말씀하시곤 했습니다.

한국은 많이 발전되었습니다. 대학이 수없이 많이 있습니다. 젊은 사람치고 대학 안 가는 사람이 거의 없습니다. 그리고 생활 수준이 이제는 선진국이라고 할 만큼 좋아졌습니다. 유럽 사람들, 미국 사람들이 한국에 왔다가 놀라서 '한국이 천국'이라고 말합니다. 공항에 가나, 대한항공을 타나, 은행이나 백화점, 동사무소에 가나 직원들이 얼마나 친절한지 내가 딴 세상에 왔나 하고 놀랍니다.

그런데 한국의 지도자라고 하는 정치인들의 언행을 보면 그야말로 믿어지지 않습니다. 국회의원들은 국민의 대표입니다. 우리가 대표를 뽑을 때는 우리를 대표할 만한 지식과 교양이 있고 인격을 갖춘 사람을 뽑는 것이 상식이 아닐까요. 한국의 국회의원도 국민의 평균 수준은 넘는 지식과 교양을 가지고 품성을 갖춘 사람들이 돼야 하지 않을까요? 그러나 어찌 되었는지 한국의 국회의원들은 국민의 평균 수준보다 훨씬 못한 품격과 교양을 지니고 있다고 평합니다. 지금 21대 한국의 국회의원들은 싸움만 잘하는 조폭을 불러 모았거나 시장판에서 노가다로 불리는 싸움패 여인들을 모아 놓은 것인지 그들의 언행을 보면 자라나는 세대가 본받을까 걱정입니다.

예를 들면 K의원입니다. 그는 한동안 나꼼수라는 그룹에서 막말하며 살던 사람입니다. 그의 언행록에는 "미국 국무장관 라이스 여사를 잡아다가 강간하고 망가뜨리겠다." "서울역의 에스컬레이터를 없애서 노인들을 못 오게 하면 좋겠다."라고 하여 우리를 아연하게 하던 사람인데 어떻게 국회의원이 되어 나라를 망치는지 모르겠습니다. 발언을 제일 많이 하고 나쁜 일을 꾸미며 지금은 윤석열 대통령을 탄핵하겠다고 공언하고, 일을 꾸미고 다닌다니 참, 말도 되지 않는 짓을 한다고 생각합니다.

그런 짓을 하고 다니는 사람이 야당의 선봉대장이고 그의 말에 따라 다니는 국회의원들이 있다니 정말 입이 벌어지고 할 말이 없습니다. 그들이 윤 대통령에게 하는 말은 조폭들이 해도 부끄러울 말인데 국회에서 떠들어대고 그것을 국민이 가만히 듣고 있다고 생각하니, 이것이 그렇게 발전되고 외국인들이 감탄하는 대한민국인가 나의 머리로서는 도저히 이해가 안 됩니다.

L모 전직 판사 국회의원은 낮술을 먹었는지 법사위원회에서 법무부 장관에게 시비를 걸면서 횡설수설하고, A 의원은 "박정희 전 대통령이 스위스에 수조의 비자금을 감추어 놓았다. 그 돈을 찾으러 간다."라고 방송하더니, "박근혜 대통령의 비자금이 몇조가 된다. 지금은 최순실 씨가 독일에 가짜 페이퍼 회사를 만들어 몇조의 은닉재산이 있다."고 떠벌리기도 합니다.

제발 나라의 격을 높입시다. 그야말로 뒈질 놈, 오라질 놈, 육실할 놈 하고 욕을 먹을 사람들을 도태시키고 양식 있고 체면 있고 어느 정도의 지식수준을 갖춘 정치인들을 뽑아줍시다.

요리 강의

한국 TV에는 요리 강습이 인기가 있습니다. K Food가 세계의 각광을 받고 외국인들이 한국 식당에 몰리니 요리사도 늘어나고 요리 강의 방송도 많아졌습니다.

나도 백종원 선생의 요리 강습과 이연복 셰프의 요리 강습을 들으면서 가끔 아내와 강의를 들은 대로 음식을 따라서 만들어 보지만 생각대로 잘되지 않았습니다. 우선 강의실에서 하는 것처럼 재료가 갖추어져 있지 않고 양념 하나 찾으려면 냉장고를 전부 뒤져야 할 만큼 정리가 되어있지 않습니다. 그래도 비슷하게라도 요리가 되고 맛이 있으면 진작 이렇게 만들어 볼 걸 하고 마주 보며 웃습니다.

식구가 적다 보니 아내와 내가 먹을 음식만 만들려면 양이 너무 적어 잘 되지도 않습니다. 하여간 요리를 만드는 것은 재미있는 일입니다. 요새는 요리가 많은 사람이 좋아하는 항목 중의 하나입니다. 오래전 〈냉장고를 부탁해〉라는 방송이 있었습니다. 유명인의 냉장고를 싣고 와서 그 안에 있는 재료로 15분 내로 냉장고 주인이 원하는 음식을 만들어야 하는 일인데 정말 깜짝 놀랄만한 요리를 만들어내어 시청자들을 놀라게 했습니다. 그 방송의 영웅이 이연복 셰프고, 최현석 셰프입니다. 그때 어느 기관에서 요새 여자들이 원하는 남자의 직업이 셰프라는 결과도 나왔습니다. 잘하는 셰프는 직장에 문제가 없습니다. 음식이 맛만 있으면 음식점은 실패하는 일이 없다고 합니다. 그러니 직장이 문제가 없고 수입이 보장되어 있고 항상 맛있는 음식을 먹을 수 있으니 여자들이 좋아하지 않을 수가 없겠지요.

"요새는 판검사, 의사들, 교수들 한물갔어요. 검사들 판사들 매일 도둑놈, 범죄자들만 상대해야지요. 월급도 그렇지요. 판결을 웬만한 사람들은 항소하지요, 권위가 발바닥이에요. 의사들요? 대학을 나오고도 오래 공부해야지요. 대학교수가 되는 것이 하늘의 별 따기지요. 대학교수가 되어 보았자 밑에서는 환자에 치이고 위에서 상급자에 차이고 논문 쓴다고 맨날 연구실에 처박혀 있지요, 별 볼 일 없어요. 강남에 집을 몇 채 가지고 있는 사람, 영업이 잘되는 식당 주인이 최고예요. 그런 사람에게 시집을 가야 자식들 교육비 걱정 없이 자식들 학원에 보내고 백화점에서 옷을 사 입고 여행을 다니며 살아요."

어떤 결혼 중개소의 직원이 하는 말이랍니다. 그러니 요새 요리 강습소에 등록하는 사람 수가 많아지고, 이름있는 셰프들이 목을 세우는 시절이 되었습니다. 어쩌다가 호텔의 주방을 주제로 하는 영화를 보면 호텔의 주방장은 그 권위가 군대의 연대장보다는 높고 사단장에 비할 정도로 대단합니다. 그리고 머리에 쓴 하얀 모자와 목에 건 스카프의 색깔에 따라 위관급, 영관급, 장교처럼 계급이 명확합니다.

그래서 TV에서도 요리 강습의 프로가 많아져 백종원, 이연복 셰프를 비롯하여 여배운, 김순임 여사, 김승수, KMOOC 등 내가 모르던 요리 강습의 프로가 많이 생겼다고 합니다. 그리고 배우들의 모임에서 요리하고 최불암 선생이 나오는 〈한국인의 밥상〉, 김영철 선생의 〈동네 한 바퀴〉들이 모두 요리에 관한 이야기입니다.

나는 이것은 좋은 현상이라고 생각합니다. 요새 또한 유행하는 보기 좋은 음식보다 맛있는 음식이 훨씬 좋습니다. 어떤 요리는 보기만 좋게 하느라고 음식 내용은 별로인데 장식만 아름답게 하는 접시도 있습니다. 저도 일식 식당에 가서 아름답게 차린 접시의 음식이 뚝배기에 담은 음식보다 맛이 없는 음식들을 보고 실망한 일이 있습니다.

"음식에는 별다른 비밀이 있는 건 아니다. '장설파마깨후참'이 잘 조화가 되면 되는 것이다. '장(간장, 고추장, 된장 즉 짠맛), 설(단맛, 꿀, 설탕, 달달 한 맛, MSG, 매실, 과일), 파(파, 부추, 피망, 고추), 마(마늘, 생강), 깨(참깨, 들깨), 후추가루, 참기름(고소한 맛, 동물성 지방 버터, 치즈)이 기본이니 이런 것들을 잘 배합하면 되는 것이다."라고 며칠 전 어떤 셰프가 나와서 기염을 토했습니다.'

그렇지요, 누구는 모르나요. 그런데 언제 장을 얼마나 넣고 단 것은 얼마나 언제 넣고 하는 것이 기술이 아니겠습니까? 무엇을 볶을 때 파 기름을 먼저 내야 파의 향기와 맛을 극대화하고 양념 소스를 언제 넣어야 간이 잘 배인다든가 하는 것을 알아야 하고 기교를 부려야 하지요.

예를 들면 이연복 셰프의 짜장면을 먹으려면 3달 전에 예약해야 한다는 말도 있습니다. 그런데 식용유에 돼지고기를 넣고 볶다가 그 위에 양파, 당근을 넣고 다시 볶다가 춘장을 넣어 잘 볶아내고 중국 생면을 삶아 그 위에 얹는 것이 아니겠습니까, 그런데 설탕과 MSG를 얼마나 넣고 새우를 몇 마리를 넣고 가미하는 것이 아니겠습니까. 그렇게 수학 공식대로 하면 서울 시내 짜장면의 맛이 공통적이지 않겠습니까?

너구리 라면이나 신라면이 모두 꼭 같은 양식대로 봉지에 포장이 되어 나옵니다. 그러나 식당에서는 홀로 사는 아저씨보다 맛있는 라면을 끓이고 어떤 아주머니는 아저씨보다 맛있게 끓인다는 것은 재료는 같아도 물을 얼마큼 넣고, 언제 라면을 넣고, 수프는 언제 넣고, 불을 언제 끄느냐에 따라 라면 맛이 달라지는 것이 아니겠습니까. 나는 TV 화면에 나오는 셰프들을 보면서 참 머리도 좋고 많이 연구했구나 하고 경의를 표하곤 합니다.

종로3가

며칠 전 유튜브에 '종로3가는 노인들의 홍대거리다.'라는 프로를 보고 '참 맞는 말이다.'라고 생각했습니다. 제가 젊었을 때는 종로가 가장 넓고 화려한 길이었습니다. 화신백화점은 없어졌지만 신신백화점과 YMCA, 종로서점이 있는 화려한 거리였습니다.

그중에도 종로3가가 중심이었다고 할 수 있었습니다. 단성사와 피카디리극장은 우리나라 수입 영화의 메카여서 일요일 아침이면 아침 7시부터 사람들이 북적거렸습니다. 처음 우리나라에 들여온 『007 애인과 러시아에서 오다(Return from Russia with lover)』를 보기 위하여 새벽에 피카디리 극장 앞에서 줄을 섰던 기억이 아직도 생생합니다. 그때는 종로와 명동이 젊은이의 거리였습니다.

서울이 확장되고 많은 사업체와 학교들이 강남으로 가면서 문화의 중심지라고 할까 아니면 젊은이들의 놀이터라고 할 문화 중심체가 한강 이남으로 옮겨 갔습니다. 지금도 강북에 남아 있는 새로운 젊은이들의 집합처는 이태원과 홍익대학 앞거리라고 할 수 있겠습니다만 많이 퇴폐적이라고 할 수 있을 것 같습니다.

그래서 시니어들이 종로로 밀고 들어왔다고 하면 잘못된 표현일까요. 하여간 종로3가 근처에 가면 시니어들이 많습니다. 나도 서울에 가면 종로3가, 인사동을 많이 돌아다녔습니다. 유튜브에서는 왜 종로3가에는 시니어들이 많이 모일까?라고 풀이를 해주었습니다.

첫째는 교통이 편리합니다. 지하철 1, 3, 5호선이 종로3가 정류장에 섭니다. 그래서 서울 어느 곳에서든지 편히 오갈 수 있습니다. 둘째는 시니어들의 추억이 깃든 거리입니다. 그들이 젊었을 때 가장 번창하던 거리 소위 왕년에 어깨를 펴고 걷던 거리이기 때문입니다. 여기는 극장도 많았고 지금도 그렇지만 음식점이 많습니다. 그리고 어슬렁어슬렁 걸어 다닐 수 있는 골목길이 많습니다. 이 골목에 들어서면 맛이 있는 음식들 고등어구이, 갈치구이, 부추부침개, 된장찌개 같은 음식을 큰길의 식당보다 싸게 먹을 수 있습니다.

물론 자그마한 술집도 많이 있었습니다. 단성사 뒷골목은 유명한 종삼이라는 사창가도 있어서 잘못 발걸음을 디뎠다가는 욕을 보는 골목도 있었습니다. 옛날 김두한의 근거였다는 명월관은 없어졌지만, 그 골목에 ○○관 같은 비싼 술집이 있었습니다. 그래서 시니어들이 추억을 가지고 종로에 모인다고 합니다.

지금도 종로 길가에는 포장마차라고 할 수 있는 길거리 음식들이 많습니다. '김순덕'이라고 하고 '김덕순'이라고도 하는 김밥, 떡볶이, 순대를 파는 손수레 음식점들에서는 만 원만 주어도 배를 채울 수 있습니다. 시니어들이 많이 모이니 이곳을 어슬렁거리다 보면 친구도 만날 수 있습니다.

탑골공원에는 밖에서 대접받지 못하던 시니어들의 천국입니다. 끼리끼리 모여 이야기도 하고 장기판을 마주 보고 앉아서 세월을 보내는 사람, 바둑판을 가운데 두고 깊은 사색에 잠긴 사람들도 있습니다. 처지가 비슷한 사람들이라 쉽게 이야기를 주고받을 수 있고 친구가 될 수 있습니다. 며느리의 눈치를 피해 나온 사람들, 마누라의 잔소리를 피해 나온 사람들, 직업을 잃고 갈 데가 없어 나온 사람들입니다. 며느리의 1순위 강아지, 2순위 딸, 3순위 남편, 4순위 가정부, 5순위 시아버지라는 천민 계급의 설움을 피해 나온 시니어들이 종로3가에 넘실거립니다.

나는 한국에 근무할 때 종로를 자주 갔습니다. 대전에서 KTX를 타면 한 시간이 못 돼서 서울역에 도착합니다. 서울역에서 1호선 지하철을 타면 10분도 안 되어 종로3가에 내립니다. 지하철 출구를 나오면 서울극장, 피카디리극장, 단성사가 있었습니다. 물론 옛날처럼 정겨운 모습은 아니지만…, 영화 한 편 보고 나면 점심때가 됩니다. 그러면 을지로4가의 우래옥에 가서 냉면을 한 그릇 먹든지 아니면 종로5가 광장시장의 지짐이나 잔치국수를 한 그릇 먹고 나와서 걸으면 정말 수많은 상품을 보게 됩니다.

옛날에 쓰던 카메라며 망원경, 시니어들이 듣는 트로트 음악이 수백 곡이 담긴 MP3며 수많은 영화의 CD들을 값싸게 살 수 있습니다. 카라얀이 지휘한 비엔나교향악단의 연주집 50개들이를 5만 원에 사기도 했고, 오래된 추억의 영화 CD를 천 원에 사기도 했습니다.

종로에는 같은 세대의 사람들 6, 70대 사람들이 많이 모이지만 그들 주머니의 두께에 따라서 다른 문화 속에 살기도 합니다. 종로2가의 옛날 국일관 골목의 빌딩에 가면 고급 커피집과 콜라텍이 있고 사롱도 있고 소위 돈 많은 아저씨들이 출입하는 곳이 있습니다. 그곳에는 아름다운 현대 아가씨들이 같이 커피를 마셔 주고 춤을 추어주고는 아저씨의 지갑을 노린다고 합니다.

'박카스 아주머니'라는 철 지난 꽃뱀들이 탑골공원에서 노인들을 유혹하여 돈을 갈취하고 심지어는 죽음에 이르게 하는 착취를 한다는 기사가 신문에 여러 번 났습니다.

나는 어떤 재벌이 또 종로를 개발한다고 강남같이 길을 넓히고 차가 없으면 다니지 못하는 길 높은 빌딩들이 들어차서 시니어들이 들어가지 못하는 도시로 만들지 말기를 바랍니다. 시니어들이 마음 편히 방황할 수 있는 곳, '김덕순'에서 배를 채우고 바둑과 장기를 두면서 지나간 이야기를 주고받는 서울의 명소로 오래오래 존재하기를 바랍니다.

지금 같으면

가끔 유튜브에서 대학 입시에 관한 이야기를 듣습니다. 물론 내가 지금 대학 갈 일도 없고 애들도 다 자라 직장을 갖고 결혼도 했으니 대학 입시가 나에게는 상관이 없는 일이지만 궁금하여 들여다보곤 합니다. 내가 다닌 의과대학은 입학하기가 쉽지 않습니다. 우선 일반 고등학교에서는 가기 힘이 든다고 합니다. 대개 특수고등학교를 졸업해야 하고 소위 일 등급이 되어야 하는데, 전 학급에서 일등 해야지 반에서 이등은 별 볼일이 없다고 합니다. 즉 일등이더라도 명문 학교의 일등이어야지 변두리 학교나 지방 학교의 일등은 별 볼 일 없다는 것입니다. 그러니 검정고시를 봐서 의과대학에 가는 것은 꿈도 꾸지 말아야 하고 변두리나 지방의 고등학교에서는 볼 수 없는 현상이라고 합니다.

나는 왜 학생들이 의과대학에 몰리는지 이해할 수 없습니다. 수재들만이 간다는 카이스트를 졸업하고 의과대학원에 들어온 학생들도 많이 보았습니다. 물론 의사가 괜찮은 직업이긴 합니다. 대학을 졸업하면 인턴을 거의 자동적으로 하게 되고 또 전문과목을 택해 전공의를

4년 동안 합니다. 그때까지의 직장은 문제없습니다. 그 후에 무엇을 하느냐는 심각한 문제입니다. 대학에 남아 교수가 된다는 건 운이 좋아야 합니다. 전공의를 끝날 때 자기의 전공과에 자리가 있어야 하고 학교에서 받아주어야 합니다. 그런데 학교에서는 매년 교수 요원을 받을 수 없습니다. 대개 2~3년에 한 명 받을까 말까 하는데 매년 전공의를 마치는 사람을 교수 요원으로 받는다면 의대 교수가 수천 명이 되고도 남을 것이기 때문입니다.

개업할 수 있다고 하지만 지금 한 집 건너 병원인 한국의 여건에서는 개업도 쉽지 않고 또 전공과에 따라 다르겠지만 자금이 이만저만 들지 않습니다. 그러니 어렵게 들어간 의과대학도 직장을 보장하지는 않습니다. 요즈음은 제도가 컴퓨터처럼 짜여 있어서 중·고등학교에서 일 년이라도 건너뛸 수가 없습니다. 그리고 내신 성적표도 담임 선생님 마음대로 할 수 있는 것이 아니라서, 중학교 일 학년부터 공을 들이지 않으면 좋은 내신 성적을 받을 수 없는 구조입니다.

내가 중학교 2학년 일 학기에 한국전쟁이 일어났습니다. 그래서 1950년 6월부터 공부를 못했습니다. 그리고 전쟁 때문에 또 피난 가서 공부를 못하고 1951년 겨울까지 공부를 못했습니다. 피난 학교라도 등록하려고 하면 증명 서류가 있어야 하는데 증명 서류를 만들 수 없었습니다. 나는 대구 대성동에 있던 평안남도 연락사무소를 찾아갔습니다.

"학교에 가려고 하는데 학력 증명서가 있어야 한다고 하는데 한 장만 떼어 주세요."

마음씨 좋게 생긴 사무원 아저씨에게 부탁했습니다. 그러자 "어느 학교 다녔니?"라고 물었습니다.

"평양 제일중학교 3학년을 다녔습니다."

"아니 쪼끄만 녀석이 무슨 3학년이냐?"

"정말입니다."

"그럼, 네 선생님 이름이 무어야?"

"네, 하정환 선생님입니다."

거침없이 대답하고 준비해 간 공작 담배를 책상 위에 놓으니 학력증명서를 만들어 주었습니다.

'성명 이용해, 위 자는 평양 제일중학교 3학년을 수료하였음을 증명함.'이라는 수료증에 도장을 꽝 찍어 주었습니다.

그 서류를 가지고 피난 학교에 등록했습니다. 중학교를 졸업하고 고등학교 2학년을 시작하자마자 서울이 수복되었습니다. 서울로 올라오니 다시 학교에 갈 수가 없었습니다. 그래서 거의 일 년을 놀았습니다. 친구 김근택의 알선으로 경신고등학교에 위탁생으로 들어갔지만, 일학기도 안 되어 등록금을 못 내서 등록금을 마련할 때까지 학교에 오지 말라고 쫓겨났습니다.

그러다가 피난 숭실학교에 들어갔습니다. 중학교 2년, 고등학교 2년을 다닌 셈입니다. 지금처럼 중·고등학교 내신 등급을 하는 시대라면 입학원서도 못 냈을 것입니다. 그 당시 연세대 의예과는 한국의 최고의 의사를 배출하겠다는 포부로 삼 분의 이는 입학시험 없이 각 고등학교의 1~2등을 무시험 특차로 뽑고 나머지 삼 분의 일만 시험으로 뽑았습니다. 나도 무시험 전형 신청을 했지만, 피난 학교의 성적은 보지도 않고 탈락하였습니다. 나는 3월 1일 필기시험을 보고서야 합격하였는데 마침 서울대학교 시험 보는 날 면접을 보았습니다. 지금처럼 내신 성적을 보는 시대였다면 피난학교의 학생이 우리나라의 최고 대학이라고 하는 세브란스 의과대학에 지원할 꿈도 꾸지 못했을 것입니다. 요새 유튜브에 나오는 대학 입시에 관한 기사를 보면서 나는 얼마나 행운의 사람인지요.

그런데 가만히 돌아보면 우리 반에 나 같은 사람이 몇 명 있었습니다. 그 친구들이 모두 졸업하여 훌륭한 의사가 되었고 학교에 남아 교수가 된 친구들, 좋은 기관에서 일하며 사회에 많은 봉사를 한 친구들이 있습니다. 그렇다고 정부나 학교의 교육시책을 비난하는 것은 아닙니다. 불우한 학생은 영영 기회를 얻지 못하는 사회 즉, 개울에서 용이 나지 못하게 농약을 뿌려 버리는 사회에 불만이 있는 것도 사실입니다.

초등학교 때부터 학원에 다니고, 많은 학비가 드는 특수학교에 들어가고도 좋은 학교 성적을 얻기 위해 학원에 다닌 특수층 아이들만 응시할 수 있는 입시 제도에 불만스럽습니다.

K푸드

요새 한국의 인기는 하늘 높은 줄 모르게 치솟고 있습니다. 마치 냄비 속의 라면 끓는 것 같은데 너무 끓어 물이 다 넘쳐 버리면 어떻게 하나 하고 걱정될 정도입니다. 한국의 삼성 갤럭시 폰이 미국산의 아이폰과 맞짱 뜨고, 현대와 기아 차가 미국의 Ford와 Chevrolet 차를 제치고 올라가더니 한국의 전투기와 전차가 유럽과 동남아에서 인기가 높아져 주문량이 생산량을 앞선다고 합니다.

한국의 피아니스트 임윤찬과 조성진이 세계인들을 깜짝 놀라게 했습니다. 몇 년 전에는 BTS(방탄소년단)가 세계를 놀라게 하여 방탄소년단의 뉴욕 공연 때는 표를 구하지 못하여 암표를 사고 그 넓은 공연장이 가득 차고도 넘쳐 공연장 밖 Giant TV에서도 만원이 되었다고 합니다. 파리 공연 때도 파리 시내가 온통 공연 뉴스로 꽉 찼고 공연장과 밖에서 관중들이 야단법석이었고 평생 듣지 못했던 '아리랑'에도 흥분했다고 합니다.

그런데 그 열기가 어디까지 갈 건지 모르겠습니다. 윤석열 대통령은 미국에 와서 캠프 데이비드에서 바이든 대통령과 친밀함을 세계에 알려주었고 바이든 대통령과 어깨동무하고 '아메리칸 파이'를 부르면서 춤을 추기도 했습니다. 물론 그전에도 외국 사람들이 한국 식당에 와서 비빔밥을 먹곤 했지만, 요새는 K-Food라고 하여 불고기 갈비, 잡채, 볶음밥, 만둣국. 떡볶이, 국밥도 잘 먹고 있습니다.

얼마 전 목사님과 뉴저지에 있는 감미옥에 갔습니다. 나는 속으로 설렁탕까지 먹겠냐 했지만. 감미옥에 앉아 설렁탕을 먹고 있는 노랑머리를 보고 깜짝 놀랐습니다. 뉴욕의 맨해튼 브로드웨이 36 가부터는 한식 길거리 음식도 등장했습니다. 서울의 종로처럼 김밥, 떡볶이, 잡채 등을 팔고 있어 많이 놀랐습니다. 그것도 한곳에서 파는 것이 아니라 한국 길거리 음식 포장마차 여러 개가 줄을 지었습니다. 그리고 한식을 포크로 먹는 것이 아니라 젓가락으로 먹는 모습이 신기합니다. KAL기를 타고 여행하면 노랑머리의 백인들이 비빔밥을 많이 시켜서 모자라는 경우가 종종 보게 됩니다.

지금은 문을 닫았습니다만 맨해튼 46강에는 '우래옥'이라는 식당이 있었습니다. 나는 평양 사람이고 냉면을 좋아해서 뉴욕에 가면 자주 들렀습니다. 그런데 저녁을 4시 반쯤 먹으러 가야지, 5시가 지나면 만석이 되어 기다려야 하는데 30분은 짧은 편이고 어떨 때는 한 시간을 기다린 적도 있었습니다. 그런데 대부분 손님이 백인들이었습니다.

이제는 한국 식당이 없는 도시가 없습니다. 뉴욕에는 한식 식당이 많아 골라 가야 하는 형편이고 런던. 파리, 로마, 스페인의 마드리드, 스웨덴의 스톡홀름, 노르웨이의 오슬로, 핀란드의 헬싱키, 덴마크의 코펜하겐, 러시아의 상트페테르부르크, 그리스의 아테네 등 어느 도시에 가도 한국 식당이 성업하고 있습니다. 뉴질랜드에서도 오스트레일

리아의 시드니에서도 김치를 먹고 고추장에 상추쌈을 먹었습니다.

스리랑카 여행 가서는 여기까지 한국 식당이 있으려고 생각하고 한식 먹기를 단념했는데 그곳에서도 한국 식당을 발견하고 김치를 먹으면서 놀란 적이 있었습니다. 오하이오의 컬럼부스에도 한국 식당이 있는데 더 놀라운 것은 Korean BBQ 식당이라고 하여서 들어갔는데 매우 큰 스테이크 집이었습니다. 그런데 스테이크가 한국식 갈비였고 샐러드도 한국식 나물이고 김치가 반찬으로 나왔습니다. 그 큰 식당에 사람들이 꽉 찼는데 거의 백인들이었습니다.

친구들 이야기에 요새 코스코에 냉동된 한국 김밥이 나왔다고 하여 가 보았더니 정말 냉동된 김밥을 팔고 있었습니다. 그뿐이 아닙니다. 코스코에는 양념된 불고기, 비비고 만두, 신라면, 갈비찜들이 포장되어 나와 있었습니다. '이제 한식은 한국 사람들만의 음식이 아닌 코스모폴리탄 푸드가 되었구나.'라고 생각하게 됩니다.

민주주의의 천국은 음식의 지옥이라는 말이 있습니다. 민주주의가 발전된 영국의 음식은 정말 맛이 없습니다. 70여 년을 황제로 있으면서 온갖 영화를 누린 엘리자베스 여왕도 평생 로스트비프, 삶은 감자 으깬 것, 빵이나 먹고 살았겠지요.

요리는 폭군이 지배했던 나라의 음식이 맛있다고 합니다. 왕의 입맛에 맞추려고 온갖 연구와 정성을 다하고 조금 잘못하면 주방 상궁이 귀양을 가거나 사약까지도 내리는 폭군의 나라에서라면 자연 요리가 발전되지 않았을까요? 폭군들이 지배한 로마가 그랬고, 중국이 그랬고, 루이 14세, 16세가 지배한 프랑스가 그랬습니다.

오하이오에 있을 때 한 친구가 스테이크를 잘 굽는다는 식당에 가봤는데 어디 한국의 양념 갈비와 비교가 됩니까? 고기를 구워 상추쌈에 얹고 맛있는 반찬 몇 가지 놓고 쌈장을 놓아먹으면 단백질, 탄수화물, 지방이 모두 섞여 있어 합 영양제가 되니 따로 영양제를 먹을 필요도 없습니다.

지금 한국 음식이 세계화된다는 것은 우리 한국 사람들에게만 좋은 것이 아닌 세계 모든 사람에게 간단하고 맛있는 음식을 보급하는데 기여한다고 할 수 있겠습니다. 고기를 소금물에 끓여 후춧가루나 뿌려 먹는 사람들에게도 새로운 복음이 될 것이 아닙니까?

게으름

　가끔 생활 습관이 다른 사람들이 있습니다. 친구 아들 중 미국의 좋은 고등학교에서 수석하고 MIT에 진학한 청년이었습니다. 정말 자랑스러운 아들인데도 그 아버지는 "난, 개만 보면 열이 난다."라고 화를 내곤 하였습니다. 그 청년은 밤늦게까지 불을 켜놓고 새벽 2~3시까지 일을 합니다. 그러고는 3시가 지나서 자기 시작하여 아침이 지나 12시 정도 되어야 일어납니다. 그러니 다른 식구들과 리듬이 맞지 않아서 아침에 일찍 아침 식사하고 7시 정도에 병원에 출근하는 내 친구의 성격을 건드리는 것입니다.

　쎄시봉의 음악을 들으면서 김세환 씨나 윤형주 씨의 불만은 송창식의 생활 습관이라고 합니다. 송창식 씨도 밤늦게까지 무엇을 하는지 늦게까지 자느라 아침 출연은 거절한다는 합니다. 이것은 게으른 것은 아닙니다. 생활 습관의 차이입니다.

　그런데 그런 습관이 있는 사람 중에는 게으른 사람도 많습니다. 왜냐하면 보통 사람들은 아침 7시부터 저녁 7시까지가 활동 시간이고 밤 11시 이후에는 잠을 자는 시간이기에 밤에 활동하는 사람들에게는 일할 수 있는 시간이 적어지게 마련입니다.

오래전 외과 전공의를 할 때입니다. 나는 새벽형이어서 새벽에 일어나 과장님이 회진을 돌기 전에 준비를 다 해 놓습니다. 그런데 게으른 한 친구는 아침에 회진 시간을 맞추기에도 급급하고 급히 나오느라고 옷차림도 단정하지 못하고 아침 회진 준비를 해 놓지 않으니, 과장님과 상급 전공의에게 야단맞기 일쑤였습니다. 또 자기가 당직인데도 응급 수술이 오면 나한테 들어가라 하고는 방에 들어가 잡니다. 참 잠이 많습니다. 그는 아마도 하루에 12시간 이상을 자야 하는 모양입니다.

게으름 자체는 큰 죄가 아닐지 모르겠습니다. 그런데 남에게 피해가 갈 때는 문제가 됩니다. 더욱이 공동으로 일을 하거나 책임을 져야 할 일이 있으면 게으른 사람은 남에게 짐이 되고 다른 사람에게 해를 끼치게 됩니다. 군 훈련소에서 훈련받을 때 게을러서 제시간에 준비를 못 하는 동료로 인해 단체기압을 종종 받는 중대를 보았습니다. 대개 게으른 사람들이 마음은 여유롭고 부드럽습니다. 그래서 동료들이 더 애처롭고 마음이 아픕니다.

잠언 6장에는 '게으름을 죄'라고 정죄합니다. "게으른 자여 너희는 개미에게 가서 배울지어다"로부터 시작하여 "네가 어느 때까지 눕겠느냐~ 빈궁이 강도같이 오며 네 궁핍이 군사같이 이르리로다"라고 책망합니다.

북한에서는 말할 필요도 없습니다. 만일 공동체에 주어진 작업량을 한두 사람 때문에 완수 못 하면 그 게으른 사람은 자아비판을 받고 수용소로 보내질 것이기 때문입니다.

오하이오에서 개업할 때 Out Patient Surgical Clinic을 만들었습

니다. 그래서 작은 수술은 나의 병원에서 했습니다. 그러니 직원을 많이 쓸 수밖에 없었습니다. 직원 중의 하나가 무척 게을렀습니다. 남들이 열만큼 일을 한다면 그는 셋 정도를 하고 사무실에서도 밤에 무엇을 하는지 책상에 앉아 졸기 일쑤였습니다. 사무장은 그 직원 때문에 속이 많이 상한 모양입니다. 그래서 지적해도 마음이 느긋한 그가 제대로 받아들이지 않는 듯했습니다. 부서를 옮겨 전화를 받는 부서로 옮기게 했습니다. 그는 전화가 오면 졸다가 깜짝 놀라 깨곤 하여 다른 직원들이 웃곤 했습니다. 그런 그가 다른 의사 사무실로 간다고 해서 다행이면서도 걱정했습니다. 펄벅 여사의 『대지』에 그렇게 부지런하고 일에 열심이었던 왕룽이 나중에 늙어서는 햇볕이 내리쬐는 담장 옆이나 마루에서 졸기도 하고 일을 안 하더라는 대목을 읽으면서 '사람이 늙어지면 게을러지는가' 하고 생각했습니다.

나는 80세가 지나기까지 대학병원에서 일했습니다. 그래도 나더러 게으르다거나 일을 천천히 한다는 이야기를 들어 본 일이 없습니다. 몸이 작아서 그런지 아니면 쥐띠라서 그런지, 제일 일찍 출근하여 컨퍼런스 방을 정리하고 강의도 다른 사람들보다 많이 맡아서 준비했습니다. 수술도 다른 교수들보다 많이 했고 하루에 만 보 이상 걸었습니다. 요새도 4시에 기상을 하여 준비하고 4시 반이면 운동 나갑니다. 만 보를 걷고 들어오면 6시가량 됩니다. 그리고 팔굽혀펴기 운동을 합니다. 친구가 그런 나에게 "저 친구는 죽을 때도 저승사자를 기다리지 못하고 뛰어가서 맞을 놈이야."라고 놀리지만 게으른 것은 딱 질색입니다.

그런데 큰 문제가 생겼습니다. 아침에 운동하고 오전에는 책을 읽고 컴퓨터 작업을 하고 11시에 점심을 먹고 나서 오후에 깜빡깜빡한다는 것입니다. TV를 틀어 놓고 테니스를 봅니다. 즈브레프와 치치파스의 경기가 한창입니다. 첫 번째 세트 4:3을 보고 있었는데 깜빡했나 봅니다. 깜짝 놀라 깨니 두 번째 세트 3:3입니다. 그러니 거의 30분을 잤다는 이야기인데 도무지 생각이 나지 않습니다. 일할 때는 저녁에 누우면 15분을 견디지 못하고 잠이 들었는데 요새는 잠자리에 들어서도 TV를 틀어 놓고 한 시간 이상을 잠이 들지 못하고 밤에도 한두 번 화장실에 간다고 일어납니다. 그러니 나도 펄벅 여사가 이야기하던 왕룽의 처지가 되지 않았을까 하고 생각합니다.

내가 병원에서 근무할 때 게으른 사람을 야단치고 흉도 보았습니다. 그런데 이제 내가 그렇게 싫어하던 게으른 사람이 되어가는 것이 아닐까요?

깡패 국가

옛날 동네마다 깡패라는 젊은이들이 있었고 이들은 얌전한 학생들 젊은이들을 괴롭혔습니다. 무슨 잘못이 있어서가 아니라 그냥 시비를 걸고 싶으면 가는 길을 막고 "야, 너 왜 사람을 째려보고 다니냐." 하고 싸움을 걸었습니다. 또 지나가다가 자기가 어깨를 치고는 "야, 왜 남의 어깨를 치고 다녀. 너 나한테 시비 거냐?"면서 싸움을 걸었습니다. 그런데 이 깡패들은 자기네들이 시비를 걸만한 사람을 지정해 놓고 싸움을 걸었습니다.

나는 한국전쟁 이후 서울로 수복하여 용산구 보광동에 살았습니다. 해방촌 고개를 넘어 이태원 고개를 넘든가 아니면 삼각지를 지나 육군 본부 앞으로 하여 미 8군을 지나서 이태원 고개를 넘으면 소위 이태원 깡패라는 젊은이들에게 걸릴 때가 많았습니다. 그런데 내가 다니던 피난 학교에 이○○ 학생이 있었는데 동대문시장의 깡패라고 했습니다. 나는 키도 작고 학교의 모범생이라고 할 만큼 학교의 규율을 잘 지키고 공부한다고 소문나서 이○○은 나를 좋게 보고 있었습니다.

하루는 친구와 둘이서 이태원 고개에 이르렀는데 모자는 삐딱하게 쓰고 교복의 윗단추 두 개쯤 풀어 놓은 학생 3명이 불렀습니다.

"야, 너 어느 학교에 다녀? 너 혹시 이망근 알아?"라면서 내 교복 아래위를 훑어보면서 물었습니다.

"예, 잘 알아요. 나하고 친해요."라는 내 말에 "그래, 그럼 너는 저기 가 있어." 하고는 내 친구의 주머니를 뒤져서 만년필을 꺼내 들었습니다.

"야, 이거 나 좀 빌려주라. 일주일 있다 만나면 줄게."라고 했습니다. 내가 "얘는 내 친구야, 좀 봐줘."라고 사정하니까 좀 전에 나를 심문하던 놈이 그 아이에게 귓속말하더니 만년필을 도로 돌려주고는 "나는 김○○인데, 망근 형 만나면 이야기 잘해 줘."고 했습니다. 마치도 깡패의 일원이 된 것처럼 친구를 구해준 일이 있습니다.

이런 깡패를 피하는 길은 깡패와 싸워 이길 힘이 있든가 아니면 깡패에게 순종하여 깡패가 요구하는 돈을 갖다 바치는 길입니다.

얼마 전 중국 항주에서 아시안 게임이 있었습니다. 축구 경기에서는 많은 나라가 피하고 싶은 나라가 있었는데 중국과 북한입니다. 이들은 축구 게임을 하는 것이 아니라, 싸움하는 나라인 것 같습니다. 쿵푸 축구라고 하여 중국은 공을 차는 것이 아니라 상대방의 다리를 까고 팔꿈치로 상대 선수의 가슴이나 목을 치고 상대방의 다리를 거는 것은 보통의 일입니다. 툭하면 상대방 선수에게 싸움을 걸고 위협을 주곤 합니다. 북한도 깡패 축구라고 하여 상대방 선수를 과격하게 발로 차고 밀어뜨리고 주먹으로 치기도 합니다.

얼마 전 중국과 북한의 축구 시합이 있었는데 그것은 축구가 아니라 싸움판이었습니다. 축구 경기중 레드카드를 받고 중국 선수와 북한 선수는 퇴장되고 경기중 싸움판이 여러 번 벌어졌습니다. 지금 북한과 마주하고 있는 한국이 마치 축구 경기를 하는 거나 마찬가지입니다.

1953년 휴전 협정을 체결한 이래 정전협정을 위반하고 한국에 위해를 한 북한의 협정 위반 사건이 얼마나 많은지 모릅니다. 그런데 미군이나 한국은 제대로 항의 한번 못하고 계속 당하고만 있습니다. 오래전 비무장지대의 미루나무를 베어내다가 미군이 북한군에게 도끼로 살해당한 일이 있습니다. 미국이 사과나 받으면 되지 뜨뜻미지근한 대응을 했고 박정희 대통령은 특수부대를 동원하여 보복하려고 했습니다. 그것을 알아차린 북한군이 사죄하고 미국이 말려서 그 정도로 끝이 났습니다.

2002년도 제2연평해전 사건이 났습니다. 한국의 해군도 즉시 대항하여 응전하고 북한군에게 타격을 주었습니다. 그런데 한국 정부는 어찌했습니까? 한국에서 해전이 일어났다고 비상 상황이 났는데 대통령은 월드컵 축구 본다고 일본으로 날아갔습니다. 그 해전에 참가했던 해군 병사들을 거의 좌천시키고 전몰장병 추도식에 대통령과 국방장관은 참석하지 않았습니다. 북한이 연평도를 포격해도 대응을 미지근하게 했고 한국 정부는 그저 평화, 평화만을 중얼거렸습니다.

북한 당국은 한국 정권을 무시하여 한국의 대통령을 '삶은 소대가리'라고 불렀고 한국 정부가 세운 남북 경제협정 사무실을 폭파해 버렸습니다. 나는 이것이 깡패의 행위라고 생각합니다. 자기를 키워준 고모의 남편 고모부를 고사포로 쏴 죽이고 그 시체를 화염 방사기로 태워버린 패륜아, 자기의 이복형인 김정남을 다른 나라 공항에서 수많은 사람이 보는 가운데 암살하는 깡패 독재자 김정은에게 고개를 숙이고 그가 하라는 대로 절절매던 한국의 정부를 어찌 평가해야 할까요?

　한국의 경제인 재벌의 총수들이 북한을 방문하고 초대받아 식사하는 자리에서 북한 관리가 "아니 그래, 그 국수가 목구멍으로 넘어갑니까?"라고 소리 지르게 하는 김정은. 그 말을 듣고도 아무 말도 못 하고 국수를 먹는 재벌 총수들의 이야기에 나는 참 황당했습니다.

　우리나라 대통령이 김정은에게 무언지 모를 USB를 건네주었습니다. 그 USB의 용량이 얼마인지 내용이 무엇인지 발표하지 않았습니다. 깡패 앞에 머리를 숙이고 꼼짝하는 정부, 아무리 힘든 평화라도 전쟁보다는 낫다고 국민을 세뇌하는 지도자들을 보며 한국의 장래를 걱정합니다.

병역의무

지금 이스라엘과 하마스의 전쟁이 한창입니다. 미국에 있는 이스라엘 청년들이 전쟁에 참전하기 위해 이스라엘행 비행기마다 만원입니다. 며칠 전 유튜브에는 95세가 된 이스라엘 할아버지가 조국을 지킨다고 기관단총을 앞에 하고 포즈를 취한 사진을 보았고, 또 여자들이 군복을 입고 이스라엘로 향하는 모습도 보았습니다. 이런 사진들을 보면서 '이스라엘 사람들은 정말 애국심이 강하구나.' 하고 감탄했습니다.

1974년 중동 전쟁 때도 Mount Sainai 병원에 근무하던 의료진들이 병원을 비워두고 이스라엘로 돌아갔습니다. 그래서 진료에 어려움이 생겼던 일이 기억납니다. 그런데 병원의 전공의로 있던 아랍 사람들은 군에 끌려갈까 봐 도망을 쳤습니다. 병원에도 나오지 않고 행방불명이 되었다가 전쟁이 끝난 후에 돌아왔습니다. 나는 그때 전쟁의 결과는 보나 마나다 라고 생각했습니다. 물론 이스라엘이 승리했지요.

지금도 마찬가지입니다. 팔레스타인 청년들은 뉴욕 거리에서 고함을 지르며 데모는 하지만 전쟁에 참여하려고 귀국하는 사람은 없습니다. 나는 이런 장면을 보면서 우리나라의 사정을 보았습니다. 우리나라 사람들 ─ 민총련, 전교조, 참여연대 사람들 ─ 도 툭하면 깃발과 촛불을 들고 광화문에 모여 데모합니다. 그들은 경찰차를 때려 부수고 경찰들을 폭행합니다. 그러나 그런 사람들은 나라를 지키려고 군에 가려는 사람은 많지 않습니다. 나라의 지도자라고 하는 국회의원 중에는 군 미필자들이 많습니다.

지금 정치하겠다는 사람 중 군 의무를 완수한 사람들이 많지 않습니다. 군에 안 간 것을 자랑으로 아는 사람들이고, 심지어 대통령 중에는 '군에 가서 젊은 인생을 썩힌다.'라고 말한 사람도 있습니다. 민주당의 최고 의원이고 국회의원, 강원도지사를 하고 대통령 후보를 꿈꾼다는 이광재 씨는 군에 가기 싫어 손가락을 잘랐다는 사람입니다. 그가 대통령이 되어 군을 통솔할 수 있을까요? 그가 국민에게 나라를 지키자는 말을 할 수 있을까요? 지금 한국 정치를 주무르는 586세대들 중 몇 명이나 군에 다녀왔는지 궁금합니다. 일제하 시대에는 물론 군에 가는 것이 싫어했고 또 그 생각이 정당했습니다. 한국 국민이 일본의 야욕을 만족시키기 위하여 총알의 방패막이를 하는 것이 명예스러운 것은 아니니까요.

그러나 한국전쟁 때 평양의 청년들도 군에 가는 것이 싫어서 숨어 있으면서 전쟁을 피했습니다. 피난을 와서 대구에 살면서 보니 역시 젊은이들이 군에 가지 않으려고 별별 짓을 다 하는 것을 보았습니다. 그러니 사회의 지도층이라고 할 수 있는 사람들의 자제들, 돈 많은 가정의 청년들이 군에 가지 않고 그 사람이 없으면 집안 살림이 어려운 가정의 젊은이들이 군에 징집이 되어 나갔습니다. 동네에서 제일 싸움을 잘하는 깡패 두목도 군에 가지 않았고, 길에서 사과를 놓고 장사를 하는 집의 아들은 군에 징집이 되었습니다. 아마 그때부터 우리나라 병사 행정에는 부패가 심해서 권력이 있는 사람, 돈이 있는 사람, 상류층에 있는 사람, 국가 지도자들의 정신이 부패하였던 것 같습니다.

그런데 군에 안 갔다 왔으면 부끄러운 줄을 알아야 할 텐데 군에 안 간 것을 자랑으로 여기는 풍습이 생겼습니다. 그러니까 군에 안 가도 될 만큼 잘 살았거나 아버지가 권력이 있었다는 이야기입니다. 그리고 병역 기피 현상은 공공연해져서 어떤 배우는 건강한 생이빨을 모두 뽑았고, 어떤 가수는 미국으로 도망갔다가 징집의 나이가 지나자, 한국에 다시 들어가서 공연하겠다고 야단입니다. 이제 돈이 좀 있는 사람은 자식들을 미국이나 일본에 보내어 군의 징집 나이를 피하려고 합니다. 며칠 전 신문에는 미국에 있는 한국 청년들의 55%가 입대를 피하려고 한국 국적을 포기하겠다고 했다고 합니다. 부모님이 돈을 들여 유학을 보내면 미국에 와서 영주권을 신청하고 한국군에 들어가지 않겠다는 것입니다.

이제 우리나라가 이스라엘처럼 침략을 받으면 어떻게 될까요? 한국의 청년들은 다 도망가고 미국의 병사들이 우리나라를 지켜줄까요? 물론 병역의무를 하겠다고 한국으로 나가는 기특한 청년들도 있습니다. 그러나 대부분은 어떻게든지 병역의무를 피하려고 한다는 것입니다. 저는 의과대학을 졸업하고 외과 전문의가 된 후 육군에서 3년 반 근무를 하고 명예 제대를 하고 미국으로 왔습니다. 그러나 그때 불법으로 병역 면제를 받아 미국에 와서 먼저 자리를 잡았다고 하는 친구들을 부러워하지 않습니다. 나는 한국의 육군 소령으로 제대를 한 것이 자랑스럽고 명예스럽습니다.

　나는 한국의 공무원이 되려면, 국회의원이 되려면, 정치인이 되려면 회사의 높은 간부가 되거나 회사의 경영인이 되려면 병역의무를 마치지 않은 사람을 배제해야 할 것으로 생각합니다. 대통령이나 장관이 되려면 반드시 병역의무를 다해야 하고 국회의원이나 도·시의원에 출마하려면 병역의무를 마친 사람이 되어야 한다고 헌법에 기재해야 한다고 생각합니다. 병역의무를 안 하고 평화로운 대한민국에 살려고 하는 것은 남의 귀한 피와 생명을 공으로 이용하려고 하는 것이 아닌가 합니다.

　청문회 때 불법 편입한 것을 따지지 말고 병역의무를 마쳤는지 따지십시다. 그래야 나라가 바로 섭니다.

유유상종

유유상종(類類相從)이라고, 그 사람의 친구를 보면 그를 알 수 있다고 합니다. 말하자면 끼리끼리 논다는 말입니다. 벌들은 벌들끼리 모이고, 참새들은 참새들끼리 모이고, 구더기는 구더기들끼리 모인다는 말입니다. 그래서 친구를 잘 사귀어야 하고 좋은 학교에 가야 하고 좋은 모임에 들어가 어울려야 합니다.

오래전 동기 동창회에 모였습니다. 꽤 많은 인원이 참석했습니다. 저녁에 만찬을 하는데 역시 끼리끼리 앉았습니다. 학교 다닐 때 끼리끼리 몰려다니며 맥주를 마시던 친구들은 그들대로, 합창단을 따라다니던 친구들은 역시 그들대로 모여 앉아 있었습니다. 뭐 전체가 다 그렇다는 것은 아니지만 학교에 근무하며 골프를 같이 치던 친구들은 그들끼리, 미국에서 간 친구들도 역시 그들끼리….

같은 학교를 졸업했는데도 자유로이 모이게 하니까 유유상종이 되더란 말입니다. 더 뚜렷한 것이 있습니다. 정말 오래전 고등학교 동창회가 있었습니다. 그런데 학교 선생을 하는 친구들, 장사하는 친구들, 사업하는 친구들이 순두부 엉키듯이 자연스럽게 뭉치더군요. 누가 시킨 것도 아니고 사회자가 지시한 것도 아닙니다. 나도 학교 선생들이 모인 곳에 합류했지만, 대화가 잘 통하지 않았습니다. 소위 Common Interest가 없다는 것입니다.

플로리다에서 골프장 안에 우리 집이 있습니다. 패리오에서 보면 12번 홀의 그린이 바로 앞에 있습니다. 그런데도 골프는 거의 치지 않는데 끼리끼리가 없기 때문입니다. 오래전 아내가 골프 클럽에 돈을 내면서 왜 안 치느냐고 성화해서 한번 나갔습니다. 나 혼자여서 저쪽의 3명과 합류하라고 해서 합류했습니다. 건장한 백인 3명과 합류한 것입니다. 처음에 서로 인사를 나누고 우리 집이 저기 몇 번이라고 소개했습니다. 나를 제외한 3명은 독일에서 집을 빌려서 휴가를 온 사람인데 영어가 불편했는가 봅니다. 처음 3~4홀은 그런대로 이야기했지만, 그 후로는 자기들끼리 독일어로 대화했습니다. 영어는 그저 그린에서 공을 치면 나이스 샷이 전부였습니다. 그리고 common interest도 없었습니다.

오하이오에서 처음 골프를 배울 때가 생각났습니다. 토요일 오전 새벽 5시가 좀 지나 해가 뜨자마자 나가면 골프장은 그대로 나의 개인 소유나 마찬가지였습니다. 그래서 9홀을 칠 때까지 누구와도 말할 사람이 없었습니다. 그런데 오늘도 독일 사람들과 골프를 치면서 침묵의 골프입니다. 그 후로 골프를 치지 않습니다.

아마도 한국 사람들처럼 유유상종으로 단결하는 사람들도 많지 않을 것 같습니다. 우리는 우리끼리 만나면 참 신이 납니다. 그래서 뭉치자는 말을 잘합니다.

민노총의 데모 때 피켓에는 항상 단결이라는 말이 있습니다. 그전에 광화문 앞에서 전교조 데모할 때도 단결이란 피켓을 모두 들고 있었습니다. 우리는 같은 직업을 가졌으니 유유상종하자는 말입니다. 그리고 정치인들이 이합집산한다지만 그들처럼 잘 뭉치는 그룹도 없는 것 같습니다. 당 지도부에서 국회의원 공천권을 가지고 있으니 당 지도부에 충성하고 또 단결해야 힘이 있고, 자기들의 권력을 유지할 것이기 때문에 한 사람의 이탈도 없습니다. 지금의 야당의 단결력은 놀라울 만합니다. 그들은 이것이 잘못인 줄 알면서도 뭉쳐서 악법도 통과시키고 뭉쳐서 자기들의 적을 파괴시킵니다.

아마 과거 데모와 반정부 투쟁의 경력이 있는 568세대들의 정신이 있을 것 같습니다. 그래서 그들은 벌써 30~40년 동안 권력의 핵심부를 차지하고 있습니다. 그런데 비교되는 건 여당입니다. 지난 역사 중 이처럼 무기력하고 단결하지 못하고 마치 거세당한 염소 새끼들처럼 상대방에는 무기력한 정당은 처음 봅니다. 자기들끼리 헐뜯고 집안 총질만 하는 정당을 과거에 보지 못했습니다.

야당에서 자기들을 물고 뜯는데도 국민의힘 여당은 제대로 말대답조차 못 합니다. 그리고 자기들끼리 지도부를 비난하고 싸웁니다. 아마 그들은 유유상종이 아닌 것 같습니다. 우리는 장길산, 임꺽정, 수호지를 보며 비록 도둑들의 무리지만 그들이 단결하고 뭉치고 잘 협조합니다. 그래서 그들에겐 나라와 대립하는 힘이 있었습니다.

얼마 전 연세대 외국인 진료소 소장인 인요한 선생이 국민의힘의 혁신위원회를 맡았습니다. 그가 처음 인화를 위하여 L 전 대표를 만나러 갔습니다. 그것을 두고 국민의힘은 또 갈라져 서로 헐뜯습니다. 나는 인요한 선생의 의도도 확실히 모르고 왜 그래야 했을까 하고 생각합니다. 그러나 당내에서 찬반으로 그렇게 시끄러워해야 할 문제인지 모르겠습니다. 한 가지 확실한 일은 L 전 대표는 오만하고 자기중심적인 인물이어서 당에는 이익을 줄 사람이 아니라는 것쯤은 웬만한 사람은 다 압니다.

같은 종류의 사람들만이 모이는 집단은 여러 성질을 가진 집단보다 쉽게 파괴될 수 있습니다. 여러 가지 약을 섞을 필요가 없이 그들이 공통으로 싫어하는 약을 뿌리면 될 것입니다. 구더기가 싫어하는 약을 뿌리면 구더기가 다 죽을 것이고 똥파리가 많이 모이는 곳이면 파리약을 뿌리면 될 것입니다. 야당이 가장 싫어하는 약 유유상종의 무리가 가장 싫어하는 약, 반공의 약을 뿌리면 그들은 스스로 자멸하리라 생각합니다.

의대생 증원

　요새 한국에서는 의대생을 증원해야 한다고 합니다. 정권이 바뀔 때마다 의대를 증설하고 의과대학을 늘리는 것이 민심을 얻는 방법의 하나인 것 같습니다. 정부의 설명은 한국의 지방에 의사들이 너무 부족하다는 말입니다. 의대 신입생 모집을 2,000명 증원하여 현재 연간 3,000명이 나오는 것을 5,000명으로 즉 35%를 증원해야 한다고 합니다. 한국의 의사 수는 OECD 국가들을 비교할 때 천 명당 2.6명으로 많이 부족하다고 합니다. 멕시코가 제일 적어 2.5이고 미국이 2.7 일본이 우리와 같은 2.6이라고 합니다. 전국의 의사 수가 11만 2,821명이라고 하고 지난 5년간에 2만 1,611명 즉 13%가 증가하였다고 합니다. 우리나라의 의사 증가 수는 아마 OECD국 중 최고가 아닐까 합니다.

　물론 오늘의 통계로 본다면 의사가 부족하다는 말은 틀린 말은 아닙니다. 오랫동안 장래의 일을 생각하고 만든 정책인지 모르겠습니다. 몇몇 의과대학이 얼싸 좋다 하고 자기 학교의 학생 수를 늘려 달라고 로비를 시작한 모양입니다. 입학생 정원이 적은 17개 대학에서 학생

정원을 늘려 달라며 의과대학생 증원을 찬성하고 나섰습니다. 의사 수가 지금보다 배가 많아진다고 하면 지방에 의사들이 골고루 들어갈까요.

이 문제는 우리가 의과대학을 다니던 50여 년 전부터 고민하던 문제입니다. 우리가 학생 때는 무의촌 장학금이라는 것이 있어서 대학생들에게 장학금을 수여하고 장학금을 받은 횟수만큼 무의촌에서 봉사하도록 했습니다. 지방 의사의 수는 50년 전이나 지금이나 마찬가지입니다. 문제는 지방에 의원을 차린다고 해서 의사가 먹고 살 만큼 그리고 자식들을 공부시킬 만큼 수입이 있을까가 문제입니다. 아마 지방에 내려가서 개원해도 억대를 벌 수 있다면 지방의 병원이 편의점만큼 많아질지도 모릅니다.

그런데 현실은 그렇지 않습니다. 나는 대전의 한 대학병원에서 근무했습니다. 그런데 대전의 환자들도 병이 들면 서울로 갑니다. 대전에서 서울은 KTX로 한 시간이 걸리지 않고 서울의 대학병원에서 몇 시간 내에 진료받고 올 수 있기 때문입니다. 물론 시골에 사는 사람이 대장암이 생겼을 때 집 앞의 담배 가게에 가서 담배 한 갑을 사 오듯이 수술을 받고 오지는 못하겠지요. 그러나 웬만한 한 도시에는 대학병원이 없는 데가 없습니다. 의사가 부족하다 싶으면 각 대학에서 병원을 지을 테니까요.

한국을 의료 천국이라고 합니다. 지금 한국 의과대학 졸업생은 매년 3,500명이 넘습니다. 의과대학 졸업생이 많아서 군의관도 시험을 보아야 가고 공중보건의도 갈 수가 없습니다. 각 대학병원의 인턴 전공의로 5년을 일할 수 있습니다. 그러나 전공의를 마친 후 딱히 갈 곳이 없습니다. 대학의 교수가 매년 몇 명씩 필요한 게 아닙니다. 몇 년에 한 번씩 은퇴하는 교수나 결원이 생길 때, 혹 과원을 늘릴 때가 아니면 전공의들은 대학에 남을 수가 없습니다.

그러면 개업해야 합니다. 개업은 몇 개 전문과목 피부과, 안과, 이비인후과, 성형외과 정도가 영업이 되지 나머지 과는 식생활을 하기도 쉽지 않은 상태입니다. 지인 의사 한 사람은 내과를 개업했는데 정말 살기가 어렵다며 우는소리를 합니다.

"야, 우는소리 그만하고 원장님이 저녁 한번 거하게 사라."

"오늘 환자 열 몇 명밖에 못 봤어, 그리고 보험회사에서 주는 돈 가지고는 너희들 저녁 사줄 돈이 없어."

친구 의사들의 말에 내과 개업의 원장의 대답입니다.

현실이 이러니 의사 수를 늘린다고 문제가 해결되는 것은 아닙니다. 10년 전만 해도 요양병원의 상주 의사들이 많지 않아 은퇴하신 시니어 의사들이 병원을 지켰습니다. 그런데 요새는 젊은 전문의들이 요양병원에서 일하는 사람들이 늘었습니다. 이제 매해 2,000명씩 늘리면 그 많은 의사가 어디로 갈까요? 나는 후배들의 앞날이 걱정스럽습니다. 필리핀이나 몽골 남미의 그라나다에는 의과대학 졸업생들이 많이 있습니다. 그들은 졸업하면 갈 데가 없습니다.

그래서 마닐라에 가면 의사 택시 운전사가 많다고 합니다. 미국의 병원에는 필리핀 의사들이 면허 없이 의사 보조원으로 일하는 사람들이 더러 있습니다. 몽골에 있을 때도 의사 출신 택시 운전사도 많이 보았습니다. 나는 요새 신문 기사를 보면서 한국에서도 의사 택시 운전기사가 나오지 않을까 하고 걱정됩니다. 물론 한국 사람들은 머리가 좋습니다. 의과대학에 들어갈 만한 실력이니 머리가 좋을 것입니다. 내가 듣기로는 각 학년에서 일, 이등을 해야 의과대학에 간다고 하니 의사가 될 사람들은 아주 우수한 사람들입니다.

나는 그들이 졸업하고 미국 의사 시험에 합격이 되어 의사가 부족한 미국 사회에 진출한다면 좋겠습니다. 지금 인도 사람들이 미국 병원마다 많이 있는 것처럼 한국의 우수한 의사들이 미국에 진출하여서 스마트폰만 수출하는 것이 아니라 우수한 의사도 수출하는 나라가 되었으면 좋겠습니다. 그런데 불행하게도 한국 의과 대학생들에게 물어보면 이제 여기서도 먹고살 만한데 왜 미국에 가서 고생하느냐라는 것입니다. 그러니 머지않아 한국에 의사 과잉 생산이 될 것 같습니다.

나는 지금 논의되는 정책이 먼 장래를 내다보고 계산을 해 보지 않고 무조건 의사 수만 들리겠다는 정부의 시책을 잘한다고 볼 수는 없습니다.

한국의 대통령

김영삼 전 대통령은 중학교 학생 때부터 대통령이 되겠다고 결심했다고 합니다. 그는 재벌 아버지의 후원으로 26세 때 국회의원이 되어 아홉 번이나 국회의원에 당선되면서 대통령 후보에 올랐습니다. 라이벌 김대중 전 대통령과 시소게임을 했지만, 대개는 그가 승리했습니다.

그가 결심한 대로 대통령이 되었지만, 좋은 업적을 남긴 대통령이냐고 한다면 쉽게 수긍하기는 힘듭니다. 그가 재임 중 아들은 감옥에 갔고 IMF가 몰려와 나라의 경제는 파탄이 났습니다. 그는 대통령이 되는 데는 성공했지만, 대통령직을 수행하는 데는 크게 성공했다고 할 수 없습니다.

김대중 대통령도 마찬가지입니다. 그도 대통령 후보로 여러 번 출마했지만, 번번이 실패하고는 정치를 안 한다고 외국으로 나가거나 은둔했다가 선거가 가까우면 다시 돌아와 당을 만들고 다시 대통령 후보로 출마했습니다. 그는 항상 준비된 대통령 후보라고 선전했지만, 내 생각은 그리 잘 준비된 대통령은 아닌 것 같습니다. 그도 대통령 재직

시 아들이 감옥에 가고 북한의 눈치를 보느라고 좋은 정치를 했다고 할 수 없습니다.

이런 조크가 있습니다. 일본에서는 남편이 바람을 피우면 본부인이 상간녀를 찾아가 무릎을 꿇고 남편을 돌려 달라고 사정한다고 합니다. 이탈리아에서는 부인이 칼을 들고 가서 남편과 상간녀를 찌른다고 합니다. 미국에서는 부인이 곧 변호사를 찾아가 이혼소송을 제기하고 위자료를 청구한다고 합니다. 그런데 한국에서는 남편이 바람을 피우면 부인이 곧장 야당을 찾아가 도움을 청하고 대통령은 책임져라, 대통령 물러나라 하는 피켓을 들고 광화문 앞으로 간다고 합니다.

한국의 대통령은 참 어렵습니다. 한국의 대통령은 툭하면 탄핵당하고 한국의 대통령치고 감옥에 가지 않은 대통령이 드문 것 같습니다. 재미있는 것은 우파인 대통령은 모두 감옥에 가는데 좌파의 대통령은 아무도 간 일이 없습니다. 그런 것을 보면 한국의 우파는 힘이 없습니다. 누가 이야기한 것처럼, 한국의 우파 정치인들은 거세당한 염소들처럼 적에게는 힘이 없고 자기들끼리만 뿔을 걸고 밀고 당기고 한다는 이야기가 맞는 것 같습니다.

오래전에 친구에게서 들은 이야기입니다. 어째서 야당 정치인들은 잘 싸우는데 우파 정치인들은 사흘에 죽 한 그릇도 못 얻어먹은 사람들처럼 힘이 없느냐고 물으니까, 우파 정치인들은 공부를 많이 하고 체면을 많이 차리는 보신주의자들인데 비해 좌파 정치인들은 대개 운동권 출신들로 싸움꾼들이어서 체면을 안 차린다는 겁니다. 싸움에 체면이 무슨 소용이 있냐는 것입니다. 그러니 거짓말을 하고서 거짓말이 드러나면 '예 그래요. 아니면 말고' 하고서 자리에 들어가 앉습니다.

얼굴이 두꺼워야 좌파 정치인이 될 수 있다는 말입니다. 좌파 대통령이 물러나면 우파 정치인들은 체면 차린다고 가만히 있고 우파 대통령이 물러나면 좌파 정치인들은 옛날 데모하던 기세로 선동하고 거짓 선전을 하여 언론과 국민을 선동한다는 겁니다.

여자대학교 기숙사 사감타입이라는 박근혜 대통령이 누구와 불륜을 저지르고, 청와대에서 굿을 하고, 뇌물을 받아먹고, 세월호가 침몰하여 많은 사람이 죽었다. 청와대에서 굿을 했다는 등 거짓 선전을 하여 탄핵당했습니다. 재판을 받을 때 죄를 인정하지 않고 비협조적이었다고 대법원은 탄핵을 인정하기보다는 대통령직을 파면한다고 하지 않았습니까. 세월호 사건이 어찌 대통령의 책임이 되고, 이태원 사건이 어찌 대통령의 책임이 되는지 알 수 없습니다.

좌파 인사가 대통령일 때는 산불이 나서 많은 사람이 희생되고 재산을 잃었어도 아무도 대통령에게 책임을 묻지 않았습니다. 얼마 전 금요일 이태원 거리라는 유튜브를 보았습니다. 이태원 언덕길에는 술집과 클럽들이 많았고, 이상하게 차린 여자들이 흐느적거리며 이 집 저 집 들여다보며 클럽 안에서는 젊은이들이 춤을 추느라고 야단이었습니다. 거리에도 외국 젊은이들과 미군도 많았습니다. 그렇게 술 먹고 놀다가 일어난 사고를 왜 대통령을 비난하는지 알 수 없습니다.

얼마 전 L이라는 멋진 배우가 자살했습니다. 참 안타깝고 슬픈 일입니다. 그 젊은 배우는 한참 잘나가는 배우로 부인과 자식들이 있는 유부남이었습니다. 그는 억울하지만 꽃뱀에 얽힌 일이 있어 그 여자들에게 협박당하는 처지였고 자신은 부인하고 조사 결과도 음성으로 나왔음에도 불구하고 마약했다는 여자들 때문에 조사받다가 극단적 선택을 한 모양입니다. 그런데 야당에서는 그것도 대통령 책임이라는 소리가 나왔습니다. 마약 단속을 너무 심하게 해서 그런 일이 일어났다는 이야기입니다.

그들의 말 대로라면 마약 단속하지 말아야 할까요? 마약이 중국과 북한에서 많이 들어오니까 중국과 북한을 봐주기 위하여 우리나라의 청년들을 마약 중독자로 만들기라도 해야 한단 말입니까?

나는 요새 한국의 좌파 야당들이 나라를 어떻게 만들려고 하는지 궁금합니다. 외국에 나가서 좋은 성적을 내고 왔어도 어떻게든지 트집을 잡으려고 방송국 직원을 매수하고 사진을 합성해서라도 트집을 잡으려고 야단입니다. 어제 부산에서 야당 대표가 테러를 당했습니다. 테러범이 야당 당원이라는데 야당 대변인은 윤 대통령의 책임이라고 합니다. 이런 억지가 또 있을까요?

나는 어려서부터 대통령이 되겠다는 생각은 꿈에도 한 적이 없었습니다. 그리고 지금도 대통령이 안 되어서 얼마나 다행인가, 생각하곤 합니다.

험지 출마

지금 한국에서는 한 5개월여를 남겨둔 총선을 앞두고 사회가 끓는 물처럼 요동치고 여당은 여당대로 누구에게 줄을 서야 공천이 될까 하는 것 때문에 봄에 논에서 개구리들이 와글와글하듯이 소란합니다.

일 년 반 전 윤석열 대통령이 간신히 당선되었지만, 잔머리 굴리기로 타의 추종을 불허하는 문재인이 박아 놓은 알박기 인사 때문에 일을 제대로 할 수가 없습니다. 거대 야당인 더불어민주당은 다수인 것을 무기로 자기 마음대로 법안을 만들어 통과시키고 장관이나 검사, 판사들을 탄핵합니다.

여당은 여당대로 무능해서 야당을 상대로 싸움 한번 제대로 못 하고 자신의 보신책만 챙기며 자기들끼리 싸웁니다. 그래서 이번 총선에 지면 소수의 당으로는 윤 대통령은 있으나마나 한 바지저고리 대통령이 되고 앞으로 남은 3년은 아무런 일도 못 한 채 시끄럽기만 할 것입니다.

역사적으로 보면 보수를 표방한 당은 항상 공천에 말이 많습니다. 진보를 표방하는 좌파들은 조폭의 기질이 있어서 공천하면 아무 말도 못 하고 따라가고 또 이길만한 곳에 공천합니다. 그래서 비록 선거에 지더라도 당선된 소수 정예의 인원이 국회를 뒤흔들고 정계를 주름잡습니다.

보수는 한 번도 공천을 제대로 한 일이 없습니다. 그 전이야 내가 알겠습니까만 이명박 대통령이 당선된 후 국회의원 공천은 자기와 경쟁이 되었던 박근혜 측근들을 전부 공천에서 배제시켰습니다. 공천에서 배제된 후보자들에게 살아서 돌아오라고 한 박근혜 후보의 비장한 이야기가 유명해졌습니다. 말썽이 많았고 공천에서 배제된 사람들이 무소속으로 출마하여 30여 명이 국회로 되돌아왔습니다. 그래도 많은 사람이 희생된 것도 사실입니다. 그때 공천위원장이 되었던 사람은 정치를 떠났습니다.

아직도 보수당은 정신을 차리지 못하는가 봅니다, 박근혜 대통령 때도 공천위원장을 이한구라는 사람이 맡아서 말썽이 났고, 당 대표였던 김무성 씨는 당의 인장을 가지고 도망한 일도 있습니다. 그것이 씨가 되어 박근혜 대통령을 탄핵하는 사람들이 여당에서 나온 것입니다.

지난번 선거도 마찬가지입니다. 좌파 대통령이 당선되어 국회라도 제대로 돼야 할 텐데 새누리당 대표이던 황교안 선생은 공천위원장을 김형오라는 좌파 인사를 시켜 놓고 당에서 제대로 된 발언이라도 하는 사람들을 험지(險地) 출마라고 하여 전부 민주당이 아주 우세한 곳 즉, 낙선할 것이 명확한 장소로 내보냈습니다. 결과는 보나마나 비디오로 험지로 갔던 중진들이 모두 낙선했습니다. 심지어는 당 대표인 황교안 씨를 민주당에서 대통령 후보자로 거론이 되는 이낙연 의원과 싸움을 붙여 종로로 내보냈으니, 전쟁에서 참패하고 망신만 당했습니다. 그래서 지금 국민의당은 그리도 지리멸렬하고 힘이 없는 정당이 되었습니다. 집안에서 서로 총이나 쏘는 사람이 당 대표가 되어 당은 사분오열이 되고 집안에서 서로 싸우고 마치 민주당의 3중대가 된 것 같은 당이 되어버렸습니다.

그런데 이번에는 인요한이라는 선교사 집안의 의사 출신을 혁신위원장으로 영입하였습니다. 그의 하는 말은 맞습니다. 그러나 지금은 비상사태입니다. 전쟁 시에는 전쟁에 이기는 것이 가장 중요한 것이지 군대가 행렬을 하는데 4열 종대로 발을 맞추어 가는 것이 중요한 일이 아닙니다.

국민의힘은 비상사태입니다. 교과서 정책으로는 싸움에 이길 수가 없습니다. 이번 총선에 보수가 이기고 나라가 정상적으로 된 다음에 교과서를 사용해야지 지금, 이 난리 속에 교과서를 꺼내 들고 이렇게 하자는 주장은 전쟁에 이길 수가 없습니다. 이번 선거에 이기려면 누구나 자기 지역구에서 이길 자신이 있는 사람들을 공천해야 합니다. 그리고 패기 있는 신인들을 험지에 공천해야 합니다. 이번에는 무조건 많은 수의 의석을 차지해야 한단 말입니다. 자신이 있는 곳에서 많이 이기고 정국을 안정시켜야 합니다.

검수완박을 정상 복귀시켜야 합니다. 문 대통령의 경호원을 축소해야 합니다. 9·19 군사협정을 파기시켜야 합니다. 폐기했던 원자력 발전소를 다시 가동해야 합니다. 중국과 중동 국가에 빼앗겼던 우리 기술자들을 다시 데리고 와야 합니다. 무법천지로 난동을 치는 민주노총을 바로 잡아야 합니다. 그런 전투를 치르려면 정계 쇄신을 위한 중진과 좋은 인물들을 험지로 보내지 말아야 합니다. 당선 가능성 위주로 우선 선거판을 짜야 한다고 생각합니다. 선거 기술자들을 자기들이 승리할 가능성이 많은 자리로 내보내십시오. 그리고 야당처럼 일사불란하게 잡음이 없이 전원 일치하여 선거에 임하여야 합니다. 인요한 선생님의 의사를 존중하지만 중진 험지 출마를 제발 고집하지 마시고 어리석은 고집을 버리십시오. 마치 거세를 당한 염소처럼 박력이 없고 탐욕스럽고 부패한 사람은 버리고 정청래 의원의 출신 구인 마포구에 젊고 패기 있고 대중에게 어필할 수 있는 젊은이를 내보내십시오.

이번 선거는 배수의 진을 치고 임해야 할 것입니다. 더 이상 거짓 뉴스로 국민을 현혹하고 거짓말과 국민 선동을 일삼는 야당 대표와 같은 사람이 다시는 이 나라의 국민 앞에 나설 수 없도록 이번 선거에 완승해야 할 것입니다.

chapter-4

호랑이가 풀을 뜯고

우리는 가끔 "자존심을 안고 죽지 그런
짓은 못해."라는 말을 듣습니다. 그런 자존
심 지키기가 애국자들에게는 철저했고 이등
박문을 사살한 안중근 의사는 나는 테러리
스트가 아니라 우리나라를 침범한 일본 대
표를 사살한 한국군 대장이라고 호통을 쳤
습니다. 유관순 열사도 자존심을 굽히지 않
고 당당하게 재판장에게 진술했습니다. 이
제는 실리가 중요한 사회가 되었는지 모릅
니다. 그래서 정말 보잘것없는 북한이 중국
과 러시아를 드나들며 김정은의 큰 배를 자
랑하고 다니고 있습니다. 북한 같은 보잘것
없는 나라도 자기 편으로 끌어모아 힘이 되
어야 하는 세상입니다. 옛날 어른들이 하시
던 말 체면이 밥 먹여 주냐가 진실인 것 같
습니다.

민원(民願)

한국 민원의 근원으로 조선 제3대 왕 이방원 태종의 '신문고'가 아닌가 하는 생각을 해 봅니다. 양반한테 당한 백성의 억울한 사정, 사는 게 너무도 힘이 들어 왕께 도움을 구하는 일이 있을 때 종로에 설치된 신문고를 두드려서 하소연했다고 합니다.

그 후로는 신문고가 얼마나 작동했는지 별로 모르겠고 성종은 미복을 입고 암행으로 민정을 살폈다고 합니다. 아마 민원실이라는 것이 생긴 것은 현세 위정자들이 국민을 위한다고 민원실을 만들고 국민의 소리를 듣는다고 생색내는 것 같습니다.

위로는 청와대에도 민원을 받는 데가 있고 각도의 도청, 시청에도 민원실이 있고 기관마다 민원실이 없는 곳이 없습니다. 물론 병원에도 민원실이 있어 로비의 아주 잘 보이는 곳에 민원함이 설치되어 있습니다. 그런데 근자에 와서는 민원이 억울한 사람들의 소청을 듣는 곳이 아니라 직원을 모함하고 자기의 분풀이를 하고 직원들을 괴롭히는 제도가 되어버렸습니다.

문재인 대통령이 일자리를 창조한다고 공무원 수를 많이 늘렸습니다. 그런데 신입 공무원들이 많이 배치된 곳이 민원 창구라고 합니다. 민원 창구에 배치된 신입 공무원들은 얼마를 못 버티고 사직한 경우가 많다고 합니다. 민원을 제기한 사람들의 무리한 요구, 욕설, 폭력 행사에 머리를 절레절레 흔들고 사표를 던진다고 합니다.

내가 근무하던 대학병원에도 민원 접수처와 민원실이 있습니다. 그런데 이야기를 들어 보면 참 황당한 일이 많습니다.

내가 경험한 일입니다. 고등학교 2학년 학생이 싸우다가 얼굴을 다쳤습니다. 그래서 성형외과에 왔습니다. 코에서 피가 났다는데 아무런 상처가 없었습니다. 피부도 말짱하고 코의 내부도 잘못된 데가 없었고, X-레이를 찍어 봐도 아무런 이상이 없었습니다. 그런데 부모는 코뼈가 부러졌으니 3주 진단서를 떼어 달라고 했습니다. 내가 X-레이 상에도 코뼈가 부러진 영상이 보이지 않는다고 이야기했더니 부모는 아까 X-레이를 찍을 때 어떤 의사가 뼈가 부러졌다고 했다면서 항의를 했습니다. 그래서 영상학과 교수님에게 전화로 문의했습니다. 영상학과 교수도 뼈가 부러진 영상이 보이지 않는다고 했더니 부모님이 나가면서 민원을 냈습니다. 나는 아무런 잘못도 없었지만, 서면으로 사유서를 제출해야 했고 민원실에 불려가서 심문을 받아야 했습니다.

쌍꺼풀 수술을 한 한 교수는 마음에 들지 않는다면서 환자가 민원을 냈습니다. 그 환자는 수술비 환불과 다른 의사에게 가서 수술할 비용을 청구했습니다. 나도 그 환자를 보았지만 수술한 직후라 눈이 좀 부은 것 이외에는 수술이 잘 되었습니다. 이 환자는 성형외과 진료실 앞에서 고함을 지르면서 병원장 나오라고 난동을 부렸습니다.

병원장님이 이런 일로 병원이 소란스러워지면 안 된다고 환자의 손을 들어 주었습니다. 결국 환자를 만족시키지 못한 의사의 패배입니다.

사실인지는 모르겠으나 강남의 어떤 여인들은 쌍까풀 수술을 A의사에게 받고는 난동을 부려서 돈을 뜯어내어 B의사에게 코수술을 받고는 다시 난동을 부려 돈을 챙긴다고 합니다. 공짜로 수술하고 도리어 돈을 벌어 온다는 이야기입니다.

이것이 요새 민원실의 현실입니다. 외과적 수술은 상처를 남깁니다. 성형외과 의사도 수술하면 상처가 남습니다. 우리가 할 수 있는 것은 상처를 가능한 보이지 않게 하는 것과 피부 봉합을 잘하여 상처가 가능한 한 작게 해주는 역할입니다. 그런데 사람에 따라 정도에 따라 상처가 커질 수도 있습니다.

응급실에서 얼굴이 찢어져 봉합해 준 한 환자가 수술받았는데 "왜 얼굴에 상처가 남았느냐?"라고 불평했습니다. "당신이 응급실에 왔을 때 찢어지지 않았느냐?"는 대답에 "성형외과 의사가 꿰매지 않았느냐 그러니 당연히 상처가 없어야 할 것 아니냐, 이렇게 상처가 날 거면 왜 성형외과 의사에게 다른 의사보다 돈을 더 주고 꿰매 달라고 했겠느냐?"고 항의했습니다. 그러니 돈을 환불해 주든지 아니면 민원을 제기하겠다고 했습니다.

나는 참 어처구니가 없었습니다. 민원을 제기하면 내가 잘못하지 않았다는 것을 법으로 증명하고 민원실에 사유서를 내야 하며 병원에서는 변호사에게 의뢰해야 하고 아주 골치 아픈 일이 발생합니다. 정말 말도 아니게 억지를 쓰는 사람에게 어찌할 도리가 없습니다. 나는 화가 났습니다. 민원실에 절대 합의하지 말고 법대로 하자고 했습니다.

그 후로 아무 말이 없어 잘 해결이 된 줄 알았습니다. 병원에서 골치 아프다고 환불해 주고 해결했다고 합니다.

얼마 전 어떤 지인과 식사를 하는 자리에서 그분이 웃으면서 세상에는 '뗏법'이라는 것이 있는데 이것을 잘 활용하면 상당한 소득을 얻을 수 있다고 했습니다. 민원실이라는 곳이 있는데 대개 말단 공무원이 배치되어 있어서 가서 목소리를 높이고 책상을 한번 치면 큰 기관일수록 골치 아픈 일을 피하고자 말을 잘 들어 준다는 것입니다.

그래서 우리 사회가 점차 더 어지러워지고 거짓말이라도 목소리 큰 사람이 소위 출세하는 나라가 되지 않았나 생각합니다.

연합감리교회(UMC)의 몰락

요새 감리교회에는 교인 몇 명이 모이면 쑥덕거리는 일이 있습니다. 바로 교회가 'UMC에 탈퇴했느냐? 아니면 할 거냐?' 하는 문제입니다. 감리교는 영국의 요한 웨슬레의 교리에 의한 교회 연합체입니다. 웨슬리는 영국의 목사였지만 그는 미국에서 성공하였습니다.

미국의 감리교회가 제일 큰 교단으로 성장했습니다. 그래서 United Methodist Church가 발족하였으며 미국에서 가장 큰 개신교 교단으로 자리를 잡았습니다. 미국의 감리교 목사님은 8,300명이나 되고 많은 교회가 속한 거대한 조직입니다. 그런데 어느 곳이든 조직이 커지고 인원이 많아지고 권력이 생기면 부패하게 되는 모양입니다. UMC의 지도층이 잘못되어 가고 있었습니다. 각 교회에 담임 목사님이 계시고 그 위에 감리사가 있고 그 위에 감독이 있습니다.

한국의 감리교회는 목사, 감리사, 감독, 총리원장이 있고 감리사는 막강한 권력이 있습니다. 대개 목사님의 임기는 4년이고 그동안 목사님을 평가하고 교인들의 요구에 목사님을 교체하거나 유임하는데 그 일에는 감리사의 절대적인 권한이 있습니다. 감리사의 마음에 맞으면

20년, 30년을 한 교회에서 목회할 수 있고 감리사의 눈 밖에 나면 4년 후에 교체되고 마치 조선 시대의 귀양 같은 벽촌이나 한직으로 내몰릴 수도 있습니다.

나의 외조부님이 감리교 목사님이었습니다. 할아버님은 충청남도 서산군 안면도 승언리의 할아버지 땅에 교회를 세우고 평생을 시무하셨습니다. 1945년 해방이 되던 해에 안면도로 피난 가서 몇 개월을 살았습니다. 할아버님은 일요일 예배가 끝나면 집에서 감자나 옥수수, 묵, 떡 등을 만들어 교인들에게 대접하곤 했습니다.

할아버님은 신학교를 졸업한 것이 아니고 예산교회에서 집사, 권사로 교회를 섬기다가 전도사가 되었으며 목사 안수를 받았습니다. 그때도 할아버지 댁에 감리사가 오시면 할아버지는 자기보다도 젊은 감리사를 극진하게 대접했습니다. 그때는 안면도에 가려면 광천에서 저녁 배를 타고 밤새도록 뱃길을 가서 다음 날 정오에나 안면도에 도착했습니다. 그리고도 한 시간여를 걸어야 승언리에 갈 수 있었습니다.

워낙 벽지여서 목사님들이 부임하기 싫어했을 것이고 할아버지는 몇십 년을 봉직하셨습니다. 교회에서 월급은 없고 헌금으로는 겨울에 난방하기도 힘들 정도였습니다. 일 년에 한 번 할아버지는 서울 정동교회에서 열리는 연회에 참석하곤 했습니다. 내가 고등학교에 들어가고서 할아버님이 오시면 내가 모시고 정동교회에 가고 학교가 끝나면 다시 모시러 가곤 했습니다. 연회는 저녁까지 하기 때문에 할아버지를 모시러 가는 시간 문제는 없었습니다.

그런데 가끔 총회장에 들어가면 목사님들의 고함이 시끄럽곤 했습니다. 더욱이 감독이나 총회장을 선거할 때면 마치 국회가 어지러운 것처럼 소란하고 목소리 큰 목사님들의 항의가 빗발치곤 했습니다. 나는 '이렇게 총회에서 싸우니 교인들도 싸우지.'라고 중얼거리곤 했습니다. 총회는 은혜스러운 기관이 아니라 권력을 위해 투쟁하는 장소로 생각이 되었습니다. 가룟 유다가 죽은 후 그 후임자를 선거할 때 바나바와 맛디아 중 한 사람을 선출할 때 이런 소동이 있었다는 대목을 읽은 일이 없습니다.

그런데 UMC가 20세기 말에 WCC에 가입했습니다. WCC(World Church Counsel)라고 하는데 이 모임에서는 기독교만이 아니라 불교, 무속 신앙들이 모두 가입하고 우리의 구원은 예수님만이 아니라 다른 종교를 따라도 된다는 이상한 논리를 폈습니다. 한번은 총회에서 무당이 나와서 춤을 추고 기도하던 사람은 예수님, 석가님, 천왕신주 님 억울하게 죽은 애기씨를 부르면서 기도했다고 합니다. 성소에 바알 신과 아세라신, 제우스신을 같이 설치했다는 유대 말기 므낫세 왕과 무엇이 다릅니까? 그런 자리에 감리교 목사님들이 참석했다니 이것이 유일신 하나님을 믿는 기독교인들이 할 일인지 모르겠습니다.

요새 논의되고 있는 건 동성애 문제입니다. 물론 동성 연애자도 교회에 올 수 있습니다. 그런데 그들이 집사가 되고, 장로가 되고, 목사가 되어 교회를 지도한다는 것에는 문제가 있습니다. 분명히 동성연애는 죄라고 성경에 명시되어 있습니다. 그런데 UMC에서는 동성 연애자들에게 목사 안수해 주고, 그 목사가 교회에서 동성 연애자들의 결혼식을 주례하며 우리의 자녀를 수양회에 데리고 간다고 하면 게이 목사님과 레즈비언 전도사님이 우리 아이들에게 어떤 본을 보일까요? 그런데 UMC에서는 합법적이라고 합니다. 그래서 많은 교회가 UMC

에서 이탈합니다.

신문에 난 것을 보면 뉴욕지구에서는 224개 감리교회 중 이탈 수속 밟는 교회가 100개 교회, 앨라배마 321개 교회, North Carolina 319개 교회, 인디애나 317개 교회, 텍사스에서는 315개 교회가 UMC 탈퇴를 원한다고 합니다. 그리고 GMC(Global Methodist Church)에 가입한다고 합니다.

GMC에서는 교회의 자율권을 존중하고 감리사의 절대적인 권한을 축소하여 목사님의 교회 배정을 교인의 뜻에 맞추어 준다고 합니다. 지금 유럽에서는 비어있는 교회 건물들이 너무 많다고 합니다. 그래서 교회 건물이 술집으로 카페로 클럽으로 팔려 간다고 합니다. 앞으로 교인들이 떠난 UMC의 교회 건물들이 그렇게 되지 않을까 염려스럽습니다.

이단

이단은 아주 옛날부터 있었습니다. 복술가와 점쟁이는 무속인들이니 이단이라고 할 수 없지만, '이단'이라는 말을 처음엔 하나님으로 시작했으나 점점 다른 말을 하는 집단을 '이단'이라고 할 수 있습니다.

구약시대에도 거짓 선지자들이 있었고 예수님 때에도 거짓 선지자들은 많이 있었습니다. 그래서 너희는 거짓 선지자들을 조심하라고 예수님은 말씀하셨습니다. 신약시대에 와서 거짓 선지자들 이단자들이 많아졌는데 예수님의 제자들 사도바울 선생님이 이 이단자들 때문에 고생을 많이 하셨습니다.

AD 1세기에 번창한 영지주의(Gnosticism)라고 하는 파가 생겨났는데 이들은 우리가 가진 신앙을 바로 알자는 취지로 모이기 시작했다고 합니다. 그들은 고대 철학자들의 사상을 도입하여 육체는 속된 것이고 오로지 영만이 영원한 것이다. 그러므로 육신을 입고 온 예수는 신이 될 수 없다. 가령 예수님이 신이라고 하더라도 그것은 예수님이 세례를 받으실 때 비둘기처럼 내려온 것이 신이고, 예수님이 십자가에서 운명할 때 하나님은 예수님의 신성을 거두어 갔다고 어떤 영지주의자들은 이야기합니다. 그리고 마리아에게서 육체적으로 낳은 예수님은 신이 될 수 없다. 마리아는 성모가 아니다. 그 여인은 예수님을 낳은 후에 요셉과 결혼 생활을 지속했고 자식들을 많이 낳았다. 그러니 성모가 될 수 없다는 주장입니다. 이들은 바울 사도와 다른 사도들을 많이 괴롭혔고 유대교의 지도자들이 중심이 되어 기독교를 박해했습니다.

AD 316년에 열렸다는 니케아 종교회의 때 삼위일체론을 가지고 격렬하게 대립이 되었는데 영지주의자들은 아리우스를 중심으로 하여 삼위일체론을 반대했습니다. 그들은 지금도 존재합니다. 지금 지구상에는 25,000개의 기독교 종파가 있다고 합니다. 나는 무엇 때문에 예수님의 가르침이 25,000개로 나누어졌는지 알 수 없으나 대부분 종파는 교리 때문이 아니라 교회의 권력을 장악하려는 교회 지도자들이 원인이라고 생각합니다.

나는 나운몽 장로, 박태선 장로의 세대입니다. 나운몽 장로가 처음 시작이었지만 오래 가지 못했고, 박태선 장로는 상당히 오래 갔고 세력도 커져서 경인 지역 소사에, 남이섬 근처에 신앙촌을 건립하고 공장도 세우고 학교도 세웠습니다. 박태선 장로는 처음에는 신앙 중심이었다고 할 수 있습니다. 처음 남산에서 부흥회를 하면서 사회의 부도덕성, 죄를 회개하라고 외쳤습니다. 그런데 이 부흥회가 예상을 넘어 성공하자 한강 변의 부흥회로 발전하였고 마포에 반영구적 기도회를 열었습니다. 그는 재정적으로도 성공하였습니다. 그러면서 예수님 중심에서 벗어나기 시작했습니다. 예를 들면 요한계시록에 보면 동방에 두 감람나무(생명나무)가 있는데 하나는 예수님을 예언한 것이고, 다른 하나는 자기를 가리켜 예언한 것이라고 했습니다. 거기에서 더 나가서 예수님은 십자가에서 돌아가셔서 실패한 생명나무이지만, 자기는 죽지 않고 성공적으로 마무리를 할 생명나무라고 했습니다.

많은 신도가 재산을 팔아 신앙촌에 들어갔고 저의 사촌 형님은 신학교를 그만두고 신앙촌의 전도사로 들어갔습니다. 그런데 형님이 하는 전도사의 역할은 신앙촌에서 생산하는 양말과 내복을 파는 외판원 노릇이었고 판매량이 부족하면 일가친척들에게 할당하고 돈을 내라는 이상한 전도사가 되었습니다.

아마 가장 강력하고 오래 지속하는 것이 통일교가 아닌가 생각합니다. 그 외에도 수를 다 세지 못할 만큼 이단의 집단들이 많이 있습니다. 세월호 선주였던 유병언의 구원파, 유광수의 다락방 전도 운동, 이만희의 신천지, 여호와의 증인, 조희성의 영생교 등등 헤아릴 수 없습니다. 백백교에는 한 번 들어가면 빠져나올 수 없게 조직되어 말을 안 들으면 폭력으로 심지어는 살인하고 백백교가 있던 곳에서 백골이 된 시체가 48개나 나왔다고 합니다.

미국에서 가장 유명한 이단으로는 Jimmy Thomson이라는 사람이 휴거를 피한다고 사람들을 모아 독극물을 타서 마시게 하고 2,700명을 살해하여 사회에 큰 물의를 일으킨 사건도 있습니다. 종교의 목적이 인간들에게 예수님이 하신 것처럼 사랑과 구원을 전하려고 오신 것인데 예수님을 팔아 사기를 치고 돈을 거두고 자기가 신의 대리자가 되었다고 선전하는 그룹이 이단입니다.

지금 대형교회의 목사님들이 이단의 교주 노릇과 거의 비슷한 일을 하는 것 같습니다. 예수님은 전도하실 때 공중에 나는 새도 깃들 곳이 있고 여우도 굴이 있는데 나는 머리 둘 곳이 없다고 말씀하셨습니다.

한국의 대형교회 목사님들은 그저 교회가 아니라 왕국을 이루고 있습니다. 얼마 전 유튜브에서 보니 M 교회의 K 목사님이 일요일 아침 집에서 교회 가시는데 마치 대통령이 하는 것처럼 고급 차를 타고 집 앞에서부터 직원들이 길 요소요소에서 목사님의 행차를 모니터링했습니다. 교회에 도착하니 장로님들이 두 줄로 서서 마치 영화에 나오는 조폭들처럼 절을 하고 목사님이 교회로 들어가시는 모습이 방영되었습니다. 나는 이것을 보면서 '이것은 예수님의 교회가 아니다. 이단이다.'라고 속으로 외쳤습니다. 처음은 예수님의 진리를 외치려고 시작했지만, 지금은 전혀 다른 자기의 이익을 위하여 사업을 하니 이단이 아닌가요? 유병언의 구원파와 다른 것이 무엇인가?

호랑이가 풀을 뜯고

며칠 전 중앙일보 칼럼에 손국락 선생이 〈호랑이가 풀을 뜯어 먹는다〉는 글을 올렸습니다.

그는 아무리 세상이 변했다고 해도 동물의 제왕인 호랑이가 토끼처럼 풀을 뜯다니 말이 되느냐 하고 문헌을 찾아보았다고 합니다. 문헌 속에 정말 호랑이가 가끔 풀을 먹는다는 말입니다. 호랑이는 털이 있는 토끼나 양, 돼지 등을 먹으니, 털을 먹게 되고, 털은 잘 배설이 안 되다 보니 위장 안에 털이 가득 차서 속이 더부룩하게 되고 소화가 안 된답니다. 이런 현상을 Trichobezoar이라고 하는 병명도 있기는 합니다. 위 속에 머리카락이나 털이 가득 들어 있어서 배출이 안 되는 병입니다. 그래서 가끔 풀을 먹으면 껄끄러운 풀이 대변을 볼 때 털을 끌어내어 위장이 청소되고 또 풀에서 얻는 영양소도 얻는다고 합니다. 동물의 제왕이라는 호랑이도 가끔은 자존심을 버리고 실리를 취해야 한다는 작가의 말이었습니다.

처음에는 잘 이해 안 되었지만, 가만히 생각하니 옳은 말입니다. 우리는 가끔 "자존심을 안고 죽지 그런 짓은 못해."라는 말을 듣습니다.

그런 자존심 지키기가 애국자들에게는 철저했고 이등박문을 사살한 안중근 의사는 나는 테러리스트가 아니라 우리나라를 침범한 일본 대표를 사살한 한국군 대장이라고 호통을 쳤습니다. 유관순 열사도 자존심을 굽히지 않고 당당하게 재판장에게 진술했습니다. 그러나 실리를 추구하는 미국 사람에게는 그런 일이 그리 많지 않은 것 같습니다.

1968년 1월 24일 대한민국 동해에서 푸에블로호라는 초계함이 북한에 나포되었습니다. 장교 6명, 사병 75명, 민간인 과학자 2명이 북한으로 끌려갔으며 그들은 혹독한 고문과 수치스러운 대접을 받았으며 이런 사실이 전 세계 TV로 방영되었습니다. 미국의 체면이 말이 아니었습니다. 미국은 으름장을 놓으며 무력을 일본으로 파병했지만 결국 외교로써 이 문제를 해결했습니다. 부커 선장은 매도 맞고 여러 가지 수치스러운 일을 많이 당했습니다. 결국 푸에블로호는 대동강에서 북한 사람들의 전시물이 되었고, 선원 82명과 시체 1구가 석방되었습니다. 미국은 체면을 많이 상했지만 참고 이 문제를 외교로 해결했습니다. 나는 이 문제가 호랑이가 풀을 뜯어 먹는 것과 같지 않은가 생각합니다.

촉나라의 제갈량은 위기에 처한 유비와 나라를 구하러 오나라로 갑니다. 주유와 강경파의 오만한 대접을 받으며 주유를 격동시켜 적벽대전을 일으킵니다. 전쟁의 실리를 모두 차지하고 조조를 참담하게 만듭니다. 이것도 체면을 희생시키고 실리를 얻는 것입니다. 주유의 밑의 사람처럼 대접받았지만, 형주를 차지하고 많은 땅을 얻습니다.

이스라엘은 3차 중동전쟁 때 이집트의 시나이반도를 점령합니다. 그리고 15년 동안 통치합니다. 시나이반도를 이스라엘에게 빼앗긴 이집트는 그야말로 체면이 말이 아닙니다. 그래서 끈질기게 시나이반도의 반환을 요구합니다. 많은 협상을 한 끝에 이스라엘 총리인 라빈과 이집트의 대통령 안와르 사다트는 마침내 협상에 성공하고 시나이반도를 이집트에게 돌려줍니다. 시나이반도를 돌려주는 조건은 시나이반도에 있는 이스라엘 정착민촌을 인정하고 시나이반도에 공격적 무기 즉, 탱크나 대포 등을 모두 철수하고 군인은 시나이반도에 주둔하지 않는다는 조건이라고 합니다. 이집트는 시나이반도는 돌려받았지만, 체면은 많이 구겼습니다. 그리고 이스라엘은 평화랄까 안전은 얻었지만, 영토는 잃었습니다. 이 조약을 성사시킨 라빈 총리는 1995년 11월 5일에 암살당하고 맙니다. 나는 두 나라가 체면도 잃고 실리도 잃었다고 생각합니다만 정치인들의 평가는 모르겠습니다.

지금 우크라이나 러시아 전쟁도 마찬가지입니다. 푸틴은 전쟁이 이렇게 커질지 몰랐고 이렇게 오래 갈지도 몰랐습니다. 그는 우크라이나를 2~3주 만에 점령하고 자기의 꼭두각시인 사람을 대통령으로 세워놓고 푸틴의 말만 잘 듣게 하면 될 것으로 생각했습니다. 그런데 우크라이나는 푸틴의 예상을 완전히 엎어버리고 거의 2년이 되도록 끌고 있을 뿐 아니라 가끔 러시아의 체면을 구기는 전과까지 내고 있습니다. 우크라이나의 젤렌스키 대통령은 세계를 돌아다니며 러시아의 만행을 규탄하고 원조를 얻고 있습니다. 러시아는 풀을 뜯어 먹는 호랑이처럼 세계의 깡패 국가인 북한까지 손을 내밀어 무기를 원조받을 상태가 되었습니다.

미국도 마찬가지입니다. 옛날 박정희 대통령이 찾아가도 만나주지도 않던 콧대 높은 나라가 지금은 한미동맹이 필요하다 하여 조 바이든 대통령은 윤석열 대통령과 일본의 기시다 수상을 Camp David로 초청하고 윤 대통령과 어깨동무하고 노래를 불렀습니다. 호랑이와 토끼가 어깨동무하고 풀을 뜯어 먹는 광경입니다.

이제는 실리가 중요한 사회가 되었는지 모릅니다. 그래서 정말 보잘 것없는 북한이 중국과 러시아를 드나들며 김정은의 큰 배를 자랑하고 다니고 있습니다. 북한 같은 보잘것없는 나라도 자기 편으로 끌어모아 힘이 되어야 하는 세상입니다. 옛날 어른들이 하시던 말 체면이 밥 먹여 주냐가 진실인 것 같습니다.

호접지몽

다 아는 이야기입니다. 장자가 마루에 앉아 잠깐 졸았는데 꿈에 나비가 되어 아름다운 화원을 날아다녔다는 이야기이고, 잠에서 깬 장자는 내가 나비인지 나비가 나였는지 모르겠다고 했다는 이야기입니다.

비슷한 이야기가 또 있습니다. 어느 절의 학승이 절에 오는 부잣집의 규수를 보고 마음속으로 연모하여 고민했다고 합니다. 어느 봄날 마루에 앉아 졸다 꿈을 꾸었는데 그 여자와 도망하여 행복하게 살다가 잡혀 왔다고 합니다. 그래서 목을 치는데 칼이 목에 닿는 순간 머리에서 딱하고 소리가 나고 아파서 눈을 떠보니 스님이 막대기로 머리를 때리며 이제 정신 차렸냐라고 하더랍니다.

아름다운 규수와 꿈에 살던 것이 정말 삶인지, 지금 절에서 물 긷고 나무를 하고 청소하는 자기가 정말 삶인지를 모르겠다. 이것을 '남가일몽'이라고 한다고 합니다.

옛날 신파 연극에서 부귀영화를 누리던 사람이 망해서 처참한 사람이 되어 옛날 부자로 잘 살던 자기가 정말일지 지금 거지가 되어서 고생하는 게 정말 자기인지를 한탄하며 '일장춘몽(一場春夢)'이라고 했으니 '호접지몽(胡蝶之夢)'이나 '남가일몽'(南柯一夢)이나 '일장춘몽'이 모두 같은 말이어서 세상만사가 다 부질없고 내가 꿈속에 사는 것인지 꿈이 나의 사는 현실인지 가늠하기가 힘이 든다는 말입니다.

어찌 장자뿐이겠습니까. 푸시킨도 '마음은 미래에 사는 것 현재는 언제나 슬픈 것 견디기 힘든 괴로움도 끝장이 있게 마련 모든 것은 순식간에 지나간다.'라고 읊었습니다.

오래전 제가 인턴 때 우리병원에 아주 점잖은 Dr. Williams라는 외과 의사가 있었습니다. 외과 과장도 지냈고 우리가 인턴 때 집에 초대해 줘서 저녁도 먹었습니다. 사모님도 아주 멋있는 미인이고 집도 옛날 집이지만 고풍스럽고 멋이 있었습니다. 그런데 몇 년 있다가 부인이 세상을 떠났습니다. 그 충격이었는지 이 의사 선생님이 중풍에 걸렸습니다. 아들이 둘이 있는데 모두 멀리 떨어져 살아서 와보지도 못한다고 합니다. 변호사가 재산을 정리하고 요양원으로 보냈습니다.

나는 교회의 평신도 전도사로 임명을 받아 한 달에 두어 번씩 토요일 오후에 요양원을 방문하곤 했습니다. 어느 요양원에 갔는데 그 의사 선생님 Dr. Williams가 침대에 앉아 있고 간호사가 약을 먹여주는 장면을 보았습니다. 나는 그를 붙들고 "선생님, 선생님"하고 불렀으나 그분은 아무런 표정도 없이 풀어진 눈으로 앞만 보고 있었습니다. 간호사가 나한테 잘 아는 사람이냐고 물었습니다. "이분이 나의 선생님이었다."라고 하니 그 선생님에 대해서 이야기를 해주었습니다. 한 3년 전에 병원에 입원했는데 자식들이 오지도 않고 연락도 하지 않는다고 했습니다.

나는 방문을 끝마치고 집으로 돌아오는 차 속에서 지금 요양원에 있는 그가 Dr. Williams인지 아니면 점잖은 모습으로 환자를 수술하며 강의실에서 우리를 가르쳐주던 선생님이 그분인지 생각했습니다.

다디던 교회 목사님의 이야기입니다. 아주 권위 있고 활동적인 목사님이었고 그 교회에서 30년 이상 근무하신 분이었습니다. 그리고 은퇴한 지 십여 년이 되었습니다. 모임이 있어서 어느 식당에 갔는데 목사님이 들어오셨습니다.

"목사님, 오셨습니까. 일행이 누구지요?" 하고 반갑게 도와드리려고 했으나 목사님은 나를 알아보지도 못하고 일행이 누군지도 몰랐습니다. 도리어 내가 당황하여 목사님의 옷깃을 붙들고 있는데 조금 있다가 어느 분이 목사님을 모시고 나갔습니다. 나중에 알고 보니 목사님이 치매가 와서 사람들을 잘 알아보지 못한다고 합니다. 나는 또 이십여 년 전 강단에서 설교하고 위엄 있는 모습으로 인사를 받던 그 목사님이 장자였는지 아니면 지금의 환자 같은 모습이 나비인지 하고 생각했습니다. 이제 나이가 들면서 친구들과 지인들이 나이가 들어가며 모습도 변하고 삶이 변해갑니다.

오래전 이화여자대학교 의과대학에 멋진 신사 선생님이 계셨습니다. 안과 선생님이었는데 원주기독병원의 안과 전공의 파견 때문에 오시곤 했습니다. 정말 키도 훤칠하시고 그 모습이 마치 영화에 나오는 귀공자 같은 모습이었습니다. 그는 가난한 환자를 위한 시설을 만들어 많은 사람을 도왔습니다. 나와는 과는 다르지만 그런 선생님을 뵐 때마다 존경스러운 생각을 가졌습니다. 그 후 아마 40년이 지나서입니다. 내가 한국에서 있을 때 근무하던 병원에 선생님이 입원해 계셨습니다. 의식도 없고 다른 사람에게 의존하여 생명을 연장하고 계셨습니다. 나는 가끔 선생님 방에 들러서 손을 잡고 기도를 드리곤 했습니다. 어느 날 갑자기 전화가 와서 병실에 올라가 보니 선생님이 임종하셨습니다. 임종하신 모습은 젊었을 때 멋이 있던 영국 신사도 아니고 흰 가운을 입고 환자를 보시던 모습도 아니었습니다. 선생님의 젊었을 때의 모습이 장자의 모습이고 지금의 모습이 나비의 모습일까요?

나도 물론 나이가 듭니다. 후배와 제자들을 만나면 "교수님 아직도 젊은 모습 그대로입니다."라고 인사를 합니다. 그 거짓말 인사를 듣고 집에 와서 거울을 봅니다. 이제는 직장에서도 은퇴를 한 백수, 직업도 없고 수입도 없고 늙어서 주름지고 늘어진 얼굴의 모습을 보면서 젊어서 팔팔거리며 돌아다닐 때가 정말 나였을까, 지금의 초라하고 볼품없는 내가 정말 나일까, 나의 삶도 일장춘몽인가 호접지몽인가 하고 생각을 해 봅니다.

결혼식장

　며칠 전 신문에 서울의 결혼식장은 예약을 꽉 차서 일 년 반을 기다려야 한다고 합니다. 도대체 얼마나 많은 사람이 결혼하며, 결혼식장이 서울에 몇 개나 되기에 이렇듯 야단인가 싶어 지인에게 물어봤습니다.

　나는 아내의 이모가 목사님이어서 정동교회에서 결혼했는데 예식장 값을 냈는지 모르겠고, 나의 딸의 결혼식도 내가 시무 장로로 있는 교회에서 했는데 식장비를 따로 냈는지 모르겠고, 목사님과 수고해 주신 전도사님께 금일봉을 드린 것밖에 없습니다.

　아들의 결혼식도 사돈이 나가는 성당에서 아주 성대하게 했는데 온 저녁을 빌려주었습니다. 지금 젊은 세대들의 교회 결혼은 구미에 안 맞는지 모두 예식장을 찾습니다. 왜냐고요? 아들딸들을 다 결혼시킨 여 권사님들에게 물어봤더니 '빨리빨리'가 젊은이들의 성격에 맞는다며 다음과 같이 길게 말했습니다.

　"교회에서 하면 하루 전에 결혼식장 장식을 해야지요. 꽃을 날라야지요, 신부 화장도 다른 데서 하고 와야지요, 사진사들도 마련해야지요, 결혼식이 끝나고 교회 청소해야지요, 귀찮은 일이 많아요. 그러나 결혼식장에서 하면 결혼식장에 꽃이 장식되어 있지요, 무대도 이미 마련이 되어있습니다. 신부 화장도 결혼식장에 마련이 되어있고 돈만 주면 사진사가 비디오를 만들어 줍니다. 결혼식장 청소할 필요 없습니다. 하객 접대도 결혼식장 안에 있는 식당의 식권만 사면 됩니다. 그러니 평상복으로 들어갔다가 한 두서너 시간 후에 결혼한 신부로 나오게 되는 자동 결혼이 됩니다."

결혼식장에 따라 다르겠지만 500만 원 정도 주고 결혼식장에서 결혼하는 것이 간편하고 경제적이라고 하는 것입니다. 사실 꽃집에서 꽃을 사고 결혼식장을 장식하려면 돈이 많이 드는 것도 사실입니다. 그런데 문제가 있는 것이 결혼식장에 가면 결혼식이 동시에 여러 군데서 있어서 잘못하면 다른 사람의 결혼식에 들어갈 수도 있고 결혼식이 한 시간 내에 끝내야 합니다.

학교에 있으면서 결혼 주례를 몇 번 해 보았습니다. 제자인 의사와 간호사의 결혼식에 주례 부탁을 받고는 미리 주례사도 준비하고 옷 중에서 제일 멋진 옷을 입고 적은 주례사를 가지고 갔습니다. 식장 앞에는 나를 기다리던 제자 신랑 친구의 안내로 제대로 결혼식장에 들어갔습니다. 그런데 한 결혼식장에 결혼식이 여러 개 있어서 혼란스러웠습니다. 아직도 앞에 진행이 되는 결혼식은 끝나지 않았습니다. 기다리다가 차례가 되어 들어가 주례의 자리에 앉았습니다. 결혼식이 시작되기 전 직원이 나에게 왔습니다. "주례 선생님이시지요?" "네, 그렇습니다." "주례사는 3분 안에 끝이 나야 합니다." 하며 결혼 선서가 인쇄된 종이를 건네줍니다. 그리고 결혼식이 시작되었습니다. 신랑 입장

조금 후 신부 입장으로 신랑 친구가 사회를 보면 결혼식이 진행됩니다. 주례사는 집에서 좋은 말만 골라 준비해 왔지만 3분 동안에 할 이야기는 별로 없습니다. 축가가 있고 실제 결혼식은 45분 내로 끝이 나고 한 시간 전에 결혼식장을 비워주어야 합니다. 마치 쫓기는 것처럼 결혼식장에서 준비한 요란한 웨딩마치에 따라 결혼식이 끝났습니다. 주례인 내가 내려오지도 않았는데 결혼식장 직원이 무대 위에 있던 종이를 걷어내고 다음 결혼식을 준비하려고 나의 등 뒤에 서 있었습니다. 내려와서 처음 보는 신랑 부모, 신부 부모와 인사를 나누었습니다.

예식장을 나오니 신랑 친구가 식당의 뷔페 식권을 나누어 주었습니다. 식당에는 다른 결혼식의 하객들이 그 넓은 식당에 꽉 차 있었습니다. 결혼식이 몇 쌍이 있는지 모르겠습니다. 나는 제자의 친구가 안내하는 대로 한쪽 테이블에 앉아 음식을 담아 와 식사했습니다. 결혼식이 끝난 후 신랑 신부는 보지도 못했습니다. 아마 다른 손님들에게 인사를 하고 신부 화장을 지우고 옷을 갈아입고 공항으로 간다고 합니다. 좀 섭섭하고 허망했습니다. 음식도 입맛이 없어 설치고는 혼자서 쓸쓸히 결혼식장을 나왔습니다.

우리 집 아들과 딸의 결혼식을 생각해 보았습니다. 성당에서 결혼식을 마친 아들은 준비된 차를 타고 파티장으로 갔습니다. 거기에는 많은 사람이 모여있었고 아들의 부모는 주례 선생님과 인사를 하고 같이 사진을 찍고 한참을 담소했습니다. 파티장의 주빈석에 신랑 부모, 신부 부모, 주례 목사님, 신랑 할아버지까지 앉아서 밤이 늦도록 파티했습니다. 나는 신부와 신부 어머니와 같이 춤을 추고 온 하객들을 일일이 돌아다니며 인사를 했습니다.

우리 집 딸 결혼식 때도 그랬습니다. 식을 끝내고 리무진으로 파티장에 갔고 거기에서 주빈으로 오는 손님을 맞아 인사하고 역시 신부 부모님, 주례 목사님, 신부 할아버지와 같이 주빈 테이블에 앉았습니다. 식사 중 나는 마시지도 못하는 칵테일 잔을 들고 하객석을 돌아다니며 인사를 하고 신부와 그리고 신랑 어머니와 춤을 추었습니다. 결혼식은 자정까지 진행되었습니다.

이런 결혼을 보다가 결혼식장에서 대기 20분, 결혼식이 끝나고 뷔페식당에서 30분으로 끝나는 결혼식을 보고 매우 섭섭했습니다. 여러 날이 지나서 내가 제자들에게 "너희들 결혼식장을 얻고 싶으면 내게 말해라. 내가 교회 목사님께 이야기해서 결혼식장 마련해 줄게."라고 이야기했습니다. 그런데 나에게 부탁하러 온 친구가 한 명도 없네요.

악인들

톨스토이는 회심한 후 자기의 젊은 시절의 잘못을 참회하는 글을 썼습니다. 그리고 『인간은 무엇으로 사는가』라는 작품에서 인간은 하나님의 은혜와 사랑으로 산다는 것을 강조했습니다. 그는 어떻게 한 사람이 선한 생각을 하고 선한 일을 하고 또 악한 일을 할 수 있는가 생각했으며 인간의 속에는 악과 선이 같이 싸우고 있다고 썼습니다.

그렇습니다. 어떨 때는 우리의 마음에 착하고 선한 마음으로 인류를 사랑하고 난민들을 불쌍히 여기는 마음이 있다가도 차를 몰고 가다가 앞에서 갑자기 새치기하는 차를 보고 욕을 퍼붓는 마음을 가지기도 합니다.

성경에서 제일 오래되었다는 욥기에 하나님의 잔치에 천사들이 모였는가 하면 사탄도 참석하여 하나님과 내기를 합니다. 그래서 선한 욥에게 크나큰 시련을 줍니다. 하나님은 죄인을 비참하게 벌을 하신다는 사실을 구약성경 곳곳에 이야기하고 있습니다.

살면서 착하고 선한 사람들을 많이 보았지만, 악한 사람들도 많이 보았습니다. 어떤 사람이 악한 사람일까요? 어렸을 때는 동네 깡패가 사람을 때리고 물건을 갈취하는 것을 보고 악인이라고 생각했습니다. 대학 졸업하고 의사가 된 후에는 '저러면 안 되는데'라고 생각한 의사들을 보았습니다. 군에 가서는 쓸데없이 사병들을 괴롭히고 때리는 하사관들을 보면서 '참 악하구나'라고 생각한 일도 있습니다.

사회에서는 남을 속이는 상인들도 보았고, 남의 물건을 훔치는 도적들을 보고 악인이라고 생각했습니다. 월급을 송두리째 도적맞고 앞으로 한 달을 어찌 사나 하고 걱정할 때는 '도적이야말로 악인이구나' 생각했습니다. 신문에 나오는 강호순이나 유영철 같은 연쇄 살인범을 보며 '정말 인간이 이렇게까지 악할 수가 있을까?' 하고 몸을 떨었습니다. 그런데 더 큰 악인들이 있습니다. 역사에 나오는 히틀러나 스탈린, 폴 포트, 사담 후세인같이 많은 사람을 죽게 한 인물이겠지요.

그럼, 한국에서 악한 사람은 누구일까요? 무오, 갑자사화로 많은 선비를 죽인 연산군, 궁예 그리고 김일성, 김정일이 여기에 속할 것입니다. 이들은 가진 권력으로 많은 사람을 죽였습니다. 이들은 강호순이나 유영철보다 훨씬 더 많은 사람을 죽이고 많은 사람을 괴롭혔습니다. 그러니 힘을 가진 권력자가 악인이 될 확률이 많이 있습니다. 내가 잘못 생각하고 있는지 모르겠지만 이런 악인들은 악에 대한 느낌이 없지 않을까 하고 생각해 봅니다.

만일 사람을 괴롭히는 일이 잘못된 일이라고 생각한다면 그렇게 할수 없겠지요. 악인들에게는 악에 대한 느낌과 아주 심한 내로남불의 의식을 가진 사람이라고밖에 생각할 수 없습니다. 대개 악인들의 공통점은 오만입니다. 나는 이렇게 우수한 사람이기 때문에 남들을 괴롭혀도 무방하다는 생각입니다.

도스토옙스키의『죄와 벌』에 나오는 라스코르니코프처럼 나는 특출한 인물이니까 사회의 기생충 같은 전당포 할머니쯤은 죽여도 된다는 자기 우월의식에 빠져 있는 것입니다. 그런 사람이 권력을 잡으면 국민 몇 사람의 죽음쯤은 마치 파리를 때려잡는 것처럼, 아무렇지도 않게 느껴질 것입니다. 이런 사람은 자기반성을 할 줄 모르고 사과하지 않습니다. 김일성도 김정은도 사과하지 않습니다. 어떤 악행을 저지르고서도 사과하지 않습니다.

나는 우리나라의 최근 대통령을 생각해 봅니다. 그의 과거를 보면 마치 법에서 이야기하는 것 같은 많은 혐의가 있습니다. 그러나 그는 그것을 은폐할 수 있도록 조치를 취했습니다. 그는 자기의 잘못을 커버하고 도리어 잘한 것으로 은폐하려고 통계를 조작하고 여론을 변조했습니다. 거짓말을 하다 보니 마치 자기도취에 취한 것처럼 청와대를 나오면서 주위의 시민들에게 "저 대통령 다시 출마할까요?" 하고 손을 들었습니다.

그는 그가 대통령 때 한 정책 중 많은 잘못에 대하여 한 번도 사과한 일이 없습니다. 많은 사람은 그가 바보라고 이야기하지만 나는 그가 머리가 좋은 사람이라고 생각합니다. 그는 그전 대통령의 민정수석을 했고 비서실장을 했습니다. 비서는 머리가 좋아야 합니다. 자기가 모시고 있는 사람의 성격을 잘 파악해야 하고 그의 일정을 머릿속에 환히 알아야 합니다. 자기가 모시고 있는 사람의 한 달 스케줄을 알아야 다른 계획을 받아들이고 일정을 잡을 수 있습니다. 그는 자기가 대통령 지위에서 물러나기 전 요소요소에 임기가 오래 남아 있는 자기의 사람을 알박기해 놓아 자기를 수사하지 못하게 제도를 만들어 놓았습니다. 대통령 지위에서 물러나기 3일 전에 자기의 은퇴 자금을 올려놓고 경호원을 증원시켰고 자기에게 올 세금을 감면시켰습니다. 자기가 가진 땅의 용도를 변경하여 집을 크게 지었고 그 많은 부분을 국고에서 지불하도록 만들었습니다. 그는 오래전 안철수 씨와 대통령 후보를 놓고 이번에는 내가 대통령 후보로 나갈 테니 당신은 당을 맡으라고 하고 대통령 선거에서 떨어지자, 자기의 친위대를 시켜서 당의 권력을 다시 뺏어온 권모술수의 천재입니다.

그렇습니다. 그는 아직도 한국의 권력을 잡고 있고 마치 옛날 상왕처럼 국사에 참견하고 있습니다. 많은 사람은 그를 악인이라고 생각합니다. 오만하고 사과할 줄 모르고 많은 무고한 사람을 감옥에 보내고 탈북한 사람을 죽음의 터로 내몬 사람이 아닙니까? 나는 그가 악인이라고 생각합니다.

유행

유행은 남들이 부러워할 사회 명사들의 언행이나 차림새 등을 많은 사람이 따라 하는 것이라고 합니다. 마릴린 먼로가 샤넬 N°5 향수를 쓴다고 하니까 수많은 여자가 샤넬 N°5 향수만을 찾아서 그 향수가 희귀품이 되고 값이 많이 올랐다는 이야기입니다.

오래전 이태원의 모조품 파는 가게 주인이 "요새는 샤넬 가방이 별로 인기가 없어요. 샤넬을 들고 다니던 배우가 인기 없거든요. 요새는 프라다 가방이 인기입니다. 『악마는 프라다를 좋아한다』는 영화에서 앤 해서웨이와 메릴 스트립이 인기 끌어서 프라다를 많이 들고 다니죠."라고 하는 말을 했습니다. 그러니 유행되어 많은 사람이 사용하면 지겨워지고 유행은 사라진다고 합니다.

옛날 주나라에 '달기'라는 미인이 있었습니다. 주왕의 사랑을 받아 주지육림으로 사치하고 마음에 안 드는 인사들을 죽이고 악행을 저지르다가 은나라에 멸망합니다. 그 달기가 배가 아파 얼굴을 찡그리곤 했는데 주나라의 여자들이 달기를 닮으려고 얼굴을 찡그렸다는 이야기가 있습니다. 이것이 유행입니다.

얼마 전 어느 여인의 수필에 이런 글이 있었습니다. 요새 초등학교 학생들에게는 란도셀이라는 가방이 유행이고 이것을 안 메면 학교에서 왕따를 당하는 모양이다. 란도셀이란 일본에서 초등학교 학생들이 등에 메고 다니는 가방인데 가죽으로 만들어 그 안에 책들을 넣고 메고 다니는 가방입니다. 그런데 그 가방이 값이 비싸다는 것입니다. 몇 년 전만 해도 Back Pack을 메고 다니더니 유행이 바뀌었나 봅니다. 문재인 씨가 대통령일 때는 죽창을 들고 일본과 싸우자고 법석을 떨던 나라에서 일본 초등학교 학생들이 메는 란도셀이 유행이라니 민심의 흐름을 알 재간이 없습니다.

이런 유행을 누가 만들어낼까요? 유행 대부분은 여성이 만들어냅니다. 어떤 부잣집 아이가 란도셀을 메니 우리 아들에게도 사주고 이런 학생들이 몇 명이 모이니 많은 학생이 따르고 유행이 된다는 것입니다.

한국처럼 집단주의가 강한 나라는 유행이 잘되고 사라지기도 잘한다고 합니다. 이렇게 끼리끼리 모이니 나도 그 그룹에서 빠지기는 싫고 그것이 유행되어 전국에 퍼진다는 말이 되지 않을까요. 오래전에 친구들과 주고받은 이야기입니다. 세계는 한국 아줌마들이 지배한다는 말입니다. 한국 아줌마들이 유행을 만들고, 파리는 한국의 명동이나 압구정동의 유행을 따라가고, 한국의 유행을 딴 파리의 트렌드가 세계로 퍼진다는 이야기입니다. 그래서 세계의 디자이너들이 서울의 유행을 주목한다고 합니다. 신상품을 만들어 한국 명동과 강남에 슬쩍 출품하여 그 상품이 인기가 있으면 프랑스와 유럽의 시장에 출품하고 인기가 없으면 대량 생산을 멈춘다는 이야기입니다. 놀랄만한 이야기가 아닙니까요. 물론 과장도 포함이 되었겠지만.

　또 어떤 여자 수필가가 쓴 글입니다. 초등학교 4학년 아들이 아이폰을 사달라고 조르더랍니다. "아니 갤럭시 폰으로 세계에 이름을 날리고 있는 나라인데 하필이면 아이폰이냐."라고 하니까 아들이 하는 말이 "우리 반 아이들이 모두 아이폰을 가지고 있단 말이야. 그리고 이 기능은 아이폰이 갤럭시보다 좋단 말이야. 그리고 아이폰을 가지고 있는 애들만 모여 자기들끼리 논단 말이야. 아이폰이 없으면 왕따 당해."라고 하더랍니다. 아이폰이 한두 푼 하는 장난감입니까? 천 불 즉 백만 원이 넘는 가격이 아닙니까. 이 유행을 누가 일으켰을까요? 초등학교 4학년 학생이 스스로 일으켰을까요? 배후에는 어머니가 있습니다. 돈이 많아 어쩔 줄 모르는 아줌마가 자기 아들에게 최고 폰이라는 아이폰을 사주고 그 아이가 자랑하니까, 그 친구의 어머니가 우리 아이도 사주자고 유행을 일으킨 것이 아닐까요?

　한국 사람의 IQ가 106으로 세계에서 가장 높다고 합니다. 그중에 여자의 머리가 남자들보다 좋다고 합니다. 한국 여성들이 좋은 머리로 사회에 공헌하는 일을 많이 봅니다. 그러나 그런 좋은 머리를 쓸 곳이 없어 유행을 일으키고, 불법 도박하다 잡혀서 신문에 나고, 사기를 치고, 보이스 피싱으로 사기를 치는 것을 볼 때 정말 안타깝습니다. 국회에서도 보면 여성 의원들이 발언도 많이 하고 또 남자들보다 말을 잘하는 것을 볼 수가 있습니다. 남자들 국회의원들은 허위 선동이나 하고, 거친 말로 싸움하고, 말도 되지 않게 대통령을 탄핵한다고 떠들고 다니지만, 여자 의원들은 비교적 조리 있게 상대방을 공격합니다. 비록 허위라 하더라도….

요새 아이들의 진학 문제를 집안에서 누가 지휘합니까? 단연코 어머니들입니다. 대학의 어느 과를 택하느냐도 어머니들이 합니다. 심지어 대학에 가서 수강 신청하는 것도 어머니들이 한다고 합니다. 어느 교수의 강의가 좋고 학점을 잘 주고 취업에 유리한지 어머니가 알아서 택해 준다고 합니다. 그래야 취업이 되고….

물론 과장된 거짓말이겠지만 요새 서울 법원의 뒷마당에는 가끔 판사들이 재판의 휴정을 선포하고 나와서 집에 전화한다고 합니다. "엄마 지금 이런 사건을 판결해야 하는데 어떻게 하지?" 사실이 아니겠지요. 있을 수 없는 일입니다. 그런데 어째서 그런 말이 나왔을까를 한 번 생각해봐야 합니다.

우리나라의 머리 좋은 우수한 여성들, 학원가를 주름잡고 학교의 학부모 회의에 나가서 교장을 휘어잡는 여인들, 초등학교의 유행 바람을 일으키는 여자분들 그 우수한 머리를 좋은 데 활용합시다. 초등학생들에게 일본 어린이들이 메는 란도셀을 사주는 유행은 이제 제발 그만합시다.

길거리 음식

밤에 자기 전에 책을 봅니다. 젊어서는 엎드려서 책을 많이 읽었는데 이제는 엎드려서 30분도 못 읽겠습니다. 아마 그것이 온돌방이 아니라 침대라서 그럴 것이라고 가끔 핑계를 대지만 사실은 늙기도 했고 이제는 몸이 말을 잘 안 듣지 않기 때문일 것입니다. 30분~1시간 정도 책을 읽으면 이제는 눈이 아파서 쉬어야 합니다.

침대 맞은편에 있는 TV를 켭니다. 뉴스는 나오는 어지러운 세상에 화만 내면서 조금 보다가 채널을 돌립니다. 그냥 웃기지도 않은데 "하하 하하"하고 웃는 프로그램이나 총을 쏘아 사람을 죽이는 범죄 영화가 나옵니다. 나는 채널을 돌려 유튜브로 갑니다. 거기서는 내가 보고 싶은 것을 고를 수 있었기 때문입니다.

그런데 유튜브에서도 이제는 고를 게 별로 없습니다. 진성호, 따따부따, 정규태 TV, 신의 한 수를 보다가 한 소리 또 하고, 그 소리 그 소리에 식상해서 밖으로 나와 길거리 음식점에 갑니다. 종로에서 떡볶이, 순대, 김밥, 튀김, 장터국수 심지어 뷔페까지 돌았습니다. 남대문·동대문·강남·청량리·창신동·경동 시장도 돌았습니다. 거의 매일 조금씩 돌다 보니 이제는 더 돌 곳도 별로 없습니다. 그러다가 들른 곳이 비싼 뷔페 집입니다. 힐튼호텔, 롯데호텔, 신라호텔, 워커힐호텔을 거쳐 강남의 트레이드센터 52층의 Crab 52라는 곳까지 가 보았습니다. 그리고는, 깜짝 놀랐습니다. 식사 한 끼에 200불이고 한국 원화 246,000원이라는 것입니다. 하기는 맨해튼의 고급 한국 식당도 200불이라는 말을 듣기는 했습니다. 그곳을 소개하는 여자 MC는 "비싼 해산물을 감질나게 먹다가, 먹고 싶은 해산물, 고기를 실컷 먹을 수 있으니 가끔 와보는 것도 좋을 것 같다."라고 추천합니다.

나는 이런 가벼운 사람들 때문에 시민들이 돈 많은 사람들을 미워하고 좌파들이 생기지 않나 생각합니다. 그리고 1인당 1백만 원을 내야 하는 한식집도 등장합니다. 나는 '한국이 정말 사치스러운 사회가 되었구나.' 하고 놀랐고 걱정도 됩니다. 둘이 가면 50만 원을 내야 하니 아주 돈 많은 사람만이 갈 수 있는 곳입니다. 얼마 전에 친구들에게 그 이야기를 했더니 한 친구가 나를 측은하게 쳐다보면서 "지금 서울의 사치스러움은 말로 할 수 없어. 웬만한 양식집에 가도 그 정도는 내야 고급 스테이크를 먹고 와인 한 잔을 마실 수 있어."라고 했습니다.

한국의 빈부 차이는 정도를 넘어 우리가 상상할 수 없을 지경입니다. 길거리 음식은 만원 이내로 맛있고 배부르게 먹을 수 있습니다. 김밥에 어묵 국물은 5천여 원이고, 잔치국수는 7천 원 정도입니다. 설렁탕이나 해장국은 만오천 원 이내로 먹을 수 있습니다. 한 사람당 25만 원이라니….

양식집은 이보다 더 비싼 곳도 있다고 합니다. 오래전 남산에 자리

한 힐튼호텔 입구에 전시된 스테이크 종류를 눈여겨본 일이 있습니다. 전시된 고기 종류와 값을 보고 놀랐습니다. 미국에서도 가끔 스테이크 집에 갑니다. 그런데 나는 종류가 그냥 Sirloin, Rib eye, New York strip 정도이고 얼마나 굽느냐의 종류만 있는 줄 알았지, 고기 종류가 이렇게 많은 줄 몰랐습니다. 그래서 작정하고 찾아보았습니다. 한국의 미식가는 소고기의 종류를 분리해서 먹는데 소고기 종류가 대강 이렇습니다. 등심, 채끝, 설도, 안심, 우둔, 앞다리, 양지, 갈비, 목덜미살, 꽃살, 치맛살, 대접살, 도가니살, 꾸리살, 설깃살. 홍두깨살, 살치, 사태, 업진살, 양지머리, 차돌박이, 안창살, 날개살, 쇠가리, 힘줄, 제비추리, 등성, 마주 살, 혀밑, 꼬리, 족, 쇠머리, 우설, 골, 등골, 우신, 우랑, 주거지뼈, 무릎뼈, 앞거리, 결낭, 업적미, 뒤뜰이, 족통, 이부구나, 수구레, 염통, 간, 영, 콩팥, 양, 지라, 방광, 허파, 대창, 곱창, 깃머리, 벌집 등등 30~40가지로 구분이 된다고 합니다.

이 중에 겹친 것도 있고 빠진 것도 있다고 하니 나같이 머리가 좋지 않은 사람은 이런 시험 문제가 나온다면 합격하기 힘들 정도입니다. 이렇게 세분하여 그 맛을 구별하고 그 부위에 따라 값을 정하니 이런 미식가가 찾는 부위의 스테이크는 20만 원도 훨씬 넘는다는 말이 맞을 것 같습니다. 미국 친구에게 이렇게 물어보니 소를 잡아 대강 고기를 잘라 쇠꼬챙이에 구워 먹던 야만의 후손인 그들은 이런 것을 알 수 없고 웬만한 것은 버렸습니다.

1970년대 미국의 그로서리에서는 볼 수 없었고 소를 잡는 곳에서 그냥 주던 소꼬리, 양, 닭똥집, 닭발들이 이제는 가격표를 달고 팔고 있습니다. 그들도 여기에 입맛을 붙여 뉴저지의 감미옥에 가면 노란

머리들의 사람들이 설렁탕 국물을 먹고 있습니다. 그리고 뉴저지 큰길에 곱창집이 간판을 걸고 영업하고 있습니다. 어쩌면 Out Back이나 Long Horn Steak House에서 소 혓바닥 Steak가 나오고 Family Restaurant에 곰탕이 등장할지도 모릅니다.

요새는 한국이 세계 문화를 리드하는 것 같은 소식들이 들려오고 있습니다. 피아노 경연에서는 한국의 젊은이들이 여기저기서 입상하고 K-Pop은 세계인들의 인기를 끌고 이번 카타르의 월드컵 경기장 장식을 맡았던 한국의 IT산업은 세계인의 눈길을 끌었습니다. 유럽에 진출한 한국의 길거리 음식점에 현지인들이 모여들고, 몽블랑 언덕의 편의점에서는 신라면이 하루에 1,500봉지 이상이 판매된다고 합니다. 타이랜드나 베트남에서는 한국산 라면이 단연 최고 인기 품목이고, 뉴욕의 맨해튼에서도 한국 음식이 인기리에 팔린다고 합니다.

이런 모든 일이 자랑스럽습니다. 그런데 염려되는 게 있습니다. 칭찬을 받으면 천방지축 어찌할 줄 모르는 어리석은 사람들이 준동합니다. 대부분의 한국 사람들은 온순하고 겸손합니다. 그러나 몇몇 사람들의 경거망동으로 한국 사람들의 명예를 실추시킵니다. 중국이 발전하기 전 중국으로 관광을 갔던 한국인들이 백 불짜리를 꺼내 들고 호들갑 떨어 중국 사람들이 한국인 혐오증을 갖게 하였고, 미국에서 한국 사람은 현금을 많이 가지고 다녀서 공격의 대상이 되는 그런 일을 하지 말아야 합니다.

한국에 좌파가 성행하게 된 건 빈부 차이가 심하고 졸부들의 지나친 사치와 오만, 갑질에 서민들이 분노해서 자본가나 재벌에게 등을 돌린 현상이라고 생각합니다. 일부 돈 있는 자녀들의 분별없는 행동이 많은 젊은이의 분노를 유발시켰습니다. 246,000원짜리 Crab 52의 뷔페 광고에 불쾌한 감정을 느낀 건 나 혼자만이 아니었을 것입니다. 2천 원짜리 김밥으로 점심을 때우는 젊은이들이 "에잇 이놈의 세상 망해야 지"라고 불만을 토로하는 사회가 되지 않았으면 합니다.

박정희 대통령

나는 한국 대학에 있을 때 동료들에게서 수구꼴통이라고 불린 일이 있습니다.

젊은 교수들이 좌편향 성향이 많고 강의 시간에 들어가서는 미국을 욕하는 말을 한마디 하고서 강의를 시작해야 학생들에게 인기가 있다는 이야기들을 하는 시대였습니다. 나는 강의 전에 에밀리 '디킨슨'이나 '워드워즈'의 시를 한 편 암송하고 강의를 시작하곤 했습니다. 젊은 선생 중에는 반미주의자들이 많은데 특히 미국에 연수를 와서 잘 지내지 못한 사람 중에 반미 사상을 가진 사람들이 많습니다.

내가 아는 서울대학교의 K교수는 한국에서 대가처럼 지내다가 미국에 가니 영어가 신통치 않아 강의도 제대로 못 알아듣고 말도 제대로 못 하다가 갔습니다. 그분이 한국에 와서는 "미국에서 하는 연구가 우리가 벌써 다 해본 것들을 지금에야 하고 있더라. 나는 미국에 가서 배울 것은 하나도 없고 내가 하던 수술을 한 수 가르쳐 주고 왔다."라고 큰소리를 쳤습니다.

나는 그에 대하여 아무 말도 안 했지만, 속으로는 '웃기네'라고 조소

했습니다. 설령 그렇다고 하더라도 남의 나라에 가서 공부하고 온 사람이 할 말은 아니라고 생각했습니다.

1961년 5월 16일 군사혁명이 일어났을 때 우리는 갓 졸업한 인턴이었습니다. 4월 19일 학생 혁명으로 집권한 민주당은 매일 신, 구파 싸움을 하고 서울 시내는 매일 데모로 시끄러웠고 상이군인과 정치 학생들이 국회의장의 책상 위에 올라가 K의원처럼 강단 위로 뛰어 올라갔습니다. 우리는 정말 이 나라가 망하려는가 보다 하고 걱정이 되었습니다. 그때는 TV는 없고 라디오로 뉴스를 들을 때였습니다.

아침에 일어나 병원에 나가니 라디오들을 틀어 놓고 있었습니다. 우리는 또다시 한국에 전쟁이 일어나는가 하고 걱정했지만, 다행히 전쟁은 아니고 장면 정권이 붕괴했다는 이야기였습니다.

얼마 후 박정희 소장의 목소리가 라디오를 통해서 들려왔습니다. '반공을 국시로 삼고'라는 말에 안심했고 '북한에게 뜨뜻미지근한 태도를 보여온 장면 정부보다 낫구나.' 하고 생각했습니다. 우리는 가난하여 나와 동생이 둘이 다 대학에 다니기에는 너무나 벅찼습니다. 그래서 동생은 1969년 학보 군번으로 군에 입대했습니다. 동생은 학생 때 서울대학교 육지수 교수의 연구실에서 일을 도와주며 약간의 도움을 받았습니다. 군에서 훈련이 끝나고 동생은 부산 군사기지 사령부로 배치되었습니다. 그래서 육지수 교수에게 그 이야기했더니 군사기지 사령관이 자기 조카사위라고 하면서 추천서를 한 장 써주었습니다. 동생이 면회를 신청하여 그 편지를 군사기지 사령관인 박정희 소장에게 전해 주었더니 박 소장이 그 편지를 뜯지도 않고 "나는 우리 처삼촌이 이런 편지를 써주었다고 생각하지 않고 미스테이크가 있는 것 같으니 오해하지 않기 위하여 이 편지를 읽지 않겠네."라면서 편지를 찢어버리더라는 것입니다. 그리고 부관을 불러 "이 청년이 정신 교육이 필요한 것 같으니, 탱크부대로 보내!"라고 했습니다. 그래서 동생은 춘천의 탱크부대로 쫓겨가 고생을 많이 했습니다.

동생이나 나는 그 박정희 소장을 원망하지 않았습니다. '아직 대한민국에 저렇게 청렴한 장군이 있구나.'라고 감탄했습니다. 박정희 대통령이 그렇게도 어렵던 미국 유학의 길을 터주었고 미국으로 이민을 도와준 분입니다.

독재라니요? 물론 기강을 세웠습니다. 장면 정권 밑에서 망가진 정신을 바로잡아 주려고 노력했지요. 깡패들을 소탕하여 사회를 정화시켰지요. 그때 국민은 깡패를 없애준 정부에 감사드렸지요. 부채 탕감을 해주었지요. 그리고 필리핀 사람들을 부러워하던 우리에게 대한민국 군인임을 자랑하게 만든 월남 파병을 해주었지요. 그전에 우리는 너무나 못살아 타일랜드, 필리핀 군인을 부러워하던 엽전이 월남에 이동 외과를 파견하여 코리안 박사라고 불린 우며 월남에 가서 존경받았습니다.

서울에서 부산에 가려면 완행열차를 타고 10~12시간을 가야 하던 우리나라에 경부고속도로를 놓아 5시간이면 내 차를 타고 부산에 갈 수 있게 해주었습니다. 군사 경비선에서 미루나무를 제거하려던 미군을 도끼로 살해한 북한에게 '미친놈에겐 몽둥이가 약'이라며 강경 대응을 하여 북한이 사과하게 했습니다. 정치하여 좌파적인 일을 하지 않는 한 독재라는 어휘는 맞지 않는다고 생각합니다. 참, 그때 김영삼, 김대중의 민주당은 박정희 대통령을 무척이나 괴롭혔습니다. 고속도로의 작업을 하는 앞에 드러누워서 우리나라에 왜 고속도로가 필요하냐고 했고, 월남에 파병할 때는 젊은이들의 피를 팔아먹는다고 아우성을 쳤습니다. 박 대통령과 회담하고 월남 파병에 동의한다던 박순천 여사를 배반자라고 매도하기도 했습니다. 반대를 위한 반대를 하는 현재 민주당의 습성이 그때 생겼는지도 모릅니다.

지금도 박 대통령을 암살한 김재규를 의인화하려는 좌파들의 음모가 있지만 나는 군에 있으면서부터 김재규를 보았습니다. 그는 박정희 대통령과 동향이고 친구라면서 군에서 얼마나 오만하고 독선적이었는지 모릅니다. 그가 육군 사령부에 있을 때 그 밑의 장교들이 쩔쩔맸다는 이야기를 들었습니다. 농사일을 도와주며 막걸리를 마시고 겨우 양주 시바스 리갈을 마셨다고 좌파에서 그렇게 비난하더니 시바스 리갈은 양주에서 제일 싼 술에 속한다는 것은 왜 말을 안 할까요?

그가 세워 놓은 나라에 김대중, 노무현, 문재인이 군림하면서 나라를 시궁창에 빠트린 것을 느끼며 박정희 대통령을 그리워합니다.

선행불과

선행불과(善行不誇)는 착한 일을 하는 사람은 자랑하지 않는다는 말입니다. 예수님도 오른손이 하는 착한 일을 왼손이 모르게 하라고 하셨습니다. 그러나 사회에서는 작은 선행을 하고 크게 자랑을 하는 사람들이 많이 있습니다. 그래서 '썩은 선행 속에서 품어 나오는 악취여.'라고 탄식하는 말이 생겼습니다. 지금 한국 사회나 미국 사회에도 자기의 잘못된 과거를 숨기려고 또는 지금 저지르고 있는 악행을 은폐하려고 장학금이란 명목으로 위장하는 사람들이 많습니다. 많은 정치인, 경제인들이 학생들에게 돈 백만 원을 쥐여주고는 신문과 잡지에 내고 선전하는 일을 많이 봅니다.

제일 비근한 예가 Y국회의원입니다. 그 여자는 2차대전 때 일본 정부에 강제로 끌려가 위안부가 되었던 여자들을 도와준다는 명목으로 그 위안부들에게 나오는 돈을 횡령하고 정부에서 나오는 보조금도 횡령했습니다. 그리고 나이 많아 마음대로 활동 못 하는 여인들을 수용소 같은 집에 수용하면서 그들에게 나오는 사회의 기부금도 횡령했다는 의혹까지 받고 있습니다. 어떤 분이 위안부 할머니들이 고생한다는 이야기를 듣고 과일을 사 갔더니 사무직원이 할머니들이 버릇이 나빠진다고 할머니들에게 드리지 않고 자기가 압수를 해갔다고 합니다. 그러고는 자기는 이 할머니를 위하여 많은 수고를 한다고 선전했습니다.

그 덕에 그는 상도 받고 국회의원도 되었습니다. 그게 사실이 아니라고 항의하는 할머니들이 사회에 나와 말을 할까 봐 할머니들이 외부에 접촉하지 못 하게 했습니다. 이용수 할머니와 김복동 할머니는 그녀의 악행을 고발하기도 했지만 연로하고 몸이 아파서 그와 제대로 싸우지 못했습니다.

Y씨는 문재인 대통령의 비호를 받고 있었습니다. 며칠 전 재판에서 정부에서 준 돈을 횡령했다는 판결을 받고 1년 반 징역, 3년의 집행유예형을 받았습니다. 물론 그는 항고하여 대법원까지 가겠지요. 그리고 판사들이 재판을 지연시키는 동안 국회의원 임기가 끝이 나겠지요.

장학금 제도는 참 훌륭한 제도입니다. 가난하여 등록금이 없는 학생에게 등록금을 주어 도와준다는 것은 칭찬받을 만한 일입니다. 요새 대학 장학금은 대개 800만 원이 넘습니다. 그런데 한 100만 원을 주고는 큰일이나 한 것처럼 학생들과 사진을 찍고 신문에 얼굴을 내는 사람들을 볼 때 이것이 옳은가 하고 고개가 갸우뚱해지기도 합니다.

나도 장학금을 받고 대학을 다녔습니다. 그러나 최명섭 장로님은 누구에게도 자랑하지 않고 조용히 나를 도와주셨습니다. 정말 '오른손이 하는 일을 왼손 알지 못하게 하라'는 성경 말씀대로 하셨습니다. 어떤 분은 ○○○ 장학 재단을 만들어 신문에 광고하고 장학생 모집이라는 광고를 내기도 합니다. 나는 그 광고를 보고 한 학기 등록금이라도 내주는 줄 알았습니다. 그런데 고작 100만 원씩 주면서 선행을 광고했습니다. 하기는 어떤 장학금은 몇십만 원에 그치는 장학금도 있습니다.

또 사회나 교회에서 많이 떠드는 선교 사업입니다. 물론 남수단에 가서 고생하며 정말 그곳 주민들과 같이 생활하고 환자들을 돌보다 일찍이 선종하신 이태석 신부 같은 분이 있고, 네팔에 가서 평생 그곳 사람들과 생활을 한 강원희 의사 같은 분들이 계시지만, 어떤 사람들은 선교라는 이름하여 출세하는 방편으로 생계의 수단으로 삼는 사람들도 적지 않습니다.

신학교를 졸업하고 직장은 없고 하여 교회 목사님에게 선교사로 나가겠다고 조금만 도와 달라고 합니다. 그래서 여러 교회와 결연 맺고 어떤 사람은 십여 군데 교회에서 도움을 받는 선교사님을 보았습니다. 그러니 학교를 졸업하고 20대에 선교사가 되어 성숙하지 못한 행동을 하는 목사님들을 보았습니다. 그런 목사님은 여름에 도움을 주는 교회에서 선교지를 방문한다고 하면 다른 교회에 가서 특별 집회를 하니 교인들을 보내 달라고 하여 마치 자기가 전도하여 교회가 성장한 것처럼 과장합니다. 소위 교인 꾸어가기라는 것을 합니다. 그리고 여러 교회에서 후원금을 받아 자식들을 미국으로 유학시키는 목사님도 보았습니다. 나는 이런 사람들을 Y와 같은 사람이라고 생각합니다.

오래전 『내려놓고』라는 책을 쓴 사람이 있습니다. 책의 내용은 미국에 와서 어렵게 공부하는데 기도하면 하나님이 이루어 주신다는 간증의 책입니다. 그리고 그는 선교사로 가겠다고 이야기했습니다. 그가 책을 출판하고 큰 교회 목사님의 추천을 받아 교회에서 판매했습니다. 그래서 베스트셀러 근처까지 가면서 많은 책을 팔았습니다. 내가 몽골에 있을 때 그를 식당에서 한번 본 일이 있습니다. 나와 같이 간 목사님을 보는 둥 마는 둥 인사하고 지나갔습니다. 그는 정말 왕이나 된 듯 오만했습니다. 그가 어느 대학의 부총장으로 한국에 자주 나가서 몽골에는 많이 있지 않다고 했습니다. 그리고 높은 사람이 되어 웬만한 사람은 만나주지도 않는다고 했습니다. 나는 그도 선행을 가장한 썩은 사람이라고 생각했습니다.

예수님이 어떤 사람을 가장 미워하셨을까요? 사랑의 하나님이었지만 그런 사람들을 가장 미워하셨을 거로 생각합니다. 선행하며 썩은 냄새를 풍기는 사람, 속에는 온갖 더러운 마음을 품고 나쁜 짓을 하면서 의인인 척 행세를 하는 사람, 그리고 자기의 작은 선행을 부풀려서 광고하는 사람을 예수님은 가장 미워하셨을 것입니다.

"화 있을진저 외식하는 바리새 교인이여, 회칠한 무덤 같은 인간이여"라고 하시지 않았습니까. 썩은 선행이라도 안 한 것보다 낫다고 칭찬을 해주어야 할까요.

대통령을 비판한 K선생에게

며칠 전 중앙일보에 황당한 칼럼이 개재되었습니다. LA지부의 사회부 부장 김○○이라는 분의 〈냉전 시대의 사고는 벗어나야〉라는 제목의 글이었습니다. (2023년 5월 23일 게재)

내용인즉 윤 대통령이 취임한 후 한국 정부가 북한 정부의 대변인에서 다시 맞상대를 부르며 태도가 강하게 돌아섰다는 것입니다. 육군사관학교가 국민의 이념 즉, 북한이 주적이라는 개념이 지난 5년간 없어졌는데 왜 다시 북한이 주적이라는 개념을 강요하느냐는 이야기, 윤 대통령은 미국, 일본과 동맹을 강화하여 북한의 미사일에 대응하겠다는 것인데 북한의 미사일에 대응하겠다는 태도가 우리를 섬뜩하게 만든다는 것입니다.

그럼 대응하지 않으면 어쩌란 말인가요? 그의 글은 지금 세계는 우크라이나 전쟁으로 긴장이 되어있는데 우리마저 북한과의 긴장을 고조시킬 수는 없다. 우리는 필요에 따라 북한과의 관계 개선을 해야 한다. 북한과의 긴장을 고조시키는 것은 주민의 삶과 자유를 위축시킨다. 지금 국가보안법으로 기소가 되는 사람들이 늘고 있다. 윤 대통령의 이분법적 사고로 남북이 적대적인 대립 관계로 회귀하지 않기를 바란다는 글이었습니다.

나는 그가 우주여행이라도 하느라고 몇십 년간 다른 세상에 있다가 온 사람이 아닌가 싶습니다. 그가 어떤 교육을 받았는지 알고 싶고 그의 사상적 이념이 무엇인지 알고 싶습니다. 그는 1950년 한국전쟁이 어떻게 일어났고 그가 좋아하는 문재인 대통령이 김정은의 비위를 맞추느라고 얼마나 애를 썼는지, 문재인 정부가 소위 평화를 유지하려고 9·15 군사협정을 맺어 한국의 군사시설을 줄이고 국력을 축소 시키고 김정은이 해달라는 대로 다 해주었는데 얻은 것이 무엇인지 모르는 모양인지 알려고 하지 않는지 모르겠습니다.

우리는 역사에서 약한 나라가 강한 나라와의 전쟁을 막고자 맺은 평화 협정들이 어떻게 끝이 났는지 보았고 우리는 역사 속에서 배웠습니다. 협정을 맺은 지 3년도 되지 않아서 협정 맺은 약한 나라부터 침범해 들어가는 전쟁의 생리를 들었습니다.

김○○씨, 우리가 어떻게 해야 할까요? 대안을 말해주십시오. 윤 대통령이 항복문서를 들고 평양의 주석궁으로 찾아가 병자호란 때 인조가 한 것처럼 머리를 주석궁 바닥에 찧어야 할까요? 윤 대통령을 비판하고 북한과의 관계 개선을 이야기할 경륜이 있으면 한번 나서서 방법을 이야기해 주십시오. 당신도 누구처럼 아무리 나쁜 평화라도 전쟁보다는 낫다고 이야기하려는 것입니까? 그러면 왜 많은 식민지의 국민이 독립하려고 애를 쓸까요.

가장 현명하다는 이스라엘 민족은 나라가 없어서 이천여 년을 벌레와 같이 천대받으며 유리하며 살아왔고 러시아에서, 독일에서, 폴란드에서 나라가 없었기 때문에 학살당하지 않았습니까. 그들은 땅을 찾아 나라를 찾으려고 투쟁했을까요. 나는 여러 사람이 보는 신문에 글을 올리기 전에 그 문제에 관해서 공부하고, 나의 말이 많은 사람에게 어떤 영향을 미칠까를 생각해 보아야 한다고 생각합니다.

지금 한국에는 너무 많은 가짜 뉴스들, 잘못된 정견들이 만발한다고 생각합니다. 그런 가짜 뉴스가 신문이나 TV에 의해서 전파된다고 생각합니다. 나는 이렇게 역사도 외면하고 사회의 흐름도 알지 못하고 감상에 젖어 이야기하고 신문에 칼럼을 쓰는 백면서생이 무섭고 이를 게재하는 신문사의 편집부도 한심하다고 생각합니다. 옛날 기자들을 문관의 제왕이라고 존중해 주었습니다. 그때의 기자들은 적어도 자기의 글에 책임질 줄 아는 사람들이었습니다. 지금의 가짜 뉴스를 떠들고 아니면 말고 하는 무책임한 글쟁이가 아니었단 말입니다.

인도주의적 재앙

어느 때나 재난은 있게 마련입니다. 천재로 인한 재난, 전쟁으로 인한 재난, 정치적인 재난, 가난으로 인한 재난 등 재난은 그칠 새가 없고 사람들은 먹을 것이 있는 곳으로, 전쟁이 없는 곳으로, 정치적으로 안정된 곳으로 이주합니다. 고대에는 그렇게 이주한 민족들이 새로운 나라를 이루고 역사를 만듭니다. 세계의 강국이던 로마제국도 이런 이민족의 이동 훈족 고트족들의 이동과 침입으로 멸망했습니다.

가뭄을 피해서 이집트로 간 이스라엘 민족은 400년 후 아주 강한 민족으로 번창했고 새로운 땅 가나안으로 이주했습니다. 그리고 몇백 년을 살다가 아시리아의 침입을 받은 이스라엘 사람들, 바벨론의 침입을 받은 유대 사람들이 가나안을 떠나 유럽의 여러 나라로 흩어졌습니다.

요새 이스라엘과 하마스의 가자지구 전쟁 때문에 많은 팔레스타인 사람들과 일부 이스라엘 사람들이 이집트로 피난을 가고 있습니다. 이집트는 이웃 나라를 잘못 두어 피해가 많은 나라입니다. 미국도 마찬가지입니다. 영국의 어려운 시기에, 미국 땅으로 이민을 왔습니다. 러시아 혁명 이후 그래도 운이 좋은 사람들이 유럽을 통하여 미국으로 망명했습니다.

1930년대에는 유럽의 많은 나라 아일랜드, 이탈리아, 폴란드에서 많이 이민 왔습니다. 1974년 월남전쟁이 끝나면서 많은 월남인이 미국으로 망명했습니다. 1960년대 이후로는 가난을 피하여 많은 한국인도 이민을 왔습니다. 나도 그중의 한 사람이기도 합니다.

이런 재해 이민이 그 나라를 발전시키기도 하고 퇴보시키기도 하고 심지어 나라를 어려운 지경으로 몰고 경우도 있습니다. 내가 한국인이라서 그런지 한국인의 이주는 미국의 국익에 도움이 되었다고 생각합니다. 그런데 이런 재해 이민이랄까 망명인들이 미국의 국익에 해를 준 일도 많이 있습니다. 1970년대 카터 대통령 시절 마음씨 좋은 카터 대통령은 많은 나라 지도자의 호구가 된 것입니다. 쿠바의 카스트로, 푸에르토리코, 온두라스 같은 나라들이 자기 나라에서 골치 아픈 죄수들을 풀어서 미국으로 보낸 것입니다.

그들은 자기 나라에서 가까운 플로리다의 마이애미에 상륙하였습니다. 마음씨 좋은 카터 대통령은 TV에 나와 "I welcome them from bottom of my heart."라고 환영하였습니다. 그들은 상륙하여 자기들이 하던 일을 다시 시작했습니다. 살인, 강도, 절도, 폭력 행사, Second Paradise라고 하던 마이애미는 시카고의 남부나 뉴욕의 할렘처럼 변했습니다. 남쪽 해안에 여행 왔던 독일인은 칼에 찔려 죽었고 마이애미 다운타운은 사람들이 가기를 꺼리는 도시가 되었습니다. 꼭 이것 한 가지만은 아니지만, 마음씨 좋은 카터 대통령은 국정을 잘못하는 대통령이 되었고 재선에 실패했습니다.

미국은 항상 미국으로 밀입국하려는 사람들로 골치를 앓고 있습니다. 제가 멕시코에 여행을 갔을 때 일입니다. 아카풀코의 쉐라톤 호텔은 철망으로 둘러싸여 있었습니다. 철망 안의 호텔에는 한 끼 식사가 20~40불 정도인데 호텔 담 밖 철망 밖에는 멕시코 사람들이 모여 앉아 큰 양철통에 음식을 배급받아 먹고 있었습니다. 그런데 청소하는 여자에게 물어보니 1인당 식비가 25센트라는 것입니다.

나는 식당에 가서 밥을 먹는 것이 죄스러웠습니다. 호텔 유니폼을 입고 으스대는 멕시코 종업원의 한 달 월급이 백 불이 좀 넘는다는 것입니다. 그래서 어떤 수를 써서라도 미국에 입국하여 살다가 영주권만 받으면 사회보장에 등록하고 SSI 보조금만 받으면 멕시코로 돌아가 좋은 직장에 다니는 것보다 호화로운 생활을 즐길 수가 있다는 것입니다. 그러니 텍사스 주변에 철망 주위에서 국경선을 넘어오려고 틈만 보는 것이 아닙니까.

얼마 전 뉴욕 맨해튼에 사는 중년의 의사와 식사를 하면서 주고받은 이야기입니다. 뉴욕의 젊은 지식인들도 아기를 잘 낳지 않습니다. 그들의 젊음을 즐기려는 생각이고 어린아이를 키우는데 드는 돈이며 자기들이 늙어서 젊은이들에게서 받을 대접 때문에 차라리 개를 키우지, 자식을 낳지 않겠다는 사람들입니다. 그런데 뉴욕에 사는 저소득층의 사람들이랄까 수입이 적은 사람들, 멕시코 사람들이나 남미 사람들, 중동에서 온 이슬람교도들은 어린아이를 많이 낳는다는 것입니다.

초등학교에 가 보면 백인은 별로 없고 멕시코인, 중동인들이 많다고 합니다. 그러니 미국 사람들 평균의 IQ는 점점 떨어져 가고 미국인의 문화적 Standard가 떨어져 간다는 말입니다. 엄살이라고 하지만 뉴욕의 플러싱이나 브루클린에 가 보면 이곳이 미국인지 아닌지 모르겠 단 말입니다. 또 직장을 가진 백인들이 죽도록 일을 하여 자기들과 상 관없는 불법 이민자들인 중동인들 남미인들을 왜 먹여 살려야 한다는 말이냐는 것입니다. 어떤 젊은이는 이것이 미국 정치인들 때문에 국민 이 당하는 인도주의 재앙이라고 핏대를 올립니다. 힐러리 클린턴은 이 들에게 시민권을 주면 민주당을 지지할 것이고 자기들이 정권을 오래 유지할 수 있다는 말인데 이는 나라를 팔아먹는 매국노의 이야기이지 나라를 걱정하는 정치인은 아니라는 것입니다.

우리는 연방정부 세금, 주 정부 세금, 시 세금, 카운티 세금, 주택 세, 자동차세 물건을 살 때마다 세금을 내어 우리 수입의 근 50% 이상 을 세금으로 내고 있습니다. 그런데도 도로는 움푹움푹 패여 있고 고 장 난 가로등이나 전선은 고쳐지지 않고 있으며 학교도 건물인지 폐기 된 건물인지 모를 정도입니다. 그런데, 우선 철망을 넘어온 불법 이민 자들을 먹여 살리려고 하는 정부를 지지해야 할지 성토해야 할지 잘 모르겠습니다.

저출산의 미래

며칠 전 신문에 한국은 저출산국이 되어 유아와 아동들이 사용하는 분유, 이유식, 영아용 기저귀들을 만드는 산업이 곤란을 겪고 있다는 기사가 나왔습니다. 한국의 출산율은 0.79라고 하니 남녀 두 사람이 어린아이 한 명도 안 낳는다는 무서운 일입니다. 건강한 두 사람이 결혼해도 100명 중 7명 정도는 임신이 안 되는 부부가 있다고 합니다. 그래서 출산율이 2가 되어도 인구는 줄게 마련인데 두 사람이 합쳐서 0.79라니 인구가 줄 것은 말할 것도 없는 일입니다.

이상한 것은 몇 년 전에 한국 인구가 5,000만이었다고 했는데 지금은 한국 인구가 5,100만이라고 하니 그래도 인구가 늘어난 것이 맞는 건가요? 세계 어느 나라나 산업 증대를 목표로 하고 있습니다. 산업을 육성하려면 인구가 많아야 하는 것은 두말하면 바보입니다.

잘사는 나라의 젊은이들은 어린아이를 잘 안 낳으려고 합니다. 어린아이를 낳으면 어린애를 키우느라고 고생해야지요, 어린아이를 키우는 돈이 만만치 않지요. 옛날의 인심대로 어린아이들이 자라서 부모님을 부양 안 한다고 하더라도 부모님과의 관계가 좋으면 모르겠는데 요새 젊은이들은 부모에게 많은 것을 요구합니다. 그래서 어디를 가나 노령화되는 도시들입니다. 뉴저지에 가도 노령화된 사회이고 오하이오에 가도 노령화된 사회입니다.

몇 년 전 트럼프 대통령이 외국인 불법입국자를 단속했을 때 플로리다에는 풀을 깎고 노동할 사람이 없어 아파트 사무실에서 무척 고생한 일이 있습니다. 그들이 없으면 막노동할 사람들이 없다는 말입니다. 그러면 미국의 젊은 사람들이 아이를 많이 낳아야 하는데 그렇지 않습니다.

지금 사회는 바뀌었습니다. 자식들의 경제 관념이 달라졌습니다. 부모님이 돈을 주면 여행가고, 명품사고, 콘서트 가고, 돈을 펑펑 써버립니다. 부모님들은 자기가 고생하면서 번 돈을 자식들처럼 그렇게 펑펑 쓰지 못합니다.

오래전 아들이 시카고에서 대학에 다닐 때였습니다. 주말에 나 혼자서 시카고에 가서 아들을 찾았습니다. 아들은 나를 데리고 중국집에 가서 짜장면을 한 그릇 사주었습니다. 나는 자기도 엄마한테 돈을 타 쓰면서 아버지에게 짜장면을 사준 아들의 효성에 감격했습니다.

나는 아들을 데리고 시카고의 강변도로의 백화점으로 갔습니다. 커피를 한 잔 마시면서 네가 필요한 것이 무엇인지 사주겠다고 하고 백화점 안으로 들어갔습니다. 자기는 신발이 오래되었으니, 구두를 사겠다고 하여 구경하다가 아들은 구두점에 들어갔습니다. Baley 상점이 있는데 아들이 집은 것은 800불짜리 신발이었습니다. 나는 가격을 보고 깜짝 놀랐습니다. 나는 그때까지 100불이 넘는 신발을 만져 본 일도 없었습니다. 나는 그 신발은 학생이 신기엔 너무 비싸고 학생이 그런 신발을 신는 것은 무엇하다고 간신히 설득하고 다른 신발가게로 갔습니다.

젊은이들과 시니어의 안목이 그렇게 다릅니다. 오랜 후 어떤 기회에 아들은 나더러 이런 말을 했습니다. '아버지는 죽을 때 돈을 가져갈 것도 아닌데 왜 그렇게 아껴요? 아버지는 돈이 없어서 비싼 구두를 못 사 신는 것이 아니라 그런 신발을 살 마음의 여유가 없는 거예요.'라고 말했습니다. 내 주위의 시니어 친구들이 모두 그렇습니다. 친구 하나는 어제 자기 애들과 저녁 식사하러 갔는데 자기 부부, 아들 부부와 일식당에 가서 700불어치 먹었다고 합니다. 아들이 겁도 없이 음식을 시키는데 말리지도 못하고 돈을 낼 때는 아들이 청구서를 아버지 앞으로 슬쩍 밀어 놓더라는 말입니다. 자식들을 길러 봐야 이쁜 도둑놈을 기르는 것이지 부모를 돌볼 일은 아니라는 것입니다.

자기들이 한 일을 잘 아는 젊은이들은 애를 낳지 않으려고 합니다. 그래서 출산율은 점점 줄어들지요. 산업화한 사회는 인력을 요구합니다. 가난한 나라에서 사람들이 잘사는 나라로 몰려드는 것입니다. 멕시코, 온두라스. 푸에르토리코, 콜롬비아에서 미국으로 몰려들고 중앙아시아에서는 프랑스, 독일, 이탈리아로 몰려듭니다. 지금 프랑스는 중동에서 몰려든 외국인들 때문에 몸살을 앓고 있고 독일도 난리라고 합니다. 그러니 앞으로는 그들이 프랑스 원주민을 압도할 수 있을지도 모릅니다. 미국도 마찬가지입니다. 캘리포니아에서 백인은 마이너리티가 되었고 뉴욕도 백인은 마이너리티가 되었습니다.

민주당에서는 지금 몰려오는 불법 이민자들을 받아들이고 투표권을 주자는 힐러리 클린턴의 목소리가 큽니다. 그러면 자기들에게 투표권을 준 민주당을 지지할 것이고 자기들은 백 년 동안 권력을 쥘 것이라는 의견입니다. 미국은 앞으로 누가 주인이 될까요? 주민의 숫자도 새로 자라나는 주민도 모두 유색인종이 되고 백인은 마이너리티가 되지 않을까요? 요새는 백화점에 가면 어린애를 '셋' '넷' 데리고 들어오는 멕시코나 남미 사람들이 우글거리고 백인 청년들은 애를 데리고 들어오는 사람들을 보기가 힘이 듭니다. 가끔 개를 안고 들어오는 백인 젊은이들을 볼 수 있습니다.

한국도 마찬가지입니다. 출산율 0.79는 문제가 많은 사회 문제입니다. 출산 시 돈을 2~3백만 원 준다고 문제가 해결되지 않습니다. 5살 난 어린애를 학원에 보내며 매달 200만 원을 내는 사회 풍조가 문제가 된다고 생각합니다. 유아용품이 안 팔린다고요. 얼마 있으면 많은 학교가 문을 닫을 것이고 안보는 용병을 고용해야 할 것이고 나라는 다시 가난한 저개발국가로 전락할 것입니다.

그래도 옷 한 벌은 건졌잖아

많은 철학자가 인생은 '공수래공수거' 빈손으로 왔다가 빈손으로 간 다고 말합니다. 오래전 최희준 가수가 불러 히트 친 〈하숙생〉이란 노래에도 '인생은 나그네 길… 빈손으로 왔다가 빈손으로 가는가'라고 불렀습니다. 몇 년 전 선종했다고 하는 법정 스님도 죽기 얼마 전 '인생은 빈손으로 왔다가 빈손으로 가는 것'이라는 말을 남겼습니다.

나는 그 말이 전적으로 옳다고 생각하지 않습니다. 한 마리 새도 바닷가 모래밭에 발자국을 남기는데 사람이 적게는 몇 년 길면 백 년을 사는데 남기고 가는 것이 없겠느냐는 것입니다. 물론 내가 살면서 만들어 놓은 재산이나 돈을 가지고 갈 수는 없습니다. 그러나 여기 있는 돈을 가지고 못 간다는 일은 죽어서 관에 넣고 가지 못한다는 말이지 완전히 버리고 간다는 말은 아닙니다.

한국전쟁 때 평양을 국군이 탈환해 들어왔습니다. 그러나 한 달 반도 못 있다가 중공군의 참전으로 우리는 보따리 하나를 지고 550리를 걸어서 서울에 왔습니다. 그런데, 그렇게 아끼던 북한의 돈을 서울에 가져오니 아무 쓸모 없었습니다. 한국전쟁 전에 초등학교 선생이던 어머니의 월급은 100원도 채 되지 않았습니다. 그 100원은 쌀을 한 두 서너 말은 살 수 있는 돈이었습니다. 국군이 들어오면서 그 돈의 가치는 형편없이 떨어졌습니다. 그래도 100원을 가지고 나가면 쌀 한 말에 돼지고기 한 근은 살 수 있었습니다.

우리는 생활력이 강한 어머니의 아이디어로 군인들의 빨래를 시작했습니다. 수돗물이 끊어진 상태라 나는 2㎞는 되는 대동강에 가서 물을 길어 왔습니다. 아마 하루에 열 지게를 더 길어 왔을 것입니다. 군복을 한 벌 빨아 다림질해주면 100원을 주는 것입니다. 우리는 이러다 재벌 되겠다면서 정신없이 일했습니다. 그래서 한 달 반 동안 자세히 모르지만 만 원이 넘는 돈을 저축할 수 있었습니다.

1950년 흥남 부두에서 수많은 사람이 배를 타려 아우성칠 때 평양에서 우리는 대동강을 건너려 사생결단하고 있었습니다. 가교가 하나 있었는데 그 다리는 군인들만이 쓸 수 있는 다리였습니다. 우리는 아침 8시부터 강가에서 기다리다 저녁 4시가 넘어 한 시간 동안 풀어준 가교를 뛰어 대동강을 건넜습니다. 그리고 한두 시간 후 대동강 다리는 폭발했습니다. 강을 건넌 우리는 두 주일을 걸어 서울에 왔습니다.

그때 우리 어머님의 배에 만 원이 넘는 돈이 있었습니다. 그런데 웬일입니까? 서울역 앞에 오니 콩 볶은 것 한 종지에 100원을 하는 것이 아닙니까? 평양에서 100원이면 그래도 큰돈인데 100원에 볶은 콩 한 종지밖에 살 수 없다니…. 나는 허탈했습니다.

목숨 걸고 북한에서 남한으로 오니 돈의 가치가 추락하는데 패전 국가의 돈이 무슨 가치가 있겠습니까? 장의사에 가면 장례 지내는데도 천차만별이 있습니다. 그냥 소나무관에 넣고 대강 화장해 버리면 8천

불 정도면 할 수 있다고 합니다. 그러나 참나무관이나 좋은 금속관을 쓰고 좋은 장지에 매장을 하고 비석을 세우려면 아마 5만 불 가지고도 모자랄 것입니다. 돈의 가치는 죽은 다음에도 빛을 발한다는 말입니다.

얼마 전 가요제에 나와 중년의 사람이 노래를 불렀습니다. '세상에 나올 때 새빨간 빈손으로 왔는데 이제는 옷 한 벌은 건졌잖아.'라는 노래입니다. 나는 그 노래를 들으면서 그렇지, 당신이 공수래공수거라고 부정적인 가르침을 준 많은 법사나 철학자들보다 얼마나 인생을 긍정적으로 노래하였는가 하고 깨달았습니다.

인간은 태어날 때 물론 빈손으로 태어납니다. 유튜브를 보니 망아지가 태어날 때 말도 죽을 고생을 합니다. 망아지가 태어나니 망아지는 곧 일어나 엄마 말을 비틀거리며 따라갑니다. 새도 알을 까면 얼마 동안 둥지에서 어미가 물어다 준 먹이를 먹지만 그 기간은 길지 않습니다. 그러나 사람은 태어나 젖도 찾지 못해 물려 주어야 합니다. 그리고 몇 년을 먹여 주고 입혀주고 길러 주어야 합니다. 물론 요새는 대학도 졸업시키고 결혼까지 시키고 손자 손녀들까지 돌봐야 합니다.

사람들은 일합니다. 그리고 무엇인가 남깁니다. 한국전쟁 때 피난 오면서 이불 두 채를 짊어지고 왔습니다. 그 이불은 오다가 외양간이나 남의 집 처마 밑에서 자느라고 다 해졌습니다. 그야말로 빈손이었습니다. 그런데 대구에서 2년을 살다 서울로 갈 때는 짐이 제법 있었습니다. 아마 리어카에 하나 정도의 짐은 되었습니다.

미국에 이민 오면서 가방 3개만 가지고 왔습니다. 인턴, 전공의를 하면서 이사할 때마다 짐은 많아졌습니다. 그리고 오하이오에서 27년을 살면서 이제 짐은 작은 트럭으로 못 옮기고 이삿짐 트럭도 두 대가 필요할 정도로 많아졌습니다. 모두 내가 세상에 살면서 일하고 돈을 벌어 마련한 재산입니다.

　나이가 많아지니 사람들이 나에게 재산을 정리하라고 합니다. 빈손으로 가도록 준비하라는 충고입니다. 그러나 나는 이렇게 주장합니다. 빈손으로 와서 공부하고 고생하면서 돈을 모았고 재산을 마련했습니다. 나는 이것을 세상에 주고 가려고 합니다. 누가 필요하면 나의 책을 가져가고, 나의 가구를 가져가고, 내가 쓰던 몽블랑 만년필을 가져가라고 하고 싶습니다. 록펠러처럼 센트럴 파크나 박물관을 남겨주지는 못하지만 내가 애써서 마련한 나의 귀중품들을 쓸 사람에게 남겨 놓고 가려고 합니다. 빈손으로 왔지만, '옷 한 벌은 남겼잖아'보다는 좀 더 남겨 놓고 가고 싶습니다.

경학아

"야, 임마. 팔리지도 않고 신문에도 나지 않는 책을 뭐하러 자꾸 쓰냐. 그 돈 있으면 깨엿이나 사 먹어라"라고 놀릴지 모른다. 그런데 또 책을 썼구나.

우선 내가 할 줄 아는 것이 글을 쓰는 것밖에 없구나. 삯바느질도 잘하지만 젊어서 많이 했고 그것으로 일생 밥 벌어먹지 않았겠니. 그런데 성형외과는 환자를 수술해도 남는 게 없더구나. 이쁘게 수술을 해주어도 한 10년 20년 지나니 수술을 했는지 안 했는지도 모르겠고 내 손으로 수술해준 사람들도 모두 어디에 갔는지 모르겠어.

요새는 인심이 요상해져서 다친 환자를 수술을 해줘도 예전의 우리처럼 고맙다는 사람도 드물고 툭하면 시비를 걸어오는 사람들이 있더구나.

성형외과를 막상 폐업하고 나니 글을 쓰는 것밖에는 할 일이 없더구나. 갈매기는 바닷가에 발자국을 남기고 빈손으로 세상에 온 사람도 삶의 자국을 남기고 떠나지 않니? 그래서 세상에는 문화가 생기고 문명이 생기고 역사가 생기지 않니?

얼마 전 어느 산을 오르는데 길옆에 바위가 있고 거기에 사람의 이름이 새겨 있더라. 그 사람은 사람들이 이 산을 오르기 좋게 길도 닦고 산굽이도 다듬었다고 해서 그가 죽은 후 돌에 그의 이름을 새겼다고 하더구나.

1996년 미국을 방문하신 조경희 선생님과 뉴욕의 김정기 선생님이 수필을 쓰라고 응원하셔서 글을 쓰기 시작했지. 책이 많이 나가지 않으니 독자도 별로 없지만, 교회에서 가끔 모임에서 내가 알지 못하는 사람들에게서 책을 잘 읽었다는 사람을 만나면 그래도 보람을 느끼게 되더구나. 내가 마주 앉아 수다를 떨면 그 수다를 들어줄 사람이 없지만, 책을 가져가서 화장실에서라도 읽으면서 나의 수다를 들어주는 셈이 아니겠니? 빈센트 고흐가 살아 있을 때 그림이 팔렸으면 왜 고생하고 왜 자살했겠나? 그저 내가 생각하는 것 내가 느끼는 것을 글로 써서 한두 사람이라도 공감하면 나는 하늘을 향해 하하하하 웃겠다.

내 나이 고희이구나. 그리고 18권을 썼으면 그래도 꽤 많이 썼다고 하지 않겠냐? 그러니 내가 죽으면 관에서라도 씩 웃고 있겠지, 이것이 나의 생각이다.

이용해
열여덟 번째 수필집

내일은 없다